村瀬学
Murase Manabu

徹底検証
古事記
すり替えの物語を読み解く

言視舎

はじめに

古事記は鉄の物語であり、鉄の神々の物語である。百余国に分かれた国々を統一させたのは鉄の武器であり、鉄の力である。倭国が「日本」という国家統一の呼称を使い始めた頃、この鉄に寄せる思いには絶大なものがあった。それなしには「統一国家＝日本」はあり得なかったからである。そしてこの「統一国家＝日本」を構想し得たときに、その「日本」への思いと、その成立の支えになった「鉄」への深い思いを、「国の創世の物語」に折り込んで作り上げようとした。それが古事記の物語である。もう少し言えば古事記の神話篇である。

「国」を作ることと、「鉄」を作ることとは、古事記の編者にとっては相似である。そのことは、物語のはじめを読めばよくわかる。古事記の神話篇を貫く語りには基本的な特徴がある。それは誰もが指摘してきているように、この神話の世界そのものを「修理固め」として提示するという前提である。「修理固め」とは、すでにある「鉄材」を、鍛冶場で溶かし、打ち直し、別な鉄具に作り直す作業のことである。それは「鍛冶」のイメージであり、それ以外のものではない。だから神話篇の物語の隅々にまで、この「修理固め」が「鍛冶」のイメージで語られているのである。

しかし、この「修理固め」を文字通り受け止めて、その指示通りに、古事記を徹底して「修理固め」として読み解こうとした試みはまだ存在しない。多くの解釈は「修理固め」の観点から大きく離れてなされてきた。なぜか。それは解釈者の頭の中の「修理固め」というイメージが、単なる形容詞的なものとしてしか受け止められていなかったからである。なぜそういうことになっていったのか。それは、本居宣長からはじまる、古事記を「稲作の物語」と読むことに、異議を立てることができなかったからである。しかし古事記は、「国作り」を「稲作作り」と相似であるかのように考えている牧歌的な物語では決してない。

古事記を稲穂の豊かな国作りを語った物語と読み解いてゆくと、どうしても奇妙としか言いようのない話の展開に無数にぶつかる。その「奇妙さ」は多くの研究者の関心を引き、国文学の膨大な解釈史を形成させてきた。それは、古事記を稲穂の国の物語として読むことに、正当な理由があるかのように考える学問の「解釈史」でもあった。本居宣長から始まるこの解釈史は、古事記の理解をもちろん前進させてきたが、また一方で大事な理解を大きく妨げるものにもなってきていた。国の成立を「稲穂作り」に求めることは、あまりにも牧歌的な発想だったからである。

古事記の神話篇は、統一国家を作り上げた者たちが、自分たちを勝利に導いてきた、この鉄とは何だったのかを問う物語である。鉄とは何かを問うと言ったが、この問いを人ごとのように問うているうちは、おそらく古事記は理解できないように私には思われる。現代に生きる私たちでも、現代とは何かを問えば、それは「鉄」を問うことになるとともに、それは「鉄を溶かす火」を生んできた「原子力発電の問題」までを問うことにつながっていたからである。この「鉄」を問う姿勢を共有しようとしない限り、現代人は古事記の謎には迫れないのである。

具体的に言えば、鉄について問うとは、実は「鍛冶」について問うことである。鉄は鉄として存在しているわけではない。鉄を得るためには、鉄の生まれる全体の過程を知らなくてはならない。統一国家を目指した統率者たちは、この鉄を得る全体の過程の重要性について誰よりもよく理解していたのである。その全体を、ここでは一言で「鍛冶」と呼んでおくのである。

なぜ鉄を問うのに、「鍛冶」を問わなくてはいけないのか。鉄にはたくさんの「姿」があるからだ。山や大地にある、まだ鉄とは呼ばれない時の姿と、炉でどろどろに溶かされる、形にならない時の鉄の姿と、そして鎚で打たれて加工され、金属となる時の鉄の姿と。これらの「姿」をひっくるめて、私たちは「鉄」と言っているが、古代の人たちは、当然このたくさんの「姿」は区別していた。そのたくさんの鉄の「姿」について、古事記はそれを「喩」でもってしか捉えられないと考えていた。その「喩」となる言葉は、「山—石—穴—砂—水—湯—火—風—炉—床—泥—壊—鎚—音」のような言葉群である。

その「喩」の総体を理解できるのは「詩学」である。古事記の神話篇は、まさに「喩」を折り込んでつくられた一大詩篇なのである。しかし、いつの時からか、古事記の上巻は「神話」であり「口承伝承」のようにみなされ、ときには天皇の系譜を示した「神典」のように扱われてきた。しかし、繰り返して言えば、古事記は特異な「喩」の大系を組み込んだ、一大詩篇、一大叙事詩である。その喩の物語を、神話学や古代学のような発想だけでとらえるのには無理がある。そういう意味では、古事記は、「詩学」の発想を自覚してしか解き明かせないところがあるのだ。私の想定する詩学に最も近いと感じられてきたのはバシュラールの『大地と意志の夢想』である。彼は古代の神話を扱っているわけではないので、論じる範囲は限定されていたが、それでも科学の知識をふんだんに踏まえて論じられた第六章「鍛冶屋の力動的抒情」は、「詩学」の中では最も深く共感した論考である。私のような試みをする人がすでに居たのだという安堵感と心強さ。

鉄の見せる「姿」の多様性について、「科学の言葉」で説明できなかった古代人にとって（もちろん現代人にとってもそうなのであるが）、その「鉄の正体」を見極めることは至難の業であった。当時わかっていたことは、この鉄が、特別な大地（山）から取り出され、柔らかく溶かされ、その後硬い金属として、農具や武器に生まれ変わり、人々の暮らしと国を支えるものになる、という変容の過程である。だからというべきか、その不思議な変容過程の理解には、たくさんの「神々」の手助けが必要だと考えられていた。そうしてできたのが古事記の「神々の物語」である。ゆえに古事記の神々は、いかにも「稲穂」の神々のように見えていても、神々のほとんどは基本的には「鉄の神」である。その鉄の神が、鉄のさまざまな側面を担って物語に登場するのである。

では、なぜたくさんの鉄の神々を創出しながらでしか、古事記が作れなかったのかというと、それは「鉄」の理解が難しかったからである。なぜ難しかったのか。それは地球の三分の一が「鉄」

でできており、この地球の成り立ちそのもののに鉄の秘密があったからである。鉄を理解することは、この地球的な大地に生きる者の意味を問うことにもなっていて、それは簡単にできるというものではなかったのである。古事記が描く、カグツチやオロチを切って飛び散る「血」の赤い色にも、「鉄」が含まれている。つまり「鉄」は、この地球が、まだ灼熱の火の玉としてどろどろ溶けていたときの記憶から、冷めて硬くなり大地や山になった記憶までを含み、さらには、その記憶が生命体の「チ＝血」として保存されている。この物質から生命体までを貫く「鉄」の有りようを考えることは、そういう地球規模の生成過程にまで想像力を及ぼすことであり、それが古代の支配者たちには（そして今の私たちにとってもまったく同様であるのだが）、大変難しい作業になっていたのである。

鉄という存在の不思議なあり方については、「科学の言葉」を使えば簡単に理解できると思われるかも知れないが、私はそういうふうには思えない。地球上になぜこれだけの鉄が存在し、その鉄を利用することによってのみ人類が進歩できてきたことは、地球成立の謎を解くことと同義語なので、簡単にはゆかないのである。だから「科学の言葉」で理解できない分は、「喩の力」でもって理解してゆくしかない。そういう「喩の錬金術」を理解することも、鉄を理解するためにはとても必要なのである。

私が古事記の細かな場面を、「鉄の神々の物語」として具体的に想起できるようになった大きなきっかけは、一九六九年に制作された岩波映画社制作の記録映画『和鋼風土記』三十分を見たときからである。それは、近世に確立されたと言われる出雲のたたら製鉄の復元実験をした貴重な記録映画である。宮崎駿も『もののけ姫』を作るときに見たと言われてきた幻の記録映画である。それまでは、文献でしか読むことのできなかった「鉄を作る全過程」を、この映画を通してはじめてこの目でしっかりと見ることができた。そして、映画の最後、炉が壊されて鉄が取り出される過程を見たときには、須佐之男が高天原で畦を壊す狼藉を働いた意味が一気に解けた思いがしたものである。

確かにこの映画で記録されているのは、近世というか江戸時代のタタラ製鉄の姿である。この映画のようなタタラ場が古事記の時代にあったわけではない。しかし、この記録映画には、タタラ場を含む「鍛冶」の全過程の「原型」が記録されていることがわかる。それは、鉄を作るのに、原料（鉄鉱石や砂鉄）を山や河から手に入れ、それを火に掛け、そこに風を送り、高温の火にし、石や砂を溶かし、そうして溶けた鉄を含む炉を壊して、そして鉄の塊を取り出し、それを鎚で叩いて道具としての形を作り直す、という過程である。

この鍛冶の過程で最も大事なことは、「高温の火」を手に入れる過程である。それは風を送り込んで火力を増幅させる過程であるが、この過程を通して、はじめは「カマドの火」のような「小さな火」でしかないものが、やがて岩を溶かす高温の「鍛冶の火」に転化するのである。この「カマドの火」から「鍛冶の火」への獲得が、国作りに欠かせなくなる。

エリアーデは『鍛冶師と錬金術』の中で、鍛冶師が古代ではいかに王として、英雄としてあがめられてきたかを、目から鱗が落ちるように描いている。私の論の特徴は、エリアーデの論の終わるところから始まる。それは手に入れた「鍛冶の火」を、古事記がさらに「日の神」に転用してゆく過程を描こうとしているからである。その「火の神」を「日の神」に巧みに転用しようとしている過程を明らかにするのが私のこの論の目的である。それは、古事記を一貫して「鉄の神々の物語」としてあることを読み解く試みである。その読み解きのハイライトというか、もっとも核心の部分は、天照御大神の物語である。

この神の原型は、もともとは日本のどこにでもいたカマドの火の神である。その「火の神」が、「日の神」にすり替えられてゆくのである。そのすり替えは、「カマドの火」を、「世を照らす太陽」のような神にすり替えることによって増幅させられる。天照御大神も、もともとは、「火の神」を強くした「鍛冶の神」の性質を持ったものとして登場しつつ、しだいに、巧みに「日の神・光の神」としてあがめられるように仕組まれてゆくのである。

ここのところの見解が、私の論考の最も大事なところである。だから、「鉄の神々の物語」として読むというから「鉄の話」なんでしょう、というふうに受け取られると困る。「火」は、どこかでかならず「光」や「日」に転化する。そこに「火」の持つ不思議で不気味な本質がある。その「火」の本質を深く理解すること、つまり「鉄」を媒介にすると「火」が「日」の物語になってゆくところ、そこを読み解くところが大事なのである。

私はこうして、従来の「稲作神話」の解釈とはっきりと分かれて、古事記をひたすら「鉄の神々を喩を通して描かれた物語」として読み続けていったのであるが、そうすると、従来では見えなかった鉄の存在が、それこそ山のように見えてきた。鉄の神々の物語とは、鉄を作り、鉄の武器で武装した神々のことを語るだけのものではない。神々の国作りや婚姻や出産や、あらゆる場面にわたって神々の関わる一切の事柄が、鉄に関わる物語、もっといえば「鉄を生む」物語、つまり「鍛冶」に関わる物語として物語られているのが見えてきたのである。

そういう風に読み解いてゆくと、高天原の神々がなぜ武装しているのか、なぜイザナキとイザナミは「矛」という武器を使って国作りをするのか、なぜイザナミは火の神を生むのか。火から生まれるものとは何なのか。その火から生まれたもののために、なぜ生んだイザナミが去るのか。そのイザナミの去った黄泉の国とはどういう国なのか、その国に、なぜ雷神や軍隊がいるのか。なぜアマテラスとスサノオは兄弟のようにして生まれながら、方や天上の支配者のように、方や地上の支配者のようになぜ描き分けられなくてはならなかったのか。そしてスサノオが高天原に向かうときに、アマテラスはなぜ武装しているのか。高天原にはなぜ鉄の採れる天の香具山があるのか。高天原にはなぜ天の河があって、それを塞き止める神がなぜいるのか。その河原に鍛冶を司る神々がなぜ集まるのか、……などなど、もちろん数え上げてゆけば切りがないのだが、そういう場面のすべては、鉄と鍛冶のイメージ抜きには理解できないのである。

そしてこうした場面の多くは、従来の解釈史ではよくわからなかった場面なのである。でも、そこでの「わからなさ」は、「稲穂の神話」に引き寄せられ、「天皇の系譜を描いている」という頭からの思い込みの解釈から生じる「わからなさ」であった。しかし、古事記の神話篇を、「鉄の神々」の戦いの物語として読めば、古事記の神話篇の基本形は、鉄をコントロールしようとする「高天原」と、異端の鉄を作り続けようとする「黄泉国」「葦原中国」との戦いを描いた物語として見えてこざるを得なくなる。その「高天原」と「黄泉国」「葦原中国」の戦いが、「日の神」と「火の神」の戦いに「喩」を通して巧みに置き換えられている。その「戦い」を読み解くことが、新しい古事記像を手に入れる試みなのである。

しかし、私は私の勝手な想像で、こうした論を作り上げたわけではない。念のために言えば、私がこの論考でつねに参照にしてきたのは西郷信綱の『古事記注釈』（ちくま文庫）である。この本がなければ、私のこの論考もあり得ないほどの決定的なお世話になっている研究書である。しかし、この研究書を参考にしている間に、この本が徹底して避けている「鉄の物語」が見えてきたのである。

そしてその鉄の神々の物語として読み解く手ほどきをしてくれた本がたくさんある。「鍛冶と鉄の文化」を掘り進めてくれた考古学、民俗学者たちの研究には大きくを負っている。参考にした文献は最後に紹介するが、古事記と鍛冶と鉄の関係の大事さを、最も強く教えてくれたのは、吉野裕『風土記世界と鉄王神話』（一九七二）と、谷川健一『青銅の神の足跡』（一九七九）と、真弓常忠『古代の鉄と神々』（一九九七）であり、彼らが注目してきた、すでに戦前に鉄と神話の関係を考察していた福士幸次郎『原日本考』（一九四二）（復刻版一九七七）である。ただ、彼らは古事記と鉄、あるいは鉄の神の関係は指示してくれてきたが、主に「風土記」を中心に論じられることが多く、古事記の神話篇を最初から最後まで、一貫した鉄の神々の物語として粘り強く読み解く試みをしたのは、私のこの論考がはじめてなのである。

そして原文とその訓読で、たえず参考にしてきたのは山口佳紀・神野志隆光『新編 古事記』（小学館一九九七）であることも明記しておかなくてはならない。私の古事記の解釈上の批判も、主にこの本と西郷信綱の『古事記注釈』の二つに代表してなってもらうことになるのだが、それはそれだけこの本の胸を借りているということである。これらの研究がなければ、鍛冶と鉄の視点も、生かされることはなかったからである。

重ねて言えば、「鉄」に関心を持つというのは「鉄の武器」に関心を寄せるというようなことにはとどまらない。私たちの身の周りのものを見渡せば、橋やビルや乗り物など、文明のほとんどが鉄によって作られてきたものだからである。鉄が人間の文明を作り上げてきたのである。しかし鉄がそのように人間に深く関わってくるのは、地球そのものの大半が鉄でできており、それが人間の血液にも入り込んでいることを思えば、地球や人間の文明を考えることそのものが、実は鉄を考えることになることは、当然のことなのである。その鉄のはじまりを歌った吉原幸子の詩を紹介して物語の解読を始めたいと思う。この詩は、八連ある「生まれる—象—支える—打つ—削る—転がる—走る—錆びる」うちの最初の詩である。この詩人が溶けた鉄を「地球の血」だというとき、その発想はまさに火の神・カグツチを切ってほとばしる血を、実は溶けた鉄なのだとみなした古事記の発想といかに深く切り結んでいるか、読まれてきっと驚かれるはずである。

「生まれる」

それは宇宙のあちこちにひっそりと眠っていた。赤い、黄色い、黒い岩のなかに、やがて飛ぼうとする鳥のすがたで。あるいは砂漠に、水の底に、遠い磁極を求めてそそけだちながら、なにげない砂粒のふりをして。ある日それは、天からも降ってきた。人々は〈聖なる石〉〈霊魂ある石〉としてそれを削った。やがて人々が火より熱い火をみつけたとき、それは煮えたぎり、溶け、地球という肉体を脈々とめぐりはじめた。

それは地球の血だったのだ。そしてまた、地球に住む生き物たちの血でもあった〈その証しに、人々は血が乏しくなると、その粉を服む〉。血管のすみずみに〈文明〉の養分を送りとどけながら、それは人々の生の周囲に網の目をひろげ、つよく、しなやかに、たくましく、するどく、息づきはじめる。

〈吉原幸子「鉄・八態—それは地球の血」『鉄の文化誌』朝日新聞社［一九八五］、八連の全体はのち『現代詩手帖二〇一三年二月号吉原幸子の世界』思潮社に再録〉

なお以下の論稿では、古事記の訓読文の引用は「山口佳紀・神野志隆光校注・訳『古事記』新編日本古典文学全集一、小学館、一九九七年」からとし、引用部分はわかりやすくするためにアミ囲みとさせてもらった。

徹底検証　古事記——すり替えの物語——＊目次

徹底検証

古事記

――すりかえの物語を読み解く

第一章　古事記のはじまり

一　天地――火――金属

日常の感覚で、天《てん》と地《ち》がある、というとき、この天地《てんち》という言葉でイメージするものは何なのだろうか。

「天」ということでは、おそらく多くの人は「空」のイメージをもつだろう。そこには明るさや広さがあり、太陽や月や星があり、風や雲や雨がある、というイメージである。一方の「地」はどうか。地というと、地面や大地や地中のこと、そこにある土や水や木々が思い浮かぶ。石や岩、山や川ということも思い浮かぶ。

天地と言えば、およそそういうものがイメージされるのだが、こういうイメージに共通しているものは「自然物」というところだ。人間の生まれる以前からあるものだ。

しかし実際の天地には、そういうもの以外のものもたくさんある。橋やビルや汽車や飛行機、というようなものである。それらは「金属」でできているのだが、この「金属」はいわゆる天地に「自然」にあるわけではない。天地にある鉱物から人間が創り出してきたものだからだ。天地には存在しないそんなものを、どうやって人間は創り出してきたのか。それは火を使うことによってである。火でもって、鉱物（土・砂・岩）を溶かし、それを「金属」に加工してきたのである。そうして、第二の自然、つまり加工された金属自然が生まれることになった。

この自然の天地と、火を使って生まれた金属自然を記号化すれば、全体は

「天地—火—金属」

というふうに表すことが出来るだろう。

古代に強大な権力を持った統率者が出現し、国を統一してゆくという歴史を学ぶとき、その「統率者」に力を与えてきたのは、こうした「大量の金属の武器」であることは、あまりにもはっきりしている。しかし、そのことを、学生時代にうまく学んだという記憶が私にはない。それは武器について十分に教わらなかったということなのだが、それはただ武器のことを教わらなかったということではなくて、実は武器の出来る過程、つまり鉱物を溶かして金属を創る過程を、古代の人びとが、どこでどうやって獲得していったのかについての十分な知識を教師たちも教わっていなくて、だから生徒にも教えることができなかったことにきっと原因があったのだろうと思う。

古事記は、こうした古代の権力者が、統一国家を形成し終わるなかで作られた物語である。そうした統率者が、自分たちの古代の国作りを物語に仕立てるときに、国作りの生々しい原動力を物語の中に組み込まないわけがなかったはずである。それは「火—金属」を獲得していった過程を、統一国家を獲得していった過程として物語る物語である。そして古事記は、実はそういう物語としてつくられていたのである。

古事記の最初の設定は、天地と共に「高天原」がある、というところから始まっている。普通に読めば天地《てんち》は、すでに考察してきたように自然にできた世界のことをいっているのだが、そこ

に同時に存在する「高天原」というのは、人工の自然、つまり国家のはじまる場所を指し示しているということになる。そうすると、その場所は「大量の武器」を手に入れることの出来る「火―金属」の生まれる場所でもあるということになる。私の古事記論は、その前提ではじまる。

二　神々のはじまり

1　「火」と「日」の転換

古事記のはじまりは、「天地」のはじまりと、「国」作りが、同時に語られている。もしもここに本当に「国」のはじまりが語られているとするなら、そこには必ずや鉄のイメージが語られていないといけないことになるだろう。はじまりは、こう書かれている。

> 天地《あめつち》初《はじ》めて発《あらは》れし時《とき》に、高天原《たかあまのはら》に成《な》りし神《かみ》の名《な》は、天之《あめの》御《み》中主神《なかぬしのかみ》。次《つぎ》に、高御《たかみ》産《む》巣《す》日神《ひのかみ》。次に、神《かむ》産《む》巣《す》日神《ひのかみ》。此《こ》の三柱《みはしら》の神は、並《とも》に独神《ひとりがみ》と成り坐《ま》して、身《み》を隠《かく》しき。
>
> （『古事記』小学館　一九九七）

普通に考えると「天地」という自然の姿が生まれると同時に「高天原」があるように語られるのは、不自然である。しかし、この不自然な「人工物としての高天原」の存在を設定することで、はじめて自然物ではない鍛造の鉄の存在の出自をイメージさせる可能性ができているのである。そうすると、そこに成った三柱天之《あめの》御《み》中主神《なかぬしのかみ》、高御《たかみ》産《む》巣《す》日神《ひのかみ》、神《かみ》産《む》巣《す》日神《ひのかみ》の神も、それぞれが何らかの形で、鉄に関わる神として設定されていることが予想できる。

天之御中主神《あめのみなかぬしのかみ》は後で触れるとして、先に他の二神について考えてみたい。二神は、共に「産巣日」と漢字がつけられている。「産巣日」の解釈は分かれているが、「産《む》す」や「生《む》す」に結び付けて説明されることがほとんどである。そう理解すると、この「むすひ」は何かしら親が子を産むような有機的な産みの仕組みのイメージでとらえられることになる。しかしそう理解すると、すでに指摘しているような無機の「鉄」のイメージを読み取る道は閉ざされる。古事記の編者は、ここで確かに「国」を作るイメージを語ろうとしているので、金属の取得のイメージを語らないわけにはゆかないはずである。

ここでの無機の喩《イメージ》を考えるためには、むすひを「むす（産）」に力点をおくだけではなく「ひ」にも力点を置いて理解する必要性が見えてくる。「ひ」は従来の解釈からすると、「ひ／霊」と解されることが多いのだが、それは「むすひ」を有機のイメージで理解したいがための解釈である。しかし、原文では「ひ」は「日」と表記されている。ここに古事記の巧みな罠の仕掛けがある。もともと人工的な自然のはじまりは、「ひ／日」ではなく、「ひ／火」だからである。火が鉄をうむからだ。

しかし古事記の編者は、巧みに火を日と書き替える。そのことの意味は、これから明らかにされることになるが、二つのことだけをはじめに指摘しておきたい。一つは、国の原動力になる火＝鉄の獲得技術は、「秘密」にされるところがあったということである。近代の鍛冶場を担ってきたタタラ師たちでも、自分たちのタタラ技術の手の内を決して部外者には見せなかったことが、タタラ場を再現した記録の『和鋼風土記』（角川書店）に語られている。古事記も国の生まれる記録ではあるが、「部外者」にはわからないように「比喩」でもって鉄の獲得が語られているのである。

もう一つの理由は、そのことと当然関連するのだが、国作りの核心の部分にある火＝鉄を、日の物語にすり替えて物語ることである。それが実は古事記の大きな使命になっていて、そこに古事記固有の「喩の錬金術」が大活躍するのである。「火」は元々は大地の鉱物を溶かすために使われるのであるが、そうして得られた鉄＝武器が、世を照らす国の太陽として見えるようにイメージチェンジされてゆくのである。つまり「火」を作ることが、ことさらに「日」を作ることにすり替えられていくのである（その政治手法は現代でも使われる。原子炉の「火」作りを、電気の「明かり」作りとだけ意識させる手法である）。この「喩の錬金術」は大きく成功する。古事記を読む人びとは、「火」を読み取らなくてはならない場面で、「日」を読み取るように仕向けられてゆくからである。それが神々の漢字の表記を巧みに操作することで達成されてゆく。そこに「喩の錬金術」がある。そしてその最初の「喩の錬金術」が、この「むすひ」の「火」を「日」と表記することから始まっていたのである。

2　神産《かみむ》巣《す》日神《ひのかみ》

では古事記のはじまりに登場する三柱の神は、日ではなく火に関わる神なのだとしたら、どこでそのような手がかりを得ることが出来るだろうか。多くの研究者は、この古事記の最初に出てくる神と同じ名前の神が『出雲風土記』に出てきていることを指摘しているので、私もそこから「火」にかかわる手がかりがあるのかどうか、調べてみたい。

その神の名は「かみむすひ」である。この神と同じ神名の神がこの神と登場する『出雲風土記』を手がかりに、「火」の出所を探ってみる。「かみむすひ」が出雲風土記に登場するのは六カ所あるが、ここでは「加賀の郷」の件《くだり》を見てみる。

御祖《みおや》の神魂《かみむすひ》の命《みこと》の御子《みこ》、支佐加比売《きさかひめ》の命《みこと》、「闇《くら》き岩屋《いわや》なるかも」と詔《の》りたまひて、、金弓《かなゆみも》以て射給《いたま》ふ時《とき》に、光《ひかりか》加加《かや》明きぬ。故《か》れ、加加《かか》と云《い》ふ。（加賀の郷）

（『風土記』小学館　一九九七）

この件《くだり》は一見すると地名の由来を述べている地名由来譚のようにみえるが、そうではない。この話をもっと詳しくしたものが、「加賀の神崎」の件に出てくるが、ここでは「加賀の郷」の話の方を取り上げる。

ここでは、直接に「かむむすひ」が語られるのではなく、その子「きさかひめ」（この比売は後に大穴牟遅神を助ける神として出てくる大事な神である）の話として語られるのであるが、ここでは、なにかしらの「明るさ」をもたらした神のように読まれる話が語られる。そういうふうに読めば、「きさかひめ」は「明かり＝日」をもたらした神のように見えるし、そうなるとその親である「かむむすひ」も「日」の神になり、それが古事記で産巣日《むすひ》と表記されるのは当然ではないかと思われそうである。

しかしここで語られているのは「金弓《かなゆみ》」を持っている比売の姿である。比売は、暗い岩屋にいて、すでに持っている鉄の弓で壁を射ると明かりが差したというのである。不思議である。比売は一体どうしてそんな鉄の武器を持っているのか？　どこでどうして手にいれたのか？

風土記のこの場面はイメージとしてもわかりにくいところがある。比売は「金弓《かなゆみ》」で射たのであるが、その射たものが壁を突き破って外の明かりを岩屋の内部に入れたのか、射た「金弓《かなゆみ》」が壁に当たって火花を散らし、何かを燃やすようにして明かりを出したのか、よくわからないからである。ただはっきりしているのは、「明かり」を手に入れるために、「金弓《かなゆみ》」を射た、ということである。つまり、「明かり」を得るのに「金弓《かなゆみ》」が必要だったということを語っているところである。つまり「明かり＝光」の前に「鉄＝金弓」がある、という構図である。

ではこの「金弓《かなゆみ》」はどこで手に入れたのか。それは親の神魂《かむむすひ》の命《みこと》からだ、としか考えられない。それは神魂の命が火＝鉄に関わる神だったからである。もっといえば、この神魂の命こそが、「金弓《かなゆみ》」を作り出す火の神だったからである。

その火の神の性質を受け継いで、「きさかひめ」も生まれている。事実、のちに、この「きさかひめ」が大穴牟遅神《おほあなむちのかみ》を助けるときも、火に焼かれた大穴牟遅神を助ける場面としてであり、「日」ではなく「火」に関わる神として登場しているのである。

ちなみに、この「暗い岩屋」の設定や、そこを「金弓《かなゆみ》」で射て、光を得る設定は、古事記の天《あま》照大御神《てらすおほみかみ》の岩屋の設定に似ていることをここで指摘しておかなくてはならない。なぜ「岩屋」と「金属」と「光」がセットになって出てくるのか。そこには、そもそも光の元がどこにあるのかを考えさせる問いがある。

ところで、「かみむすひ」を理解するために風土記を参照にする見方に対して、西郷信綱は批判的であった。彼は「学者の多くはこの神を出雲固有の土着神と見るのであるが、単純にはたしてそうか」と疑問を出し、「出雲とかぎらず、原的な生成または生産の霊として、ムスヒが古代の日本でかなり広範囲に信じられていたらしいことを推定できるだろう」(『古事記注釈』)と書いていた。古事記の「神産巣日神」と風土記の「神魂の命」を多くの研究者は、同じように見ているとしても、「全く同一」というわけにもゆかないのも事実である。表記上の神名が違っているからだ。しかし、そういう批判をしつつも、彼は「ムスヒが古代の日本でかなり広範囲に信じられていたらしいことを推定できる」というような確証の得られない曖昧な「推定」をしている。でももしこの「推定」になにがしかの意味があるとしたら、それはこの「かみむすひ」が、「火の神＝竈《かまど》の神」として「古代の日本のかなりな広範囲」で信仰されていたのでは、と考えると、西郷信綱の見解は大きく妥当するのではないかと思われる。

というのも、風土記で語られるような岩屋の原型は、やはりカマドにあるように思われるからだ。その暗いカマドの中に、暮らしに最優先の「火」がともされる。その「火」は、のちのヤマトタケルが持っていたような「火打《ひうち》」でつけられていたのであろう。「火打《ひうち》」とは、小学館版の古事記の注では「火打ち石。石と金属を打ち合わせて発火させる」と記されていた。そして、この火は明かりにもなる。「きさかひめ」が「金弓《かなゆみ》」を射ると光が輝いたというのも、金―火―光、の筋道を語っていた。そうしたカマドに火をもたらす神が「かみむすひ」として古代日本の広範囲で信仰されていたとするなら、それは大変妥当な考え方であるように私には思われる。

ちなみに余計なことをいうと、風土記の金弓を射つ件の原文は「金弓以射給時」となっているのだが、小学館版の『風土記』はその「金弓」を「黄金の弓」と訳している。「黄金の弓」と訳すのは間違っている。「鉄の弓」と訳すべきである。ちなみに岩波版『風土記』では、ここの所を「弓の要所に金属（恐らく鉄）を用いたものか、黄金の装飾ある弓か、明かでない」と注釈していた。遠慮しながらであるが岩波版は、その金をちゃんと鉄と読んでいる。

ついでに、もう一つ言えば、神話学者の常として、こうした岩屋は女性の子宮のようなもので、そこにある弓（「加賀の神崎」の件では金弓が流れてくる）は男性のシンボルで、この場面は性交と出産の場面だと解される見解がある。そういうふうに理解できる側面もあるだろうが、それなら別に「金弓」などは不用であり、ただの木製の弓矢であれば十分である。そういう弓矢はただの男性のシンボルの代用品だからである。しかし、ここではわざわざ「金弓」と書き、「金」をテーマにしているのだが、その大事なテーマが、子宮―男根―性交―出産の図式では見えなくなってしまうのである。

大事なことは、「光」を得るという話の元に「金（金属）」がある、という設定に理解を示すことである。この「光」は、昔話に残されてきた「朝日長者譚（土を掘ったら輝く財宝が出てきたという話）」の「光＝財宝」に相当するものでもある。実はその財宝は鉄であることは、柳田國男の「炭焼き小五郎が事」（この論考は柳田國男の書いたものの中でも最も重要な論考の一つである）に詳しい。そしてその鉄は火なしには得られないので、この光＝財宝を得るものは、火を生むものである。その火を得て作られる鉄が、実は「かか」と表現されることになるのである。「加賀の郷」「加賀の神崎」の伝承も、この火＝鉄＝金＝明かり＝かか＝光のイメージの連鎖の中で語られてきたものであった。ということは、この伝承の大本にいる親の「かみむすひ」の本性に「火」がある、ということになるのがわかるであろう。その「火」が、イメージ連鎖の中で、いつのまにやら「明かり」に転化されるというのがこの伝承の興味深いところである。そして、この「かみむすひ」の伝承が古事記に取り込まれるときに、「生す火」であるにもかかわらず「産巣日」にすり替えられてゆくことになるのである。

少し説明が長くなったが、以上のことを踏まえて考えると、「かみむすひ」が元は火の神であることが見えてくる。そして、古代の人びとにとって火の神が何よりも大事なことであったことを思い起こせば、それは当然であったところも見えてくる。そして、その原型はきっとカマドの火であったことも忘れないようにしておきたい。しかし、ある時代から、人びとは、「火」と共に「光」に魅せられるようになってゆく。そして、露骨に「火の神」が「光の神」、つまり「日の神」にすり替えられて信仰されてゆく時代が来るのである。天照大御神の創造である。

古事記のはじまりは、実はこの「火の神」を「日の神」と言い換えるところから始まっていたのである。そこのところを十分に理解しておかなくてはならない。だから古事記が「日神」と表記するときは、その背後に「火神」が透けて見えないかどうかをしかと見つめてゆかなくてはならない。そもそも古事記という物語は、火の神を意図的に日の神として語り変える物語になっているからである。しかし、いくら「日の神」に「火の神」が書き換えられたとしても、本性は隠すことが出来ない。たとえば「神産巣日神」だけをみても、実際にこの後古事記に登場する場面を見てゆくと、そのなかでこの神のかかわる場面は、ほぼ「火」に関わる場面であることがわかるからである。

あらかじめ言えば、「神産《かみむ》巣《す》日神《ひのかみ》」の登場する場面は、須佐《すさ》之男命《のをのみこと》が食物神を殺す場面、焼け石で死んだ大穴牟《おほあなむ》遅神《ぢのかみ》を助ける場面、大国主神《おほくにぬしのかみ》が御舎を作るときの場面などである。この三つの場面を丁寧に見れば、そこに共通しているのが「火」だということにきっと気がつかれるはずである。

3 高御産巣日神《たかみむすひのかみ》

順番は逆になるが、つぎに高御産巣日神《たかみむすひのかみ》を見てみたい。この神は風土記に現れることはないので、地方で信仰されていた土着の神ということではないのだろう。

この場合の、高御産巣日神《たかみむすひのかみ》の「高」と、「高天原」の「高」とは、おそらく同じ意図で付けられている。「高」とは、「より高見から国を見下ろすことのできる国見の位置」のことである。それはだからただ「高いところにある位置」のことではなく、具体的には「百余国に分かれている国の全体を見渡すことのできる政治的な国見の位置としての高見」のことである。もう少し言えば「中国や朝鮮を含めた倭の国の全体を見ることのできる政治的な高見」のことである。そういう中国も朝鮮も含めて見える倭の国全体を、ある時期に「日本」と呼ぶ時期が来る。つまり「分かれていた倭」の全体を「日本」として見下ろすことのできる位置を手に入れる時期がくる。それは「鉄の武器」を大量に使うことの出来る統治者の出現する時期である。

古事記は、その倭国を「日本」として見る位置を、あえて「高天原」と呼ぶことにしているのである。日本書紀は、「高天原」という「見る位置」を表現する言葉を使わずに、いきなり「日本」という言葉を使うことにしている。それが日本書紀に「高天原」の出てこない理由である。

一見すると、高天原は、なにやら雲の上の神々の住むロマンチックな世界のようにイメージされるかもしれないが、そこはそういう世界ではない。この「高」のついた「高天原」は、最初から政治的に仕組まれた、ある意味での武装された場所であり、そのことをはっきりとこの「高」に読み取っておかないと、このあとの古事記の展開を誤解してしまうことになる。

この理解を踏まえると、「高御産巣日神《たかみむすひのかみ》」とは、古事記の中で常に「高見」から指令する神として位置づけられ、さらには武装する神々、もう少し言えば鍛冶を扱う神々と共に登場するところが理解されるようになる。その極めつきが天照大御神と行動を共にする場面である。この「高御《たかみ》産巣日神《むすひのかみ》」は溝口睦子『アマテラスの誕生』によると、天照大御神の出現以前に、我が国の最高神として存在していた可能性がある、と指摘されているが、それは、この「高見」から鳥瞰できる力を持つ神なので、そういう最高の位置を持っていた可能性が大いにあると私も思う。

そしてこういう広大な地理を鳥瞰出来る「高見」を手に入れる能力をもっていたのは、広大な大陸の地理を鳥瞰して大移動できていた民族である。そしてそういう大移動を可能にしていったのは、移動のための馬と、馬につける鉄製の馬具と、武器であった。広大な鳥瞰的高見を手に入れるには、広大な地理的感覚と、高度な鉄製品の獲得技術を持つことなしにはあり得なかったのである。そして高度な鉄製品を得ることは、高度な火をコントロールできる技術を持っていることである。そしてそういう「高見」を得る術をもった一族が、倭にもやってきた。そして「高御《たかみ》産巣日神《むすひのかみ》」の位置をつかんでいった。そう考えることは十分に可能である。

そういう意味において、「高御産巣日神《たかみむすひのかみ》」は、「カマドの火の神」とは違う意味の「火の神」であり、「鉄の神」であった。そしてそういう火＝鉄を手に入れ、それを元に鳥瞰する力がないことには、倭の統一も図られなかったのである。

その高見から見る力でもって国土を把握し、小国を支配していった「高御産巣日神《たかみむすひのかみ》」が、途中から天照大御神に地位を譲っていったと考えるのが溝口睦子であったが、その考えは私にもよく理解できる。ただそのすり替えが起こるのは、倭の統治者の中に、「火」よりも「日」の方が効果があることに気がつくものがいたからだと私は考えるのである。

以上のことからわかることは、この最初に現れた二柱の神が、共に「火の神」の性質を持ちながら、「日の神」と間違えられるような表記を与えられ、役割分担をさせられているところである。「高御産巣日神《たかみむすひのかみ》」は高天原を、「神産巣日神《かみむすひのかみ》」は地上（といってもこの後生まれる葦原中津国）を、という分担である。

4　天之御中主神《あめのみなかぬしのかみ》

残るは天之御中主神《あめのみなかぬしのかみ》についてである。この神の解釈も多様であるが、他に似たような神がいるわけではなく、どこかで人びとがこういう神名の神を信仰していた記録があるわけでもなく、ただ古事記のはじまりに置くためだけに作り出された神のような感じがあるので、考えようとすると、どこかしら思弁的な考察になるのが困るところだ。

しかし、私はこの神の存在が、他の研究者と違ってとても大事だと考えている。その理由は今までの、二神の神の説明の流れの中では語れない、もっと別な所に存在意義をもたらされていると私は考えるからである。その説明は「いざなき　いざなみ」の章で改めて語られる。気になる人は先にその章を走り読みされてもいいだろう。

なので、ここではこの神の説明ではなく、この神の中につけられている「中」のイメージのわかりにくさにだけふれておくことにする。この神名に使われる「中」のイメージはとてもわかりにくいからだ。特に「中」は「内」ではないという国文学の解釈上の強い制約があるものだから、その区別を順守しようとすると、イメージが広がらなくなる。喩として考えれば、「中」と「内」の区別はそれほど決定的なものではない。

たとえば天と地の「中」といえば、それは「中間」という意味や、「間」という意味になる。「葦原中国」の「中」というのも、そういう「間」にある国ということになるだろうか。しかし、そういう中つ国も、天と地の「内」にあるといえば、それはそういうふうに言えなくもないところがある。「中央」とか「真ん中」という意味の「御中」だという人もいる。しかし「中央」とか「真ん中」にあるものは、その両側にあるものの「内」にあることになるから、「中」は「内」であり、「内」は「中」になる、という反転はどこかで生じ得る。だから、この天之《あめの》御《み》中主神《なかぬしのかみ》の「中」が、「内」なのか「中」なのかを決めることは本当はとても難しい。それを決めるには「外」の理解も必要になるからだ。

すでに触れたように、古事記で最も重要な「中」のつく言葉は、「葦原中国」の「中」であるが、一体この「中」は、実際にはどういう「中」であるのとか問うと、誰もうまく答えられないのではないか。それは高天原の「外」にあるのか、天地の「内」にあるのか、「中間」にあるのか、わからないのである。このことは、のちに出てくる天の岩屋の話で、そういう洞窟や洞穴の「中」は、「中」なのか「内」なのか、うまく答えることが難しいのに似ている。

私はこの天之《あめの》御《み》中主神《なかぬしのかみ》の「中」は、限りなく「内」に近い「中」であるように思われる。たとえてみれば、それは「子宮」の「なか」とか、「カマド」の「なか」、「銅鐸」の「なか」のような、何かを生み出す「なか」である。そう考えると、他の二神の「むす」というイメージとつながってくる。

5　隠れる

こういう「中」のイメージの詮索は、些細なことにこだわっているように見えるかも知れないが、そうではない。というのも、「この三柱の神は、みな独り神として身を隠した」というような書き方が最後に出てくるからである。この書き方の原文は「隠身也」となっているので、それを「身を隠す」と読むのか、「隠り身」と読むのか、見解は分かれているが、どちらで読むにしても、そこに「隠れる」というテーマがあるわけで、それを考えないですますわけにはゆかない。

そもそも、神々に「隠れる場」があることをイメージすることは難しい。元々、神々は見えないのだから、はじめから隠れていると言えば隠れていることになるだろう。しかし、名前を持ってしまう神々は、見えないと言ってみても名前がある限りは見えている。だから神名のある神は、目には見えなくとも神話的には「存在する」あるいは「身がある」と考えなくてはならないだろう。神名も「身」なのであるから。そうなると「隠身也」をどう読むのかということになる。「隠身《かくりみ》」と読めば「隠れてしまって見えない身」のことになるが、「身を隠した」と読めば、ある位置からは見えなくなることをいうことになる。

つまり問題は「場所的に隠れる」ことを語っているのか、それとも、とにもかくにも「見えなくなること」を言っているのか、ということになる。もしも、この「隠身也」が、かくれんぼのように場所の移動のことをいっているのだとしたら、それは「見え」の問題というか、「見る位置」の問題、もう少し言えば、「見るための明かりの位置」の問題になる。明かりの問題は根本的に大事である。たとえそこに居る人でも、明かりを消せば見えなくなるからだ。それはあるいはその人が暗がりに入れば「見えなくなる」ことともかかわっている。視野から明かりを奪えば「隠された」ことになるのである。しかし、それは「見えなくなる」だけで「消えた」わけではない。明かりがあるのに、見えなくなるとしたら、それはどろんと消えたわけで、存在すらしなくなったことになる。

ではこの三神の場合はどうなのか。その手がかりを調べるために、古事記の他の場面で「隠」という字がどのように使われているのか調べてみるのがいいだろう。

古事記の神代の部分で、「隠」の字が「隠れる」の意味に使われる情景はいくつかある（「隠岐の島」などの使い方はぶく）。

① 天照御大神が岩屋にこもったとき、その岩屋の前で、天手力男神《あめのたじからをのかみ》が戸の脇に隠れて立つ場面に使われる。「天手力男神、戸の脇に隠れて立ちて（天手力男神、隠立戸脇而）」。

② 天照御大神が、自分は岩屋にこもっていて外は暗いはずなのに、どうして外が騒がしいのか気になって、少し戸を開けてつぶやく場面である。「わたしが隠ってるので、世界は暗いと思うのに（因吾隠坐而、以為天原自闇）」。

③ 大穴牟遅神が須佐之男大神の試練を受けて火に囲まれたとき、ネズミに誘われて穴に入る場面。「そこを踏むと、穴に落ちて、そこに隠っている間に、火は焼えて通り過ぎていった（落隠入之間、火者焼過）」。

④ 八重事代主神が葦原中国を差し出すかどうか尋ねるために派遣された船を、踏んでふし垣に変えて隠れた場面。「この船を踊み傾けて、天の逆手を青柴垣に打ち成して隠りき（天逆手矣於、青柴垣、打成而隠也）」。

⑤ 大国主が子どもたちが国を譲るといったので私も従います。そのためには出雲に太い柱の宮を作ってください、それならそこに隠れましょうと言う場面。「（僕者、於百不足八十坰手、隠而侍）」。

こういう場面を見ると「隠」というのは、ある立場の者からは見えないところに移動し、そこに居る、立つという意味につかわれていることがわかる。それはある位置の者には見えるけれど、別な位置の者には見えないという意味である。

おそらく三神も、そういうふうに隠れたのであろう。いかなる位置からも見えないようにどろんと「消えてしまった」わけではないのだ。なぜそういうふうに考えるのかというと、私はやはり「明り」の問題と「隠れ」の問題をリンクさせるべきだと考えるからである。そして最初に現れた三神が、火に関わる神だとすると、そこには「明かり」の問題が現れるわけで、その明かりの作用と共に見えなくなることの問題が、深く関わって出てくることになるからである。

古事記の編者が、ここで「この三柱の神は、みな独神として身を隠した」と書くときに、多くの研究者は「独り身」にポイントを置いて解釈するのが常であった。が、本当は「独神」より「隠身」の方に関心があったはずである。つまり、三柱の神は「火に関わる神」なので、その「火＝明り」を見えないようにさせたというのが、この件の意味である。「火＝明り」として存在する神々は、自らの存在の「見え方」をコントロールできることを古事記の編者はここでアピールさせているのである。

三　「国」のはじまり

1　脂とくらげ

さて、こうして国のはじまりが語られることになる。古事記の描写は次のようになっている。

次に、国稚《くにわか》く浮《う》ける脂《あぶら》の如《ごと》くして、くらげなすただよへる時に、葦牙《あしかび》の如く萌《も》え騰《あが》れる物《もの》に因《よ》りて成りし神の名は、宇摩志阿斯訶備比古遅神《うましあしかびひこぢのかみ》。次に、天之常立神《あめのとこたちのかみ》。此の二柱《ふたはしら》の神も亦《また》、並《とも》に独神と成り坐《ま》して、身を隠しき。

ここには、「国」がまだ若く、脂のように浮かんでいたり、クラゲ（久羅下）のように漂っていることが語られているのだが、ここでの「国」とはどういうものとして想定されているのだろうか。考えられるのは、何よりも「国」は自然物ではなく、人工物であるということだ。そしてこの「国」は、後に見るように、高天原の神々の指示の下に作られているとしたら、ここでの「国」は、「火高天原の性質を引き継ぐものとして登場していることになる。そうなると、この国は当然―金属」の特質をもって生まれることになっているはずである。そのことを、実際の古事記の記述を通してみてゆきたい。

まず「国」が「脂」のようにとか「久羅下《くらげ》」のように「漂っている」という描写についてである。ここでは「くらげ」とあるのでつい海にぷかぷか浮ぶ海月《くらげ》のようなものをイメージしてしまいがちであるし、現に多くの解説書はそういうふうに説明してきている。しかし、それにしても、「脂」という表記が気になる。というのも、こういう「脂」という表記で思い描くのは、「浮かぶもの」と同時に「燃える」ものとしてのイメージだからである。縄文の土器にも獣脂を燃やしたあとが見られるものがあるという。

ここのところはどのように考えるといいのだろうか。「浮かぶ」イメージに焦点を当てるのか、「燃える」イメージに焦点を当てるのか、それとも両方のイメージを兼ね備えた何かに焦点を合わすべきか。

2 葦牙《あしかび》

このことを考えるためには、そのあとに出てくる「葦牙《あしかび》のごとく萌《も》え騰《あが》れる物」があるという記述について考えるのがいいように思われる。ここでの「葦牙《あしかび》」というのは、一般には「葦の芽」のように解釈されたり、「黴《カビ》」のように解釈されるのが常であった。ここで古事記最初の「葦」が出てくる。この言葉は、この後の古事記の中では最も有名になる「葦原中国」の「葦」である。これは従来は、湿地帯に生える葦として理解され、稲作をする前段階の土地の様子とされてきた。が、一九七〇年代に入って、福士幸次郎と彼の考えを引き継いだ真弓常忠によって、それは単なる植物の葦を言うのではなく、根から鉄分を吸い上げて、根元に褐鉄鉱と呼ばれる鉄の塊をつくる、そういう葦のことを指すのだという見解が出された。それによって、それまでの稲の前段階の葦のイメージから一気に鉄に関わる葦のイメージが出てきて、古事記の世界観を大きく揺るがすことになってきた。一般の人には、それがどういうことなのかピンとこないかもしれないので、辞書で「高師小僧《たかしこぞう》」というのを引いてみられるといいと思う。広辞苑六版（以後は広辞苑と表記）では「管状・樹枝状の褐鉄鉱。鉄分が地中の植物体のまわりに付着してできたもの。愛知県豊橋市高師ヶ原、その他各地に産する」と書かれてある。インターネットで検索すれば「高師小僧」のさまざまな形態の写真はたくさん出てくるので、どういうものかすぐにわかる。葦が水辺の地中に含まれる鉄分を吸い上げて、大小の鉄の塊を根元に作ってくれているのである。古代の人たちは、そういう「高師小僧」を加工して鉄の道具を作っていた時があったとされている。

葦になぜそんなことができるのかというと、それは、鉄分を含む水があるところでは鉄バクテリアが大量に繁殖し、鉄分を取り込んだ赤色のどろどろした沈殿物をつくり、それが根元に付着して大きく成長させるのである（文部省編『学術用語集 地学編』日本学術振興会、一九八四）。その鉄バクテリアの膨大な活動と死骸が何億年と積み重なって褐鉄鉱鉄の鉄鉱床を形成してきたとも言われている。ちなみに広辞苑で「褐鉄鉱《かってっこう》」を引けば、「水酸化鉄から成る鉱石の俗称。化合水を十数パーセント含有して幾分やわらかく、粗鬆多孔質で、五〇～五五パーセントの鉄分を含む。日本には化学的沈殿でできた沼鉄鉱が多く、しばしば草木などの化石を含む。黄鉄鉱床などが風化作用をうけてできたものもあり、地表の浅い所に産する。鉄の原料鉱石」と説明されている。つまり身近な葦の生える沼のようなところで「沼鉄鉱」などが取れていたことがわかる。

興味深いのは、現代でも、そうした鉄バクテリアの作る沈殿物が、水面に膜のようにぷかぷか浮いて広がり、ときにはそれがどこかの工場から油がもれだした流出事故のように勘違いされることもあるという。

そういうことを踏まえて、古事記のこの最初の記述を読むと、国(鉄を基盤に作られるもの)が、まだ水面の上に「脂」のように漂っていた時というのは、鉄分が沈殿物の状態で、まるで「脂」のように、まるで「くらげ」のように浮かんでいる状態をイメージすることは可能なのである。そうすると、こうした状態は、海のクラゲのように見なさなくてもいいことがわかるし、そういう状態から「葦牙」のように「萌え騰がる物」がでてきたというのも、わかるように思える。

すでに指摘したように、「葦牙《あしかび》」というのは、一般には「葦の芽」のように解釈されたり、「黴《カビ》」のように解釈されるのが常であった。「牙」と「芽」は似ているし、「かび」という読み方も、菌類の「黴《かび》」を連想させてきたからかも知れない。しかしもしも、古代の人が、水面に浮かぶ赤い褐鉄鉱の沈殿物が、何かしら小さな生きものによって少しずつ増殖させられているように感じて、その小さな生きものを「黴《かび》」と考え、それが葦にとりついているので「あしかび」と呼んだのだとしたら、その小さな生きものは、ひょっとしたら「鉄バクテリア」を予感させるものであったのかも知れない。ここにまだ未形ではあるが初源の鉄が見つめられているのである。

ともあれ、葦からそうした固いもの（初源の鉄）が生まれるところを、古事記は「葦牙」と呼ぼうとした可能性がある。「葦牙」の「牙」は、だから柔らかい「芽」の漢字であってはいけないのである。のちに、剣やナイフになるその固いものは、例えると肉を引き裂く獣の歯に似ているので、「牙《きば》」の字がきっとそこに当てられているのであろう。ここの記述は、だからぷかぷか浮かぶ「脂（初源の鉄）」のようなものから、そういう肉を引き裂く「牙」のように萌騰がる物がでてきたと読まれるのが自然である。

3 萌騰物《もえあがれるもの》

ではこの「萌え騰がる物」とはどういうものか。これも、従来の解釈では、葦の新芽が萌えるように伸びてくる様と理解されることが多かった。萌という字はそういう植物の芽のイメージがあるからだが、「萌騰物《もえあがれるもの》」と書けば、その「沸騰《ふっとう》」という字の「騰」のイメージに引き寄せられて、「燃え上がる」ようなイメージを持たされることも確かである。事実、西郷信綱も『古事記注釈』の中で、この「萌え」を「燃える」と読んで良いのだと注釈していた。そういうふうに考えると、「葦牙」のような「燃え上がるもの」を元にして、二神、つまり「宇摩志阿斯訶備比古遅神《うましあしかびひこぢのかみ》」と「天之常立神《あめのとこたちのかみ》」が生まれたということになる。

ここでは大変重要なことが語られていることになる。つまり神々が生まれる大本が「萌騰物」として明記されているからである。では一体そんな重要な「萌騰物」とは何なのか。それはもはやくらげのように海に浮かぶものではなく、萌え騰がる塊のようには成ってきているが、まだはっきりした道具の形にはならず、そこへ向けて溶けながらかたまり始める「未形の溶解鉄」の状態のことだと考えるべきであろう。そこに、おそらくは「炉」の中で溶かされた「初源の鉄」のイメージがある。その中で溶かされた「熔鉄」のことである。その「熔鉄」＝「萌騰物《もえあがれるもの》」＝「未形の初源の鉄」から「宇摩志阿斯訶備比古遅神《うましあしかびひこぢのかみ》」と「天之常立神《あめのとこたちのかみ》」が生まれたというのである。

4　宇摩志阿斯訶備比古遅神《うましあしかびひこぢのかみ》と天之常立神《あめのとこたちのかみ》

ここでの「宇摩志阿斯訶備比古遅神《うましあしかびひこぢのかみ》」の「うまし」はほめ言葉、「ひこぢ」は男の呼称のことだとしたら、全体の神名は「りっぱな—あしかびの—男神」のような意味になるのであろう。要するに、「初源の鉄」が「萌騰物《もえあがれるもの》」＝「未形の溶解鉄」をへて、「りっぱな—あしかび」つまり「形のある鉄」に加工されたことを言っていることになる。どういう形なのかは、ここではわからないが、形になる優れた条件を備えた神がそこから生まれたと考えるといいだろう。その理解を踏まえると、次に出てきた「天之常立神《あめのとこたちのかみ》」がわかりやすくなる。それは「萌騰物《もえあがれるもの》」＝「未形の溶解鉄」を、しっかりと支える炉と炉床が次に必要になるからだ。そうした鉄を溶かすための炉を支える「床作り」が何にもまして大事になる。その「床」は一度しっかり作られるといつまでも使われる「恒常」的なものになる。そういう「恒常的に使われる床」を、古事記は「常《とこ》」と書き、「天之《あめのと》常立神《こたちのかみ》」と呼ぶことにしたのであろう。そして、この二柱の神も、また共に独神として身を隠したとされている。

ここで振り返っておくと、古事記の「国のはじまり」の描写は、従来から解釈されてきたような牧歌的なイメージ、つまり有機的な植物の新芽のように生まれてきたというのではなく、ナイフのように切り裂く「牙」のように生まれてきて、さらに、それが「萌騰物」として加工されてゆく、というふうになっているのである。アプローチの仕方はまったく違うけれど、こうした見解に近いものとして、早くに以下のような見解が示されていたことは、ここで紹介しておく必要があるだろう。それは道教の示す天地創造のイメージである。

道教の錬金術において、大きな釜に水を盛り、黒鉛や赤石脂などの鉱物をその中に入れて高熱を加えると、水母《くらげ》のように漂う水銀状の物質から黄色い葦の芽のような結晶体が化成して、それが神仙世界の真人、つまり道教の神々にも匹敵する金丹となり、釜の中の大海原を浮きつ沈みつするというのであり、その真人（金丹）の生誕の仕方を『古事記』の天地開闢神話は、宇《う》摩志阿斯訶備比古遅《ましあしかびひこぢ》と天之常立《あめのとこたち》の二神の生誕の仕方になぞらえたものと解される。

（福永光司「『古事記』の『天地開闢』神話」『道教と古代日本』人文書院一九八七）

こんな理解もあり得るのかと、これを読んだときはびっくりしたものだが、今では道教なりに、金属の形成される過程と、国の形成される過程を重ねて物語ることは、古代中国でも無理なくあったのかもしれないと思う。古事記の優れた編者も、当然のことながら道教をよく学んでいたことは明らかになっているので、福永光司のような理解があってもいいと思う。私はしかし、福永とはだいぶ違ったところから、「葦牙」が萌騰がるように伸びて神となり、その名前は「宇摩志阿《うましあ》斯訶備比古遅神《しかびひこぢのかみ》」と名付けられたという件を理解できたと考えている。

こうした理解から、国のはじまりは鉄のはじまりであり、国作りに関わる神々は、基本的に火と鉄に関わる神々として生まれてきていることを、ここでも見ることができたと考えておく。

四　床と雲と泥

次にもう少し具体的に「国」と「神々」のはじまりの語りが来る。ただ神名が列挙されているだけのようにみえるかもしれないが、そうではない。

1　床

> 次に、成りし神の名は、国之常立神《くにのとこたちのかみ》。次に、豊雲野神《とよくもののかみ》。此の二柱の神も亦《また》、独神と成り坐して、身を隠しき。
> 次に、成りし神の名は、宇比地邇神《うひぢにのかみ》。次に妹須比智邇神《いもすひちにのかみ》。次に、角杙神《つのぐひのかみ》。次に、妹活杙神《いもいくぐひのかみ》〈二《ふた》柱《はしら》〉。次に、意富斗能地神《おほとのぢのかみ》。次に、妹大斗乃辨神《おほとのべのかみ》。次に、淤母陀流神《おもだるのかみ》。次に、妹阿夜訶志古泥神《あやかしこねのかみ》。次に、伊耶那岐神《いざなきのかみ》。次に、妹伊耶那美神《いざなみのかみ》。

「国」のはじまりは「鉄」のはじまりであるとしたら、ここにも「鉄」のはじまりが語られているのでなければならないだろう。このことを考えるためには、そもそも「鉄」と呼んでいるものが、どのようにして生まれるのか、そのことの理解をどうしてもしておかなくてはならない。

まだ製鉄技術が十分に得られていないときは、すでに指摘したように「葦」などの植物の根にできる自然の褐鉄鉱（高師小僧《たかしこぞう》）を加工して「鉄の道具」を作ることもあったのだろうが、本格的には、中国や朝鮮の鍛冶職人の渡来を受けて、鉄鉱石を溶かして加工する鍛冶が広がりはじめてからである。

日本の古代の鉄の原材料の最初は砂鉄だと言われている。広辞苑では、さてつ【砂鉄】は「岩石中に存在する磁鉄鉱が、岩石の風化分解によって流され、河床または海岸・海底に堆積したもの。近代製鉄以前、たたら製鉄での重要な原料」と記している。一般に河床に溜まる砂鉄は川砂鉄、海岸に溜まる砂鉄は海砂鉄と呼ばれ、身近で取れる鉄の材料だった。こうした自然の風化によって出来る川砂鉄、海砂鉄以外に、人工的に山肌を削って、砂鉄を掘り出す山砂鉄がある。その掘り出された山砂鉄は人工の川に流され、人工的に砂鉄を川床に沈殿させ、それをすくい取って（それはのちに「鉄穴流し《かんな》」と言われる）、火にかけ溶かし鉄にする技術が獲得されていった。その火にかけ溶かす仕事は「タタラ」と呼ばれてきた（「タタラ」という呼称は古事記には見られないが、日本書紀には出てくる）。この鉄穴流しとタタラの全体が古代の製鉄の過程である。この過程で特記すべきことは、砂鉄を溶かすための強い火力を得る工夫である。「タタラ」とはもともとは火力を強めるために風を吹き付ける「ふいご／鞴」のことを言っていたのだが、のちには製鉄全体のことを「タタラ」と呼ぶようになっていった。大事なことは、この砂鉄を溶かす強い火を何から得るのかということであるが、それは木炭である。だから「タタラ場」があるところには、大規模な炭焼きの山があるということになる。つまり「鉄」が生まれるには、この砂鉄、鉄穴流し、炭焼き、風吹きなどが組み合わされることが必要だったのである。

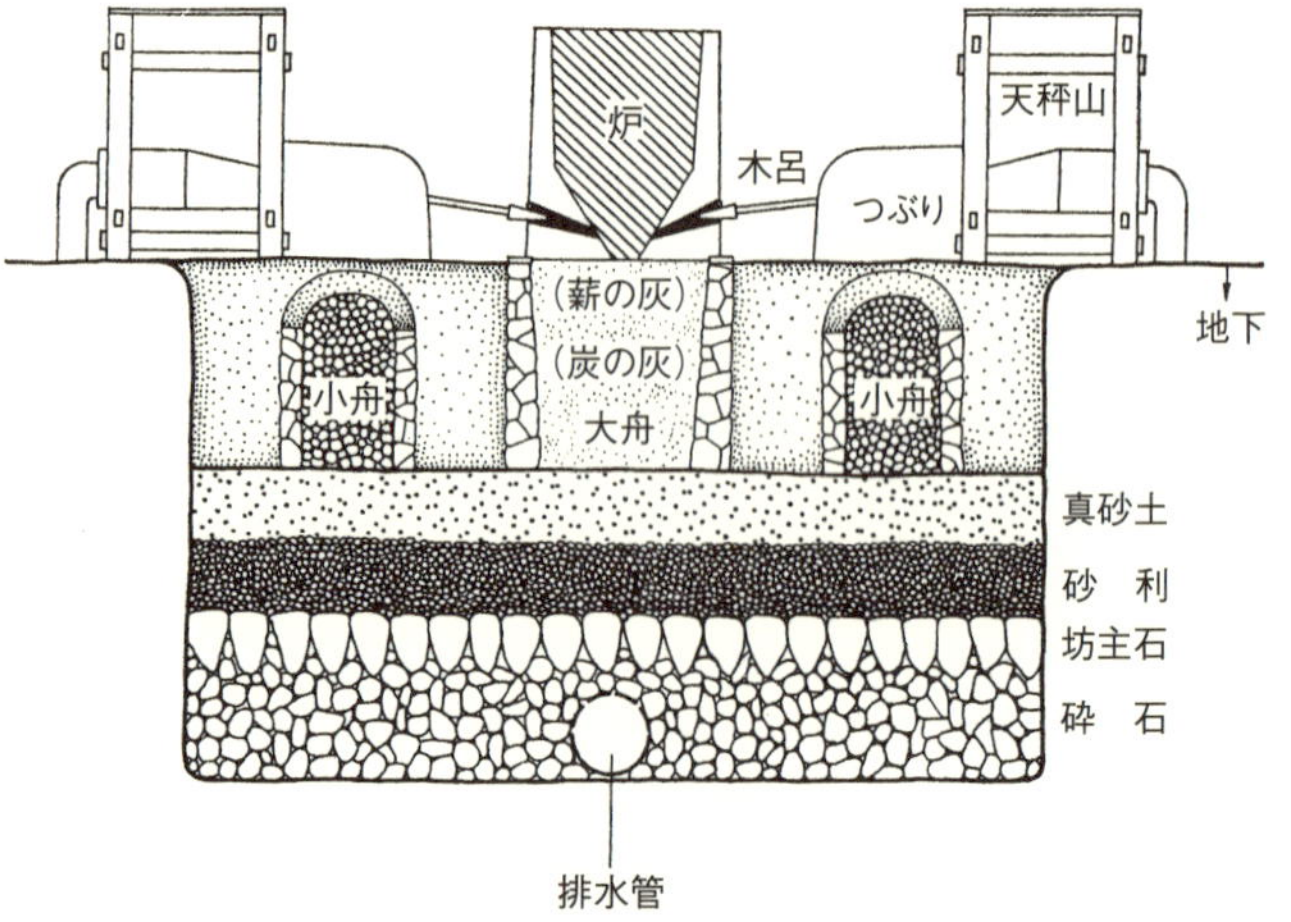

本床と送風装置の断面図

このことを踏まえて先ほどの古事記の語りを見てみるとどうなるだろうか。まず、「国之常立神《くにのとこたちのかみ》」が生まれたとなっている。古来からこの「床」とは、すでに見てきたように、砂鉄を溶かす溶炉の底に当たる部分である。それは「火床」と呼ばれてきた特別に大事な部分である。その特別な「床」の神格化が、「天之《あめの》常立神《とこたちのかみ》」であったが、ここではそれが「国之常立神《くにのとこたちのかみ》」になっている。

もともと古事記の語りはじめは「国稚《くにわか》く、浮《う》ける脂《あぶら》のごとくして」となっていたので、「国」の「床」が語られるのは当然であるが、その「床」が、「天之《あめの》常立《とこたち》」と「国之《くにの》常立《とこたち》」と連続させられているところは大事である。「天之常」と「国之常」は、ともに「金属」を生む「床」として共通していたからである。実際のタタラ場を作る実験が岩波の記録映画と、それを本にした山内登美夫『和鋼風土記』（角川選書　一九七五）に残されているが、そこでは溶炉を支える「本床」作りがいかに重要であるか、そしてもうそういう「本床」を作れる職人がいなくなってしまっていることを切実に語っていた。右図は『和銅風土記』に描かれた溶炉の断面図である。

ここで日本書紀を持ち出すのはフェアではないのだが、日本書紀では「国常立尊《くにのとこたちみこと》」の次に「国《くに》狭槌尊《のさつちのみこと》」が生まれたとある。「さつち／狭槌」という言い回しはこの後も何度も出てくるのであるが、それは「さ―つち」という表記で、「鉄を槌で打つ」ことを神格化させた神のことである。その神が「国常立尊」の後に出てくるというのは、理にかなっているのである。

2　雲

そして次に「豊雲野神《とよくもののかみ》」が生まれる。ここでの「雲」は一般的な雲のことではない。炭を焼くときに出る特別な煙としての雲のことである。その雲が豊かにあるという意味での「豊雲」というのは、同時に豊かな炭の獲れることを意味していて、その神格化されたものである。ちなみに後に有名な「八雲立つ」という歌が出てくるが、この「八雲立つ」の「雲」も、普通に見る雲のことではなく、特別なタタラの炭焼きの雲として見るべきであろう。そういう意味では、古代の出雲は、日本の有数のタタラ場のある地域で、おそらく出雲のあちこちで炭焼きの煙が雲になって立ち上っていたのであろう。

3　泥

次に現れた神は、宇比地邇神《うひぢにのかみ》。次に妹須比智邇神《いもすひぢにのかみ》。となっている。「う―ひぢ（宇比地）」「す―ひぢ（須比智）」の「ひぢ」とは「泥」のことだと解されてきた。「う」や「す」は対にするための言葉とされている。「ひぢ」は「ひづつ」の名詞形とされ、「ひづつ」には「泥・浬・塗」という漢字が当てられてきた。ということは、この「泥」は、単なるその辺にある「泥」のことをいっているのではなく、特別な泥のことをいっているのである。この「泥」には二つのイメージがある。一つは、タタラの火床の上に作られる大事な炉体を作るための泥のことである。鉄を溶かす最中に炉体が割れるようなことがあれば惨事になる。それだけに重要な役目を担った炉体作りのための泥が必要になる。その泥の神格化が宇比地邇神《うひぢにのかみ》、妹須比智邇神《いもすひぢにのかみ》である。もう一つは「溶けた鉄」そのものを「泥」とみなすイメージである。この「泥」は、のちに火の神を生む伊耶那美命が吐いた「嘔吐」や「大便」などのイメージにつながってゆく、大事なイメージである。

4　くいとほと

次に角杙神《つのぐひのかみ》と妹活杙神《いもいくぐひのかみ》がくる。「角《つの》」や「杙《くい》」は、ともに尖った棒のようなものである。それは炉の中の溶けた鉄をかき混ぜるような棒のことであるが、それもただの「尖った棒」のことではない。それは、のちに伊耶那岐命と伊耶那美命が、「海に入れて掻き回す矛」の前身のイメージと考えられるものであり、もう少し言えば「男根」のイメージを複合させられているものである。

次に意富斗能地神《おほとのぢのかみ》と妹大斗乃辨神《おほとのべのかみ》が現れる。この場合の、「お―ほと」の「ほと」とは「火処」のことである。のちに女性の性器の呼称にも使われることになる「ほと」であるが、ここでは火の生まれる場所を指している。つまりタタラの原動力となる火の出所をさしている。その「ほと」の神格化されたのが意富斗能地神《おほとのぢのかみ》と妹大斗乃辨神《おほとのべのかみ》である。

こうして「くい（男根）」と「ほと（女性器）」が鉄を生む神として設定されることになる。

次に淤母陀流神《おもだるのかみ》と阿夜訶志古泥神《あやかしこねのかみ》がくる。「おもだる」の「おも」は「おもて／面」のことである。その「面」とは、溶炉の中の溶けた鉄の表面のでき具合を示している。その「面」の優れたさまが、淤母陀流神《おもだるのかみ》とされているのであろう。阿夜訶志古泥神《あやかしこねのかみ》の「あや」は「まあ」という感動詞、「かしこ」は「りっぱな」というような意味だとされている。とすると「あやかしこ―ね」は「まありっぱな―泥」、つまり「りっぱな溶炉」ということになり、合わせると、タタラ場の炉体のなかで溶けた鉄やそれを支える泥の溶炉の優れたさまを語っていて、その神格化が「淤母陀《おもだ》流神《るのかみ》」「阿夜訶志古泥神《あやかしこねのかみ》」になっているのがわかる。

5 「いざなき」「いざなみ」

こうして最後に「伊耶那岐《いざなき》」「伊耶那美《いざなみ》」が現れる。従来の解釈では、「いざ」と言って男女の神がお互いを誘い合ったので「いざ―なき」「いざ―なみ」という神名ができたとされてきた。だが、これまで、鉄の生まれるような経過を踏まえた神名の神々が現れてきているのに、どうしてここにきて、このような場面で、男女が誘い合うような牧歌的なイメージの神が出てくるのか、妙なことだと思う研究者もいた。その中の一人に、福士幸次郎がいて、『原日本考』（一九四二）の中で、彼は興味深い考察を残していた。それは「鐸《さなき》」の信仰から「い—さなき」「い—さなみ」という神名がつくられてきているという見解である。「鐸」を広辞苑で引くと「さなき」と「たく」の両方の読みがでてくる。

「さなき【鐸】—鉄製の大きな鈴。古語拾遺『鐸、古語、佐那伎』」。

「たく【鐸】—扁平な鐘形で、内部に舌《ぜつ》をつるし、ゆり動かして音響を発する鳴りもの」。

ともに「鳴る鈴」のようなものが想定された説明である。福士幸次郎はこの『古語拾遺』の中に、「くろがねのさなき（鉄の鐸）」と書かれている表記に注目し、その表記が「いざなき」「いざなみ」に関わることを精力的に論じていた。私も、古事記の最初の語りからすると、「いざなき」「いざなみ」も何らかの形で「鉄」に関わる神のイメージを持っているところを理解しておくことが大事だと強く感じてきた。

そこで私は、どういう考えをとるのかということになる。「いざなき」「いざなみ」を、福士幸次郎の言う通り「い—さなき」「い—さなみ」の意味に理解しても、それを裏付ける材料が多くあるわけではない。唯一『古語拾遺』の記述が根拠になるくらいである。しかし、福士幸次郎も指摘しているように大事なことは、「いざなき」「いざなみ」に共通する「さな」という言葉の理解にあると私も思う。この「さな」は、「鐸《さなき》」の「さな」でもあるが、いわゆる昆虫の「蛹《さなぎ》」の「さな」でもあり、中が空洞のものを「さな」と言ってきたのである。だから「最中《さいちゅう》」も「さなか」と呼んできたわけで、「空洞」というか、「中」をもった聖なるものが存在するというのがこの「さな」の理解の前提にある。しかしここでの「中」は、「金属でできた空洞のもの」という意味で、「特別な中」「聖なる中」をもった「さな」がここで意識されているのである。この「特別な、聖なる中」はすでに二カ所で出てきている。最初は「天之御中主」として、二つ目は「高師小僧」の説明のところである。「高師小僧」と呼ばれてきた天然の褐鉄鉱には、「鈴《すず》」と呼ばれてきたような空洞のものがあり、中には小石のようなものが入って実際に音のするものがあり珍重されてきたという。

この「さな＝鉄でできた聖なる空洞をもったもの」は、のちの須佐之男がオロチの尾から取りだした剣の名、「草那芸之太刀《くさなぎのたち》」にも引き継がれている。ここでの「くさなぎ」も「く—さなぎ」と読めば、ここにも鉄でできた「さな」があり、「鐸」から「剣」への移行のさまが、こうした神器の名前に残されていると読み取ることも出来る。

ところで「いざなき」が「い—さなき」から来ているとしたら、なぜ「さなき」が「ざなき」という濁音になるのか、知りたいと思う。福士幸次郎はそこまでは語っていなかったが、大事なことにはちゃんと言及していた。そこを補うのは折口信夫の説明を合わせるといいと私は思う。

むざねと言ふのは、語源的には身実《ムサネ》・身真《ムサネ》など宛て、よい語で、心《シン》になつてゐるからだ・からだの心《シン》などと訳してよいだらう。

（折口信夫「『さね』と言ふ語及びぬし」『折口信夫全集12』中央公論社一九九六）

少し抽象的な語になるが、むざねがある。さねはもの、しんを言ひ、普通核をさねと言つてゐる。種子の中に、更に何かその中心のものが出て来ると思つてゐて、昔の人はそれをさねと言つた。そして、真（菅原道真《ザネ》）、実（斎藤実《サネ》盛）、信（源信明《サネアキラ》）などをさねと訓んでゐる。これは、さねと言ふ語が、つきつめて行つた最後の、一番正味の所と言ふ意味に使はれてゐた事を示してゐる。

人間の身体の中、一番正味の、つきつめた所、そこをむざねと言つた。むざねは「身実」であつて、むとみとは、昔は音韻の変化と言ふよりは、音価が動揺してゐたと言ふべきであらう。

（折口信夫「『さね』と言ふ語及びぬし」『折口信夫全集12』中央公論社一九九六）

もちろん「真」が「さね」や「ざね」と読まれるとともに、漢語辞典では他にも、真「しん・さだ・さな・さね・ただ・ただし・ちか・まこと・まさ・ます・まな・み」（『漢語林』大修館書店一九八七）というような読みを記している。ここには「さね」が「さな」と読まれることも記されている。

これらの見解を総合すると、「いざなき」の神名が「い―さなき」から来ているとして、その「さなき」の「さな」は、さなか／最中の「さな」であり、その「さな」は「さね」とも読まれ、種のような中心・真中にあるものをさし、それが「ざね」と濁って発音されることもわかった。さらに、「さな」は「さな」とも読まれるとすると、「さなき」は「ざなき」と濁って発音されることもありうることがわかる。

そうすると「い―さなき」が「い―ざなき」となることは十分にあり得るのである。あとはこの「さなき／ざなき」になぜ「い」が付いたのかということになるだろう。「い」は接頭語という見解もあろうが、それでは説得力がない。さりとて、確証的な見解は出せないのだが、考え方はないわけではない。

ここでは漢字の「伊」から考えておくことにする。「いざなき」「いざなみ」の「い」は、古事記、日本書紀ともに「伊」という字を当てていて、そこはぶれない（『古事記』では伊耶那岐命、『日本書紀』では、伊弉諾神。伊耶那美命も伊弉冉、伊耶那美、伊弉弥）。

ということは、かなり確信を持ってこの「伊」という漢字を使っていることがわかる。ということは、この漢字の意味に、その確信の何かがあるのかも知れない。ちなみに白川静『字統』をみると「伊：尹は神杖をもつ形で、神意を媒介する聖職の人をいう」とある。古事記の編者が、どこまで漢字の語源を知っていたのかわからないが、もし白川静の指摘するような「神意を媒介する聖職の人」のイメージを持たせるために「伊」を使っているとしたら、それはわからないわけでもないだろう。

6　さな・さなか・さなき

ここで大事なことは「さな」「さなか」という「なか」の存在である。この「なか」がなぜ「聖なるなか」として意識されるのかというと、それが「聖なる子宮」のように意識されるところがあったからである。その場合の「聖なる」という形容は、一般的に解されてはならない。ここでの聖なるとは金属を生み出す意味をもたされていて、だから「聖なる子宮」とは「金属を生み出す子宮」という特別の意味に解されなくてはならないのである。

そういう意味で、「鈴」としての「高師小僧」が神器のようにみなされるのは、まさに地中の子宮から鉄が生まれることを想像させるに十分なものだったからであろう。そして後に、「鈴」としての「鐸」が、地中に埋められてきたのも、この「金属の子宮」が、地中から「金属にまつわる子ども」を生んでくれることを祈願してのことであったと思われる。銅鐸の多くが、鉱山や鍛冶に関わる場所の近辺の地中から出土していることを谷川健一は指摘してきたが、それは「金属を生む子宮」としての象徴的な願いを込めて埋めていたからであろう（『青銅の神の足跡』集英社）。

ここには銅鐸がなぜ埋められてきたのかについての答えも含まれている。そこには「金属」が、まるで有機体の子宮から生まれてくるかのように願う古代人の独特の信仰が関係していたのである。

ちなみに『古語拾遺』が書き残している「鉄鐸」を「さなき」と読む理由としては、これが音を鳴らす鉄の鈴の意味を生かして、「鉄が鳴る」という意味で「さなき（鉄が哭く）」と呼ばれる面も福士幸次郎は指摘していた。地中に埋める銅鐸から、鈴のように地中に埋めないで鳴らすためのものへの「鳴り物」の変化は確かにある。しかし、「鳴り物」としての「銅鐸」や「鈴」を考えても、その内部で鳴る小石や舌は、いかにも子宮の中の子どものようなイメージを持つことは認められるのではないだろうか。そしてそこで鳴る音は、「音《ね》」ではあるが、その「ね」は「なく（泣く、哭、鳴く）」の「な」と同根と白川静も『字訓』で書いていた。そしてその「ね」の音が「ね（根）」をも連想させるところがあるとしたら、葦の根に「高師小僧」という「すず（鈴）」＝褐鉄鉱が成り、その塊の空洞の中の石が、子宮の中の子どものように「なき」、成長すると考えるなら、そこにやはり「聖なるもの（金属）」を生む「聖なる中」があると考えられるのである。

「いざなき」「いざなみ」の神名の考察が、「さな」という「中」と、その「中」が「なる」という連鎖の考察に進み、そこから「なく」という考察に進んでゆくことは、とても大事である。というのも、このあとで現れる神々の中で、最初に「大泣き」をするのが「いざなき」であったからである。それは「いざなみ」が火の神を生んで「神避《かさむ》」られたときに「大泣き」する場面である。そして、この「いざなき」の泣く場面の表記には注目すべきである。そこでは「泣く」とは書かれずに「哭く」と書かれているからである。それは須佐之男《すさのお》の「泣く」シーンでも同じである。「泣く」ではなく「哭く」と表記されている。「哭」という字は、金属の器から出来ている字である。だから「哭く」とは「金属が鳴る」というイメージに引き寄せて考える必要がある。そう考えると、ここでの「鐸《さなき》」の「さな」からもたらす「なき」は、「金属の哭き」と考える必要があるということである。ということは、金属の音を鳴らすように大泣きする神が、「いざなき」と呼ばれるのは決して偶然ではないことが見えてくる。

第二章

伊耶那岐命《いざなきのみこと》、伊耶那美命《いざなみのみこと》の神話

一　国生み

1　国を修理《つくろ》ひ固《かた》め成《な》す

ここから、この「伊耶那岐命《いざなきのみこと》」「伊耶那美命《いざなみのみこと》」の二柱の神が、国作りをはじめる話が展開する。その件を見てみる。

> 是《ここ》に、天《あま》つ神諸《かみもろもろ》の命以《みこともち》て、伊耶那岐命《いざなきのみこと》・伊耶那美命《いざなみのみこと》の二柱の神に詔《のりたま》はく、「是《こ》のただよへる国を修理《つくろ》ひ固《かた》め成せ」とのりたまひ、天《あめ》の沼矛《ぬほこ》を賜《たま》ひて、言依《ことよ》し賜ひき。故《かれ》、二柱の神、天《あめ》の浮橋《うきはし》に立たして、其《そ》の沼矛《ぬほこ》を指《さ》し下《おろ》して画《か》きしかば、塩《しほ》こをろこをろに画《か》き鳴《な》して、引《ひ》き上《あ》げし時に、其の矛の末《すゑ》より垂《しただ》り落《お》ちし塩は、累《かさな》り積《つも》りて島と成りき。是《これ》、淤能碁呂島《おのごろしま》ぞ。

ここでわかるのは、伊耶那岐命、伊耶那美命が天つ神の命令で「国」を作ることになっているということである。そして、そのことを実現させるために、天つ神から「沼矛《ぬほこ》」をもらっているということである。高天原は武装した場所だと先に指摘したが、その武装した武器の中から「沼矛」を選んで、天つ神は伊耶那岐命、伊耶那美命に与えているのである。もう一つわかることは、天つ神が国を一から作りなさいと命じているわけではなく、「ただよへる国を修理《つくろ》ひ固《かた》め成《な》せ（修理固成是陀用弊流之国)」と言っていることである。ここでの「修理固成」は従来から注目されてきた言葉である。なぜ「天地創造」のような言い方をしないで「修理」し「固めて仕上げよ」などと言ったのか。これでは何か先に創造物があって、それを後から「修理」する意味になってしまうのではないかと。

しかし事実はそうであり、二神はここで「修理」を指示され、さらにその修理するものを「固めて成す」ことをさせられるのである。では実際にどのようなことをしたのか。二神はまず「天の浮橋」に立って、矛をを下ろしてかき混ぜ、引き上げると「塩」がしたたって「島」ができた、という。普通に読めば、海のようなところに矛を入れてかき混ぜているような光景が思い浮かぶ。けれども、すこし丁寧に読むと、この場面の描写は、どこかしら不自然な感じがする。というのも、海に入れた矛を「かきまぜる」のに「塩こをろこをろに画き鳴して」というように普通は書くのかということである。「搔き回す」というのならわかるが、「画き鳴らす」というのは、不自然に見える。「鳴る」という表現が、なにかしらその「海」を固いもののように感じさせるからだ。しかしともあれ、そうやって「画き鳴して」引き上げた「塩」が積もって「島」ができたというのである。

こういう情景をどのように理解すればいいのか。文字通りに読めば、空に浮かぶ橋の上に二柱の神が立って、海のようなところに矛を入れてかき回しているような牧歌的な情景である。これはわかりやすい構図なので、いままでによく絵に描かれてきた光景である。しかし、実際に、そういう絵になるようなことがここで語られているのだろうか。

いままで私たちが見てきたことを踏まえて、この場面を考えてみるとどうなるのか。天つ神が「伊耶那岐命《いざなきのみこと》」「伊耶那美命《いざなみのみこと》」に「国」を作れと言ったとしたら、「国」と呼ぶ限りはそれは「鉄のある国」以外の何ものでもないはずである。「国」は「鉄」があって成立するもので、たとえ神話にしろ「鉄」を得ること抜きの「国作り」のイメージはあり得ないところを見てきた。そのことを踏まえてもう一度原文を読めば、そこには鉄の元になる砂鉄や褐鉄鉱があって、それを溶かして地金を作り、それを叩いて修理し、必要な形に固めて、武器や道具に作り直す指示を、天つ神が二神に担しているイメージが見えてくる。それは一般的な牧歌的な国作りではなく、特別な鍛冶の場での「島＝国＝鉄」作りのイメージである。だから古事記はわざわざ「修理固成」と指示しているのであって、鉄製品は、つねに作り直しのものとしてあることを古事記の編者はもちろんよく理解していたのである。

2 沼矛《ぬぼこ》について

ここで伊耶那岐命、伊耶那美命が、国を「修理固成」するために譲り受けた「矛」について考えておきたい。それがわざわざ「沼矛」と名づけられているのが気になるからだ。すでに指摘してきたように、生まれたばかりの、伊耶那岐命、伊耶那美命に「矛」を渡すということは、すでに、高天原が矛を持っているということで、それは高天原が鉄の武器をもつ場所であることを示していた。そのことを踏まえて、ではなぜこの矛がわざわざ「沼矛」と呼ばれているのかを考えてみる。

西郷信綱は、この沼矛《ぬぼこ》は日本書紀では「瓊矛《ぬぼこ》」と書き「瓊」は元は「たま」と読み「玉」のことなので、ここでの「沼矛／瓊矛」は「玉のついた矛」のことなのだと説明していた。そうなると、これで説明が付いてしまったかのような印象を与える。「沼矛」とは「玉の付いた矛」なのだと。しかしそういうふうに理解しても、それでもこの矛になぜ「沼」という字が当てられているのかはわからない。ちなみに白川静は「瓊」という漢字について、これは「赤い玉」をいうのだと『字統』で書いていた。「沼」と「赤い玉」、このつながりは西郷信綱の説明からでは見えてこない。

しかし考える方向ははっきりしている。ここで語られる「沼」というのを、特別な場所として、つまり鉄を生む場所＝鉄を溶かす場所として理解することである。そこをかき混ぜると、溶けた金属の音が鳴るはずである。そこに「描き鳴らす」の意味が出てくる。そして「塩＝溶けた鉄」をとりだして「累り積《かさな》る」と「島と成り」、その島の名は「淤能碁呂島《おのごろしま》」とされる。通常の読みでは「塩」が積み重なって「島」ができたと解釈されるのであるが、「塩」が重なって「島」ができるなんて実際には誰も信じられないはずである（塩が鉄と等価にされるのは『塩鉄論《えんてつ》』平凡社を参照）。

ここでの「島作り」は、繰り返して言うように「国作り」のことである。伊耶那岐命、伊耶那美は「島」を作りなさいと命じられたわけではなく、「ただよへる国を修理《つくろ》ひ固め成せ（修理固成是陀用弊流之国)」と命じられたわけなので、その命に従って作り上げた「塩」や「島」は、名前は塩や島であっても当然「国」にかかわるものでなければならないはずである。「国」にかかわるとなると、それは「鉄」にかかわるはずである。そういうふうにみてみると、最後に「塩」が重なり積もった島が「おのごろじま」と名づけられている意味もわかる気がする。この「おのごろじま」の「ごろ」は「凝る」という言葉からきていると解されているので、そうした「凝る」や「凝り」は、のちの天の岩屋の前に集まる鍛冶の神々の中の「伊斯許理度売命《いしこりどめのみこと》」の「こり」としても出てくるように、「鉄」の凝る＝固まることをイメージしているわけで、そういう意味でも「淤能碁呂島《おのごろしま》」は鉄を含む島になっているのがわかるはずである。

これで「沼矛」の意味は、少しはたどれたと私は思うのだが、念のためにというか、「鉄」を「日本」にもたらした神の説話を古事記と風土記から見ておきたい。それは天之日矛《あめのひほこ》の説話である。この神は、古事記では「中つ巻」に出てくるが、播磨風土記の方がより具体的に描かれている。それでもここでは古事記の記述をたどるのがわかりやすいので、そこを見ておくことにする。

又、昔《むかし》、新羅《しらき》の国王《くにぎみ》の子《こ》有《あ》り。名《な》は、天之日矛《あめのひほこ》と謂《い》ふ。是《こ》の人、参《ま》ゐ渡《わた》り来《き》たり。参《ま》ゐ渡り来たる所以《ゆゑ》は、新羅国《しらきのくに》に一つの沼《ぬま》有り。名は、阿具奴摩《あぐぬま》と謂ふ。此《こ》の沼《ぬま》の辺《へ》に、一《ひとり》の賤《いや》しき女《おみな》、昼寝《ひるね》せり。是《ここ》に、日《ひ》の耀《ひかり》、虹《にじ》の如く、其の陰上《ほと》を指《さ》しき。亦《また》、一《ひとり》の賤しき夫《を》有り。其の状《かたち》を異《け》しと思ひて、恒《つね》に其の女人《をみな》が行《わざ》を伺《うかか》ひき。故《かれ》、是《こ》の女人《をみな》、其の昼寝せし時より、妊身《はら》みて、赤《あか》き玉《たま》を生《う》みき。　（中つ巻「応神天皇」）

天之日矛は、新羅から日本に鉄がもたらされた歴史的な経過を説話風に集約してできた神である。とくに播磨風土記にはこの神が生き生きと描かれている。ここでは、この興味深い神のことを取り上げるのではなく、「鉄」をもたらした新羅の神の、その新羅での出来事を少し見ておきたいのである。

さて古事記に描かれたこの新羅での場面は、奇妙な場面である。要約して言えば、ある「沼」のほとりで賤しい女が、赤い玉（鉄の玉）を生むのを、賤しい男が見ていて、その赤玉をもらい受けて持っていた。そしてその赤玉をもつ男を天之日矛が見つけて、いいがかりをつけて自分のものにした、というふうな展開になっている物語である。奇妙な話である。

奇妙に見えるのは、この鉄の神、天之日矛がいきなり鉄の神として現れるのではなく、どこかの沼のほとりで賤しい女が光にホトを突かれて赤玉を生んだ話から始めているところである。なぜそんな回りくどい展開にして天之日矛は赤玉を手に入れたとしているのかということである。

ここで注目されるのは、最初に「一つの沼」を設定しているところである。この設定は、伊耶那岐命、伊耶那美命の二神が最初にさずかった矛が「沼矛」になっていることと決して無縁ではないと私は思う。この新羅の「沼」も、鉄の溶けたプール＝炉のことをいっているからである。この「沼」が「溶炉」である証拠は、その沼の名前にある。この沼は「阿具奴摩《あぐぬま》」と呼ばれ、ほとんどの研究者は意味不明の名前だとしてきたものである。西郷信綱も「異国の沼らしさを匂わせるためだろう」とだけ書いていた。古事記の編者は、ここで本当は「香具沼《かぐぬま》」と書きたかったのであろう。しかし、場面は新羅なので、あえて「かぐ沼」としないで、「かぁ」から、それに近い「あ」だけをとりだして「あぐ沼」としたのであろう。「か具《ぐ》」と「あ具《ぐ》」の「具《ぐ》」を共通にしてるのはそのためであると思われる。「香具《かぐ》」という言葉は、この後の古事記では「鉄」に関わる場面で何度も出てくる大事な言葉である。火の神「かぐつち」の「かぐ」であり、鉄の取れる「かぐやま」の「かぐ」でもあるからだ。

ところで、物語の展開では、その「沼」のそばには「賤しい女」がいる。これは大事な設定である。というのもこの「賤しい女」は、もともとは「溶炉」を守る神として存在していたはずだからである。「賤しい」というのは身分のことではない。この「賤しい女」は「溶炉の神」に仕える巫女であるのだが、はじまりの姿が「賤」にされているのは、のちに「崇高」になるのと同じである。崇高なものがはじめは賤しい姿で現れるというのは、説話の常である（貴種流離譚）。が、ここでの「賤」とはまだ土や泥のような初源の貧弱な鉄のことを言っており、それがのちに美しい崇高な「鉄」として現れることを意味している。この「沼」に仕える巫女が、日＝光（それは本当は火のことであるのだが）で孕み、赤玉（鉄）を出産する。それを天之日矛が、後に手に入れ、それをもってやがて日本にやってくるのである。

私がここでなぜそんな新羅の王のことを取り上げたのかというと、この後の古事記の展開の理解にも、深く関係してくると思われたからである。

次に気になるのは、伊耶那岐命、伊耶那美命が立ったという「天の浮橋」のことである。これはどう考えるといいのだろうか。絵画では、しばしば空にかかる「虹」のように描かれるものではあるが。そもそも「浮橋」とは川に舟を並べて板をかけ、橋代わりにするものをさしていた。そういう意味では、「浮橋」とは「舟のような橋」であり、「橋のような舟」であることがわかる。古事記ではあえて「浮橋」という表現を使っているのは、それが「舟」でもあることを暗に示そうとしているところがある。そうすると、鍛冶場の溶けた鉄を入れる溶炉が「舟」と呼ばれてきたことを思い浮かべないわけにはゆかなくなる。

「鉄」はこの「舟」を媒介にしてもたらされるわけで、そういう意味では、この舟に立って「国作り」が始まるのは当然のことかも知れない。ちなみに、この後、古事記は「天の鳥船」とか「酒船」とかいうふうな「船」を登場させる。これらも、溶炉と関わりを持っており、その表記の出てきた場面で改めて論じることになるだろう。

3 御柱《みはしら》と八尋殿《やひろどの》

次に「おのごろじま」に降りた二神の行動について見てゆく。そこは次のように書かれている。

其の島に天降《あまくだ》り坐《ま》して、天《あめ》の御柱《みはしら》を見立《みた》て、八尋殿《やひろどの》を見立てき。是《ここ》に、其の妹《いも》伊耶那美命を問《と》ひて曰《い》ひしく、「汝《なむち》が身は、如何《いか》にか成れる」といひしに、答《こた》へて白《まを》ししく、「吾《あ》が身は、成り成《な》りて成り合はぬ処一処《ところひとところ》在《あ》りとまをしき。爾《しか》くして、伊耶那岐命《いざなきのみこと》の詔《のりたま》ひしく、「我《あ》が身は、成り成《な》りて成り余《あま》れる処一処在り。故《かれ》、此の吾《あ》が身の成り余れる処を以《もち》て、汝《なむち》が身の成り合はぬ処を刺し塞《ふさ》ぎて、国土《くに》を生《う》み成さむと以為《おも》ふ。生むは、奈何《いか》に」とのりたまひしに、伊耶那美命の答へて曰《い》ひしく、「然《しか》、善《よ》し」といひき。

ここで大事なことは、「島」に降りて、そこに「天の御柱」と「八尋殿」を「見立て」たと書かれているところである。御柱は、おそらくこの島＝国を占有する占有者の印＝棒＝柱であろう。そして「八尋殿」がある。できたての、何もないはずの島に、まず「柱」と「殿」が見立てとして想定されているところは大事である。だから、この「おのごろじま」をただの「塩でできた島」などと考えてはいけないのである。すでに見てきたように、島は国であり、ここには最初の国のイメージが託されているわけであるから、すでにそこに何らかの鉄のイメージが託されていると考えなくてはならない。その鉄にまつわる最初のイメージは「八尋殿」である。この「殿」が、別なところで出てくるのは木花之佐久夜比売《このはなのさくやびめ》の場面であるが、そこでは次のように書かれていた。

戸無き八尋殿《やひろどの》を作り、其《そ》の殿《との》の内《うち》に入《い》り、土《つち》を以《もち》て塗《ぬ》り塞《ふさ》ぎて、方《まさ》に産まむとする時に、火を以《もち》て其《そ》の殿《との》に著《つ》けて産みき。故《かれ》、其の火の盛《さか》りに焼《も》ゆる時に生める子の名は、火照命《ほでりのみこと》〈此《こ》は、隼人《はやと》の阿多君《あたのきみ》が祖《おや》ぞ〉。

この場面はのちに取り上げることになるが、必要なことだけを先に述べておけば、木花之佐久夜比売が自分の一夜の妊娠を疑われたときに、「八尋殿」をつくり、中から土で塗り塞いで、出産するときに火をつけたという場面である。この特異な場面は多くの研究者の注目するところとなってきたが、今ではこの場面は鍛冶をするタタラ場を想定する以外には考えられない場面である。そういう鍛冶をする建物としての八尋殿が、ここ「おのごろじま」に見立てられたということは、この後の展開も、どこかで鍛冶に関わる展開にならないとおかしいということになる。

そういうふうに見てみると、このあとの伊耶那岐命、伊耶那美命、二神の奇妙な問答の意味も見えてくるところがある。二神の問答を要約して言うと、伊耶那岐命が「あなたの身はどんなふうに成っているのか」とたずねると、伊耶那美命は「私の身にはまだ足らない部分があります」と答え、伊耶那岐命のほうは「私の身には余ってしまったところがある」と答え、「それなら、足らないところと余ったところを合わせて国を作ろうではないか」ということになり、「それがいいでしょう」と伊耶那美命も答えたという件である。

こういう要約はおそらく最も一般的な要約の仕方であろう。そしてこの要約は、いわゆる男女の性交の場面として解釈されてきたものである。お互いの身体の凸凹したところをユーモラスに描いているのだというふうに。しかし、そういう「性交」の場面として解釈できるとしても、ここでの描写は何かしら不自然で大袈裟な感じがするのではないか。

少し考えると妙なことにも気がつく。二神はそんな男女の交わりをしなくても、高天原から授かった「矛」をかき混ぜるだけで「島」を作ることが出来ていたのだから、これからもそのようにして「島」を作ってゆけばよかったはずなのである。それなのに、急に二神は、お互いの凸凹を意識して、その「足りないところを塞いで国を生もう」というのである。

さらに奇妙に思うのは、そもそも男女が性交をするときに「刺し塞ぎて」などと言うかと感じる所である。「塞ぐ」などというのは「性交」のイメージからはほど遠い「物理的な行為」を言っているように見えるからだ。それにお互いの「身」を「成り成りて成り合はぬ処」とか「成り成りて成り余れる処」というのも、身体のことを言うにしては、大袈裟で、どことなくぎこちない言い方になっているのではないか。

こういう言い方で最もぴったりする場面はなにかというと、それは銅鐸などの鋳造《ちゅうぞう》の場面である。鋳造とは広辞苑では「金属を溶かし、鋳型に流しこんで、所要の形に造ること」と書かれている。凸として準備された鋳型と、凹として準備された鋳型を合わせて、その間に溶けた金属を流し込むのである。銅鐸にしろ銅矛にしろ、これを作るには凸凹の鋳型《いがた》が必要になる。その鋳型作りは大変で、まさに「成り成りて成り合はぬ処」と「成り成りて成り余れる処」を作り、それを合わして、その間に溶かした銅を流して塞がなければならない。それを「差し塞ぐ」と表現するのならわかるところがある。もちろん銅鐸とか銅矛と言ってしまえば、それは「銅」の話になってしまい、鉄ではないではないかと言われるかも知れないが、古代の金属を溶かす技術は、銅でも鉄でも、共通するところがあったはずである。その溶かした金属を「形＝型」として固めることが、最初に高天原の神が命じたことであってもおかしくはない。そしてさらに二神に、「国を修理し固成めよ」と命じるのである。だから、ここで二神がお互いの「成り」を言い合うというのは、この「固成り」のでき具合を言い合っているのであって、決して生物学的な身体のでき具合を指摘し合っているわけではないのである。

4　天の御《み》柱《はしら》廻《めぐ》りとは何か

爾《しか》くして、伊耶那岐命の詔《のりたま》ひしく、「然《しか》らば、吾《あれ》と汝《なむち》と、是《こ》の天《あめ》の御柱《みはしら》を行き廻《めぐ》り逢《あ》ひて、みとのまぐはひを為《せ》む」とのりたまひき。如此《かく》期《ちぎ》りて、乃《すなは》ち詔《のりたま》ひしく、「汝《なむち》は、右《みぎ》より廻り逢へ。我《あれ》は、左《ひだり》より廻り逢はむ」とのりたまひき。約《ちぎ》り竟《をは》りて廻りし時に、伊耶那美命《いざなみのみこと》の先《ま》づ言はく、「あなにやし、えをとめを」といひ、後《のち》に伊耶那岐命《いざなきのみこと》の言ひしく、「あなにやし、えをとこを」といひき。各《おのおの》言ひ竟《をは》りし後《のち》に、其《そ》の妹《いも》に告《の》らして曰《い》ひしく、「女人《をみな》の先《ま》づ言《い》ひつるは、良《よ》くあらず」といひき。然《しか》れども、くみどに興《おこ》して生《う》みし子は、水蛭子《ひるこ》。此《こ》の子は、葦船《あしぶね》に入れて流し去《さ》りき。次に、淡島《あはしま》を生みき。是《これ》も亦《また》、子の例《つら》には入れず。

伊耶那岐命は「では、私とお前でこの天の御柱のまわりをめぐって出会い、寝所で交わりをしよう」といった。「お前は右から、私は左からめぐって出会おう」といった。約束し柱をめぐり出会った時に、まず伊耶那美命が「ああ、なんといとしい殿御でしょう」と言い、あとから伊耶那岐命が「ああ、なんといとしい乙女だろう」と言った。それぞれ言いおわったあとで、伊耶那岐命が「まず女の方から言ったのは良くなかった」と言った。そうは言いながらも、婚姻の場所で交わりを始めて、生んだ子は、水蛭子だった。この子は葦の船に乗せて流した。次に、淡島《あわしま》を生んだ。これもまた、子の数には入れない、というのである。

柱の周りを回り声を掛け合って性の交りをするという、この場面についても多くの解釈が成されてきた。巨木信仰のなごりではないかとか、火鑽《ひきり》神事の反映ではないかとか。決定的な解釈ができないのは、柱と、左右からの回りと、声の掛け合いと、性交と、そのすべてをかねそなえた儀式や行事が日本の古代の神事の中に見つかっていないからである。「火鑽神事」(『小学館 古事記』の p.113挿絵)は、性の交わりと火起こし道具の回転とをむすびつける解釈であるが、現在残っている出雲の熊野大社の火鑽神事は女性禁止の神事なので、合うようで合わない。

さらに、こういう場面は、いかにも男女の神が、お互いにいい男、いい女と言い合いながら、寝床をつくって性交をしたというふうに読み取れる場面になっている。しかし、それにしても、「柱」を右や左に回りながら、お互いに声を掛け合うというのも、当時の宗教行事にははっきりと見いだせない行動であるし、さらにそこでの声かけが、「女」が先に声を掛けたからよくなかったとか、理由にもならない妙なことが書かれているようにみえる。この場面はどのように理解すれば良いのだろうか。唯一、結婚の前に「歌」でやりとりをする風習が古代にはあったと言われることだが、そういう「歌問答」をここに当てはめるのも、何かしら牧歌的な感じがする。

「御柱」を廻るというのは、おそらく象徴的なことを表しているのだと思われる。すでに指摘したように、「御柱」とはその地域を国の占有物とするために立てる目印であった。そしてかつて作られてきた「鐸」のようなものも、国の目印として祭られ、国の境界に埋められてきたものであった。そういういみでは「柱」と「鐸」はともに「国」の占有に関わる似たような役割を果たしてきていたのではないかと思われる。そうでないと、二神が互いの凸凹を合わして「鐸」をつくるようなことをはじめに書かないからである。古事記の編者は、二神がまず「鐸」を作るように「成り成り」を固めていって、そのあと「御柱」を右と左に回ったとされている。もしここで「柱」と「鐸」が同一のイメージの中にあるとしたら、何かしら「鐸」の中に、右回り、左回りに関わるものがあるのではないかと思えてくる。そういうふうに見てみると、だれでも「銅鐸」に描かれた「右回り」と「左回り」の螺旋の文様、いわゆる「渦巻き紋」や「流水紋」と呼ばれてきたものを思い浮かべることができるのではないか。

こういう文様が何のために描かれたのかは見解が分かれるところであろうし、それを考えることがここでの目的でもないが、すでに指摘したことを繰り返せば、「鐸」は「聖なる中」を持ったもので、それは「国」を生み出す「金属の子宮」でもあった。そういう「鐸＝金属の子宮」を守るために、鐸の周りに「渦紋」が描かれているのである。そういう意味で、ここでは左回り右回りの事実が「鐸」にはあることだけを指摘しておきたい。

ただ、お互いに「いいおとこ」「いいおんな」と讃え合っているのは、その「鐸」の出来具合のことである。ぴかぴか光る鐸の表面の出来具合にはきっと目を見張るものがあったはずである。しかし古事記の編者は、お互いに褒め称えはすれど、最初はうまくゆかなかったことを記している。それは女が先に言ったからだという。このことは、後の男尊女卑の思想を表しているわけではないことは多くの研究者が指摘してきているので、そこを強調することは私もしない。ただ考え方として大事なことは、ここであえて「先」にこだわっているというところであろう。おそらく「先」とは何かが問われなくてはならないのであろう。「先」は、先端の突出している部分で、「御崎」「岬」のように「異」なるものと出会う危険で神聖な場所でもある。「先」は基本的には「咲く」や「開く」や「幸ち」につながると共に、「裂く」「割く」「離く」にもつながる不吉な部分でもあった。ここでは、金属を生む最初の婚姻の儀式であるが、そこでの「女神」は巫女としての役割を果たすので、「先」になることはできないのではないかと思われる。しかしそれは男尊女卑の思想とは何の関係もないことである。このことは後に神々が「天降り」をするときに、「先」に男の神々が進むところを見てみればよくわかる。「先」は「男」であるが、大事な場面で巫女であるアメノウズメ（天宇受売神）が呼ばれて、「先」に立つことになる。はじめは「後」でも、のちには「先」になる、ということは、先に「天之日矛」のところで見たように、巫女が最初は賤しい女として描かれることと同じである。

5　水蛭子《ひるこ》

このあとにヒルコの話がくる。しかしここでも大事なことは、二神がただ「子ども」を生もうとしているわけではないということについてである。二神はあくまで「国」を生もうとしているからである。それも「修理し固め成る」ようにしてである。そうなると「国」には「鉄」のイメージが複合されていなければならない。そのことを考えるためには、最初に生んだ子のことを考える必要があるだろう。物語はこうなっている。

くみどに興《おこ》して生《う》みし子は、水蛭子《ひるこ》。此《こ》の子は、葦船《あしぶね》に入《い》れて流し去《さ》りき。次に、淡島《あはしま》を生みき。是《これ》も亦《また》、子の例《つら》には入れず。

その子は「水蛭子」と呼ばれて、葦の船に乗せて流されたと簡単に語られている。理由はいろいろ詮索されてきた。蛭のような手足の無い障害児が生まれたので川に流したのだと解釈をする人たちもいた。あまりにも現代的な解釈である。ここで大事なことは、神名と葦船と流すという三つのイメージの出所である。すでに「葦」や「船」のイメージについては見てきた。それは製鉄の「炉」に関わるイメージであった。ここでもその理解に従うなら、伊耶那岐命、伊耶那美命の二神が最初に生んだ子は、良い国（鉄）を作るためには十分なものではなかったということになるだろう。だから、「流してしまった」のであると。その「島（国）」にしにくかったものをここで「水蛭子」と呼んだのではないか。

ちなみに「炉」から生まれる鉄は「鉧《けら》」なのであるが、「鉧」にならなかった砂鉄は炉の底に「鉄《てつ》滓《さい》」や「流《なが》れ銑《ずく》」となって溜まるので、それ（「のろ」や「すらぐ」とも呼ばれる）は「湯口《ゆじぐち》」から別に排出することになる。炉の燃焼状態が悪かったり、燃焼の温度が低いと、そういうものが出てしまうが、最初には必ずこの「のろ」は排出される。それは「湯道《ゆみち》」にそって流され、流れる間に冷えて黒く固まる（山内登貴夫『和鋼風土記』参照）。

古事記で最初に生まれる子が「水蛭子」と呼ばれ、「流される」ことの裏には、そういう「のろ」「流《なが》れ銑《ずく》」のイメージがある。だから、「水蛭子」というのは決して、手足のない蛭のようなものではないのだ。それはまだ「良い鉄」にはできないが、鉄の仲間であることは理解すべきなのである。

残る問題は、ヒルコと呼ばれる神名についてである。この神名については、西郷信綱は「日神の大ヒルメがあって、音韻的にヒルコがそこに引き寄せられたのであろう」と『古事記注釈』で書いていた。しかしそこからヒルコを日の子、つまり太陽の子と考えるのはよくないと考えていた。私は西郷の説を踏まえながら彼の説明に異を唱えたい。ヒルコは「ヒルメ」や「日の子」のイメージをもたされているのは確かだとして、そのことを踏まえた上で、私はヒルコを「火の子」と理解すべきだと考えるからである。「火の子」つまり「鉄の子」として生まれてきたものであるが、それはまだ十分な鉄にはならなかったので流されたのであると。

続けて「淡島」を生んだがこれも数には入れなかったという。最初からいい「島（国）＝鉄」が精錬されるわけではなかったので流してしまった。その次も「島」としてはまだ淡い形にしかならなかったので淡島として流してしまったというのであろう。ただし、ここでの「淡島」の「あわ」という字には「泡」という漢字が当てられていないので「泡のような島」だったとすることはできない。「淡島」も未熟ではあっても鉄の仲間であることは理解しておくべきである。

二　大八《おおや》島国《しまくに》

1　右回りの島（国）生み

こうして次に本格的に「島＝国」を生む物語に移行する。物語のこの場面を読むときには、注意すべきことがある。それは読み手が、いかにも伊耶那岐命、伊耶那美命の二神による国生みの物語を読んでいるように見えて、その時はまさに空の上から地上を見下ろすようにして国生みを見ているようになっているところである。つまり、「高み」から見下ろすようにして国生みの経過が語られているところである。

ここに「国生み」という行為が、実は「日本」の「領土」を「国見」の位置から再確認している意図が見られるのである。しかしその意図は、生んだ「国名」をことごとく列挙するというのではなく、なにやら「日本」を取り囲む島々を確認をすることによって、「日本」の領土を海と陸の両方から確定するような工夫をしているところにある。そうした政治的な「国土」の占有・確定の問題が、神話の物語の中では、まさに「島」を生む物語として語られている。ここにはどういう意図があるのだろうか。その島生みの経過を模擬図にすれば、次頁の図のようになる。最初に①「淡路島」が生み出される。その次に②「四国」が生み出される。そのあとは、ぴょんと跳んで、③「隠岐」の島を生む。それから④「九州」⑤「壱岐」⑥「対馬」を生み、日本海をさかのぼって⑦「佐渡」を生み、そして⑧「本州」を生んだというふうに物語ではなっている。

細かい詮索はさておいて、その国生みの経過を図にしたのをじっと見てみると、当時の古事記の編者が、「倭（日本）」というものをどういう風に「高み」から見ていたのかがわかる。陸地だけで生きる日本人にとっては、「日本」というのは、山河のある本土を何よりも思い浮かべることになるのだろうが、古事記が編纂された当時の「日本」を治める支配者にとっては、中国や朝鮮、そして特に九州との関係抜きに「倭（日本）」の存在はあり得ないように意識されているのがよくわかるようになっているのである。そういう「日本」の国土意識というのは、まずは中国、朝鮮との海路意識とともにあった。その海路意識が、日本をぐるっと取り巻く島々の順番にあらわされているのである。特に、九州圏の島々が力を入れて取り上げられているように見えるのは、当時の大和政権にとっては九州はまだまだ手強い異国の側面をもっていたからであろう。なかでも九州と、朝鮮を結ぶ壱岐、対馬の島が、ここの国生みで取り上げられているところは注目すべきである。当時の対外情勢から見たら、この二つの島と九州は、朝鮮半島とヤマトの関係にとってはなくてはならない重要な位置を占めていたからである。

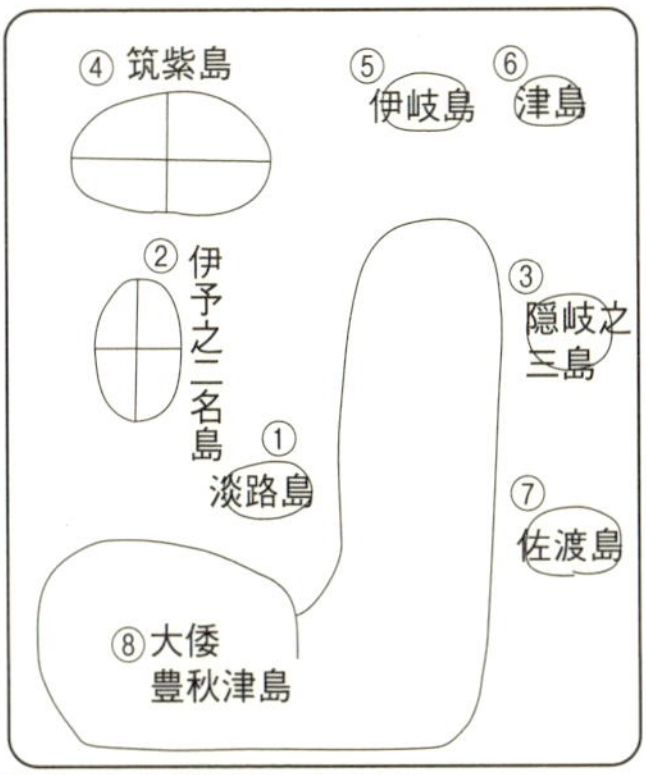

国生みの順序と広がり

（ちなみに模擬図について少し説明を加えておきたい。この地図の要点は二つある。一つは古代の日本の地図には、南が上向きの構図のものがあるということ。二つ目には、ここでの本土が女体の両足のようにイメージされているというところにある。だから大阪湾が女性器となり、まず淡路島を生んだというふうに読み取れるようになっているところである）。

ここで気になるのは、島々に付けられた神名のことである。物語では、神名の付いた島々を生んだことになっているからである。ちなみに島とその神名を並べてみると何が見えてくるだろうか。

①「淡道《あわじ》之《の》穂《ほ》之《の》狭別《さわけ》島《のしま》」。

②「伊《い》予《よ》之《の》二名島《ふたなのしま》」。

この島は体が一つで顔が四つある。伊予国《いよのくに》は「愛《え》比《ひ》売《め》」、讃岐国《さぬきのくに》は「飯依比古《いひよりひこ》」、粟国《あはのくに》は「大宜都比売《おほげつひめ》」、土左国《とさのくに》は「建依別《たけよりわけ》」。

③「隠《お》伎《き》之《の》三子島《みつごのしま》」。またの名は「天之《あめの》忍許《おしこ》呂《ろ》別《わけ》」。

④「筑紫島《つくしのしま》」。

この島も体が一つで顔が四つある。筑紫国《つくしのこく》は「白日《しらひ》別《わけ》」。豊国《とよくに》は「豊日《とよひ》別《わけ》」。肥国《ひのくに》は「建日《たけひ》向日《むかひ》豊久士比泥別《とよくじひねわけ》」。熊曾国《くまそのくに》は「建日《たけひ》別《わけ》」。

⑤「伊岐《き》島《のしま》」。またの名は「天比登都柱《あめひとつはしら》」。

⑥「津島《つしま》」。またの名を「天之狭手依比売《あめのさでよりひめ》」。
⑦「佐度島《どのしま》」。
⑧「大倭 豊秋津島《おおやまととよあきづしま》」。またの名を「天御虚空豊秋津根別《あめのみそらとよあきづねわけ》」。以上八つの島を「大八島国《おほやしまくに》」という。

こうした島々に付けられた名に、何かしらの一貫性があるのかどうかはわからない。もともと付いていた土着の島々の地名を、いかにも伊耶那岐命、伊耶那美命が意図的に生んでいったかのようにして取り上げているのであるから、島名に一貫性がある方が不自然であろう。ただ、地名にあえて神名をつけているのは、そこに古事記編者なりの何がしかの一貫した意図があるはずである。その意図を細かく読み解く力は私にはないのだが、ただ一つ大きくわかる特徴に気がつく。それは「九州（筑紫島《つくしのしま》）」につけられた神名である。そこには「白日別《しらひわけ》」「豊日別《とよひわけ》」「建日向日豊久士比泥別《たけひむかひとよくじひねわけ》」「建日別《たけひわけ》」というように「日」のつく神で占められているところである。これは明らかに他の「島」の神名と違って、意図的に、特別に付けられているのがわかる。つまり「九州（筑紫《つくしの》島《しま》）」は、この時特別な島（国）として意識されていたということなのである。

というのも、物語としての古事記のこの段階では、まだ「日」にかかわる「神」は出現していないのである。しかし物語の展開の先を見越して（それは神々の天下る時の、その場所としてということなのであるが）、「日」のつく島が設定されているかのように見える。私がこの「日」のつく「筑紫島《つくしのしま》」のことが気になるのは、この島（国）が武器を大量に持つ「肥国《ひのくに》／火の国」として、ヤマトを脅かし、特別に意識されてきていたと思うからだ。それだからこそ、この「肥国《ひのくに》／火の国」が、古事記の中では、こんなに早い時点で「日の国」に言い換えられているのではないかと思うからである。最も敵対する「火の国」を、最も近い時期に「日の国」にすり替えるためである。

この他にも気がつくのは、島々に「穂」「飯」「大宜都」「白」「建」「狭」「泥」「忍」「許呂」などという神名がつけられているところである。こういう表記には、共に「ヒ（火）」に関わるものがある。「ヒ（火）」に関わるというのは、何かしら「鍛冶」に関わるものがあるということである。つまり、ここで意図的に取り上げられている島々には、そこを経由して「鍛冶」に関わる鉄資源が、大和政権とゆききしむすばれていたところが想像できるのである。

最後に生まれる「大倭《おおやまと》　豊秋津《とよあきづ》島《しま》」またの名を「天御虚空《あめのみそら》豊秋津《とよあきづ》根《ね》別《わけ》」はどう考えるといいのだろうか。この島に付けられた神名の「秋津」の「秋《あき》」は西郷信綱も指摘するように「アカル（赤らむ）」に関係すると考えるべきで、そうするとこの「豊秋津」は「豊かな赤」を保有する国ということで、「赤く溶けた鉄の豊かにあふれる国」というのが「大倭豊秋津島」ということになる。もちろん陰陽五行では、「秋」に「金」「白」が割り当てられているところから、「豊秋」を「豊金」と考えることも可能であるが、どちらにしても、国生みの島々の地名を神名に置き換えるときには、火・鉄・金のイメージを深く内在させているところには注目すべきである。

こうしてみると、この島生みの物語も、単なる島々を生んだという話なのではなく、「日本」を防衛する上での重要な島々と、鉄を運ぶ重要な海路上の中継点としての島々という意味を持たされていることが見えてくる。

2　左回りの島（国）生み

ちなみに、島々の国生みは、まだ続きがある。「還り坐しし時」ではじまる奇妙な国生みの経過である。

> 然《しか》くして後《のち》に、還《かへ》り坐《ま》しし時《とき》に、吉備児島《きびのこしま》を生みき。亦の名は、建日方別《たけひかたわけ》と謂ふ。次に、小豆島《あづきしま》を生みき。亦の名は、大野手比売《おほのてひめ》と謂ふ。次に、大島《おほしま》を生みき。亦の名は、大多麻流別《おほたまるわけ》と謂《い》ふ。次に、女島《をみなしま》を生みき。亦の名は、天一根《あまひとつね》と謂ふ。次に、知訶島《ちかのしま》を生みき。亦の名は、天之忍男《あめのおしを》と謂ふ。次に、両児島《ふたごのしま》を生みき。亦の名は、天両屋《あめのふたや》と謂ふ〈吉備児島《きびのこしま》より天両屋島《あめのふたやのしま》に至るまでは、幷《あわ》せて六つの島ぞ〉。

ひととおり「国」を生み続けたはずなのに、またもう一度、「然《しか》くして後に、還《かへ》り坐《ま》しし時に」となっている。なぜここで「還《かえ》る」とあるのかがわかりにくい。多くの研究者も、この辺はよくわからないとしている。もちろん、現実の島を生んだわけではないので、現実の地図に照らし合わせて考えるのはよくないのだろうが、研究者の解釈としては、ここで列挙される六つの島は、ほ

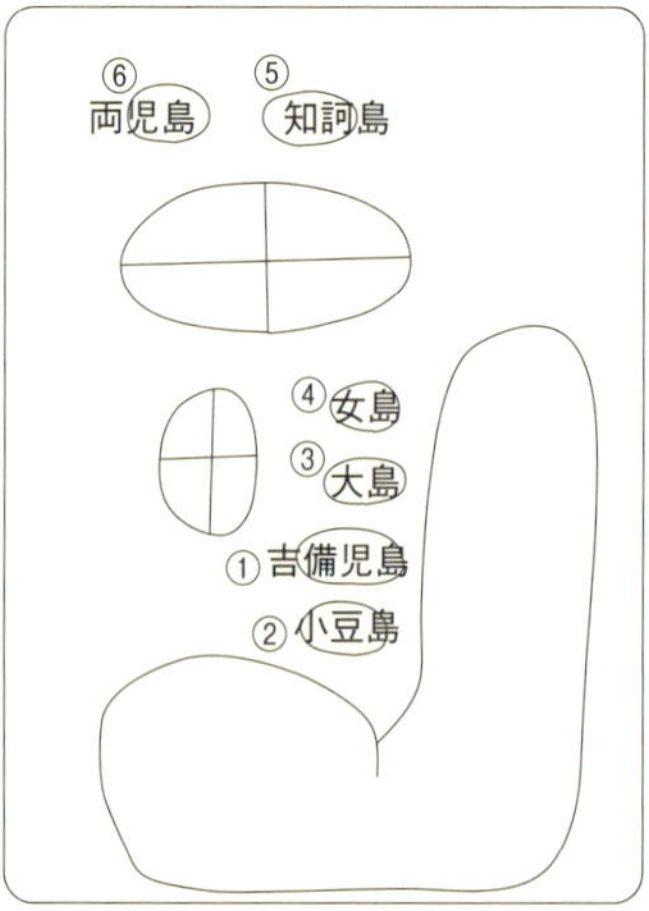

ぼ現実の地図の上では図のような位置にある島に対応しているのではないかと言われてきた。私もそれに従い、私なりの模擬図を示してみた。ちなみにこの六つの島とそれに付けられた神名を合わせて次に示しておく。

①「吉備児島《きびのこしま》」。またの名は「建日方別《たけひかたわけ》」。

②「小豆島《あづきしま》」。またの名は「大野手比売《おほのてひめ》」。

③「大島《おほしま》」。またの名は「大多麻流別《おほたまるわけ》」。

④「女島《をみなしま》」。またの名は「天一根《あまひつね》」。

⑤「知訶島《ちかしま》」。またの名は「天之忍男《あまのおしを》」。

⑥「両児島《ふたごのしま》」。またの名は「天両屋《あまのふたや》」。

島々の神名の考察も興味深いが、それをなし得る力量もないので、ここでは生まれた島の順番をたどることで見えてくるものを指摘するにとどめておきたい。これは最初の国生みと、二度目の国生みを、空の上から見てみると、図のように、右回りと、左回りになっていることがわかる。ここではそのことを指摘する以上のことは出来ないのであるが、この島生みが、「淤能碁呂島《おのごろしま》」に御柱を見立てて、右回り、左回りに回ったという最初の記述に何かしら関わりがあるのではないかと考えることができるが、それ以上のことはわからない。

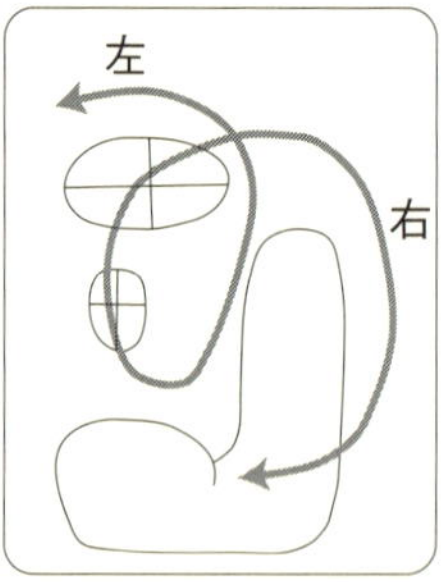

3 山河の神々

そうした島＝国作りを終えると、続けて、海や山に関わる神々を生むような記述が続く。しかも、神名をただ列挙しているだけのような記述が続く。しかし、この件も、ただ牧歌的に山河の神々を生んでいるように読んではいけないところである。神名だけと言っても、その神名の作り方それ自体に豊かなイメージ複合がなされているので、そこはちゃんと見ておかなくてはならない。

既《すで》に国を生み竟《をは》りて、更《さら》に神を生みき。故《かれ》、生《う》みし神の名《な》は、大事忍男神《おほことおしをのかみ》。次に石土毘古神《いはつちびこのかみ》を生みき。次に、石巣比売神《いはすひめのかみ》を生みき。次に、大戸日別神《おほとひわけのかみ》を生みき。次に、天之吹男神《あめのふきをのかみ》を生みき。次に、大屋毘古神《おほやびこのかみ》を生みき。次に、風木津別之忍男神《かざもくつわけのおしをのかみ》を生みき。次に、海の神、名は大綿津見神《おほわたつみのかみ》を生みき。次に、水戸《みなと》の神、名は速秋津日子神《はやあきつひこのかみ》を生みき。次に、妹速秋津比売神《いもはやあきつひめのかみ》を生みき。

まず、「大事忍男神《おほことおしをのかみ》」。「忍《おし》」は「押」「圧」「恐」「襲」に関わる言葉で、「大きな力」を喩に持つ神名。次に「石土毘古神《いはつちびこのかみ》」、「石巣比売神《いはすひめのかみ》」。ここに石に関わる神名が出てくるが、ただの石と考えてはいけない。鉄を含む石のことがイメージされているとまずは受け止めておくべきである。次に「大戸日別神《おほとひわけのかみ》」。この神名には「おほと—ひ—わけ」が複合されている。「おほと（大戸）」の「戸」は、鉄のある場とない場をへだてる「戸」の意味をもつ神名で、「ひ—わけ」は「火別」に関わると考えておくべきである。次に「天之吹男神《あめのふきをのかみ》」。西郷信綱は「名義不明。屋根を葺く意か」と書いていたが、文字通りに読むべきで、この神は、火を「吹く」神である。鉄を溶解させるために吹く風の大事さがこの神名に込められている。この神名は、「風」の方ではなく「吹く力」の方に重点をおいて付けられている。次に「大屋《おほや》毘《び》古神《このかみ》」。一般には木の神と言われているが、「大屋」の「屋」は、特別な大きな屋であり、それは鍛冶にかかわる家＝高殿をイメージしておくべきである。なぜそういうことがいえるのかというと、この神は後に、大穴牟《おほあなむ》遅《ち》神《のかみ》を助ける神として登場するのであるが、そのときも、弱い鉄の大穴牟遅神を鍛え直す役割を担っていたからである。それは鍛冶的な鍛え直しの役目である。そういう「鍛冶の家」として「大屋」の神名がここに見られる。次に、「風木津《かぜもくつ》別之《わけの》忍男神《おしをのかみ》」。ここで改めて「風」の神が生まれる。火があっても勢いのある風がないと鉄の溶解はできない。だから「風の神」にさほど出てきた勢いのある「忍男神」が加わって、さらに激しい「風木津別之忍男神」という神名の神が生まれることになる。

この後、海の神が生まれる。大綿津《おほわたつ》見神《みのかみ》である。「わた（綿）」は「渡る」で、「津」は港のイメージであろう。すでに見てきたように、大綿津《おほわたつ》見神《みのかみ》は、ただの広々とした自然の海の神をいっているのではなく、大事なものを渡す海路を守る神として生まれている。その大事なものとは、言うまでもなく「鉄」である。次に水戸神《みなとのかみ》が生まれる。川や海の出入り口の神とされているが、別な神名を持っている。速秋津《はやあきつ》日《ひ》子神《このかみ》、妹速秋津《いもはやあきつ》比《ひ》売神《めのかみ》である。この神名はすでに見てきた「豊秋津」と関わりがある。繰り返して言うと、この神名は、「豊かな赤」で「鉄の赤」をいうのであった。そこにさらに「速」とか「日（これは火と読まれるべきである）」が付き、勢いのある豊かな赤い鉄を仲介する港（水戸）の神ということになる。

こうして、伊耶那岐命、伊耶那美命が生んだ右回り、左回りの「島々」を見た後に、改めて「鉄」を作るための「鍛冶」に関わる神々の生まれを確認したのであるが、その「鍛冶」の元になる「鉄」が、海路を通って運ばれるところにも古事記は注意を向け、大綿津見神を創造するのである。それは「海路」の確認の作業でもあった。しかし「海路」と言っても、ただの海の道をいうだけではない。そこを行き来する船が寄るための港が確保されていなければならなかった。それは鉄を積んだ船であり、その船の立ち寄る港の神が水戸神であり、その神はとても重要な役割を果たしているのである。

4 「速秋津日子《はやあきつひこ》」「速秋津比売《はやあきつひめ》」二神による神生み

重要な神という証拠は、この水戸神には二つの神名があって、今度はその二つの神（「速秋津日子」「速秋津比売」）が、「河と海を分け持って」新たな神々を生んだことが記されているからである。今までの展開から考えれば、そのまま続けて伊耶那岐命と伊耶那美命が、この後の神々を生んだことにしてもおかしくはないのに、そしてむしろその方が自然であるのに、ここからは、「水戸神」つまり「速秋津日子」「速秋津比売」二神で神々を生む展開になっている。

此《こ》の速秋津日子・速秋津比売の二はしらの神の、河、海に因《よ》りて持ち別け、生みし神の名は、沫那芸神《あわなぎのかみ》。次に、沫那美神《あわなみのかみ》。次に、頬那芸神《つらなぎのかみ》。次に、頬那美神《つらなみのかみ》。次に、天之水分神《あめのみくまりのかみ》。次に、国之水分神《くにのみくまりのかみ》。次に、天之久比奢母智神《あめのくひざもちのかみ》。次に、国之久比奢母智神《くにのくひざもちのかみ》。

ところで「速秋津日子」「速秋津比売」の二神が、「赤い火・鉄」に関わる神名を持っているなら、この二神の生む神々も、「火・鉄」と無縁ではあり得ないだろう。その思いを踏まえて見てみると、ここで使われる「水」や「水戸」には特別な喩が仕掛けられていることがわかる。そこには二つの水の複合である。一つ目の水は、「鉄」を運ぶ海路や水路としての水である。すでに見たように、これはとても大事な「水」である。この視点で見れば、「沫那芸神」「沫那美神」は、水路、海路の「水」の状態を示していて、そこでの安全を守る神になっている。「頬那芸神」「頬那美神」もそうである。「水面」の良さ、安全さを示す神名になっている。さらに「天之水分神」も「水を分ける神」とされているが、これも水路の神ということになるであろう。

しかし、ここにはもう一つの水のイメージも見える。それは「鍛冶場」の「溶けた鉄」を古事記はしばしば「湯」や「水」と表記することが出てくるからである。この「湯」や「水」として語られる鉄のイメージについては、別に触れることになるので、ここでは一つ目の「水戸神」だけをみておくことにする。

なぜここで「二つの水」のことをあえて言うのかというと、最後に出てくる「天之久比奢母智神《あめのくひざもちのかみ》」「国之久比奢母智神《くにのくひざもちのかみ》」の、「くひざもち」というのは、普通に考えるとよくわからないからである。西郷信綱も今のところ考えようがないので、と断って、「水をくむ杓子／ひさご」のようなものではないか書いていた。

しかしそうではない。ここでの「くひざ—もち」の「久比／くひ」は、海佐知山佐知で、火遠理命《ほをりのみこと》を陸へ届けた和邇に付けられた「佐比持《さひもち》」の「佐比／さひ」と同系の神名である。「佐比／さひ」は「小刀」のことであると多くの研究者は認めている。とすれば、ここでの「久比／くひ」は当然「くひ／杙」のことであり、それは「くぎ／釘」と同根なので「鉄のくし」あるいは「鉄の武器」のことである。

こうしてみてみると、「水戸神《みなとのかみ》」つまり「速秋津日子」「速秋津比売」の二神の生んだ神は、一部の人たちが言うような火の鎮火のために水の神を生んだのではなく、「鉄」が朝鮮から運ばれてくるという意味でも、その海路、水路の重要性を意識した神名になっているのである。そして、海路、水路と共にある鉄は、「国作り」の事業としても欠かせない神だったのである。

5　大山津見神《おほやまつみのかみ》

ここからまた伊耶那岐命、伊耶那美命の生んだ神々が列挙される。しかしただの列挙とみなさないほうがいい。

次に、風の神、名は志那都比古神《しなつひこのかみ》を生みき。次に、木の神、名は久々能智神《くくのちのかみ》を生みき。次に、山の神、名は大山津見神《おほやまつみのかみ》を生みき。次に、野の神、名は鹿屋野比売神《かやのひめのかみ》を生みき。亦《また》の名は、野椎神《のづちのかみ》と謂《い》ふ。

最初に風の神「志那都比古神《しなつひこのかみ》」が生まれる。西郷信綱によると、従来の解釈では「しな」は「息《し》長《なが》」の意味に解されてきたが、「し」は「風」の意味があり、この神名は、天空の「風」の吹き起こる所の風の神と解されるべきだろうという。私も、この神は鍛冶の炉に吹き込む「風」の理解でいいと思う。続けて、木の神「久々能智神《くくのちのかみ》」が生まれる。「くく」は「きき／木木」の古形だろうという。それで「くくのち」は「木の神」「樹木の神」と西郷信綱は言う。しかし、単なる木木を想像すべきではないと私は思う。ここでの「くく」は、「空洞」のある「茎《くき》」をイメージすべきで、その空洞の「くく／くき」でもって炉に風を吹き込むのである。

続けて、山の神、「大山津見神《おほやまつみのかみ》」が生まれる。前に出てきた「大綿津見《おほわたつみ》」が「わた—つ—み」であったように、ここでも「やま—つ—み」として「山の神」が理解されるのであるが、しかしその「山の神」の「山」は、普通の山として理解されてはいけない。この「大山」とは鉄の採れる特別な山のことを言っているからである。村瀬は何でもかんでも恣意的に「神」を「鉄」に結びつけると思われるかも知れないが、そういう勝手なことを思いつきでしているわけではない。

その証拠に、この「大山津見神」は、このあとの物語の大事な場面で二度登場する。一つ目は、ヤマタノオロチの件で出てくる「足名椎《あしなづち》」「手名椎《てなづち》」の親神として登場する場面と、木花之佐久夜毘売《このはなのさくやびめ》の親神として登場する場面である。詳細は、物語のその場面をみてもらえばわかるが、そこにあるのはともに鍛冶の現場である。そうした鍛冶の現場に提供するものは何かと言えば鉄以外の何ものでもない。そういう意味で、この「大山津見神」の「大山」は、どこからどう見ても鉄の採れる聖なる山のことであり、その山の神のことなのである。

これらの神には、「み」という特異な神名が付けられているのだが、この理解については谷川健一が、「み」あるいは「みみ」のつく神は、外来の神であることを早くから指摘していた（『青銅の神の足跡』）。谷川はあえて「みみ／耳」という身体の目立つ部位を強調するかのような（彼は実際に南方の部族で耳に穴を開け大きな耳飾りを付けていた種族が日本に来ていたのではないかと推測していた）神名をつけて、日本古来の神と、神名だけで区別できるインデックスのように付けていたのではないかと推測していた。私もその谷川の見解に従いつつ、私自身は鉄を持った外来系の部族に付けられた目印としての「み」という理解でいいと考える。

故にここでの、「大綿津見神《おほわたつみのかみ》」「大山津見神《おほやまつみのかみ》」の二神は、共に、海を越えて鉄を渡す「大綿津見神」と、鉄を産出する山の「大山津見神」の分野の異なる鉄の神として理解することになる。ただ二つの神名は、いかにも海と山を受け持つ神として分けられているような印象を与えてしまうのだが、それはそうではなく、タイプの違う二つの外来の神を、こういう海と山に分けてわかりやすく区別したとここでは理解しておきたい。さらに言えば、ここでいう「大山津見神《おほやまつみのかみ》」と日本の縄文時代から続く民間で信仰されてきた「山の神」とは十分に区別しておく必要があることは言っておかなくてならない。

次に野の神「鹿屋野比売神《かやのひめのかみ》」またの名「野椎神《のづちのかみ》」が生まれる。西郷信綱の理解では、「かや」は屋根葺きに用いられる草で、「のづち」は「野の霊」のような神であろうという。そういう理解で、わかりやすくなるところがある。しかし、これまでに生まれた神々のあとで、なぜこの神が生まれているのか、西郷信綱の説明からではわからない。「鹿屋野比売神」も、単に「茅葺き」を言うのならなぜわざわざ「鹿屋」という表記をつかっているのかわからないので、ここには特別な喩が複合されているとみなければならないだろう。考えられることは、鹿の皮を鞴《ふいご》にして使う神聖な鍛冶場のようなものが、「鹿屋」としてイメージされ直しているのではないかということである。「野椎」も「野の霊」として分解せずに、「椎は槌と同じで、撃つ意味がある」という白川静に従って「槌」と理解するのが自然である。そんなハンマーのような表記をここであえてしていることを合わせて全体的に考えると、ここでは自然の野の神や木の神や、草木の霊を描いているのではなく、特別な茅葺きの屋根の下で、木を燃やし、風を吹き、槌で打ちつける鍛冶の作業の光景を多い浮かべるべきで、その現場を支える神々のことを描いていると考えるのが自然であるはずである。

そのことを考えるためには、続けて「山の神」と「野の神」の二神、つまり「大山津見神」と「野椎神」の二神が、「山と野を分け持って」様々な神を生んだことの意味を考えてゆく必要があることでも、伊耶那岐命と伊耶那美命が続けて神々を生めばいいものを、そうしないで途中から「山の神」と「野の神」にバトンタッチして神々を生ませているのである。何か理由があるはずである。この二神が生んだ神は次の通りである。

此の大山津見神・野椎神の二はしらの神の、山・野に因《よ》りて持ち別けて、生みし神の名は、天《あめ》之《の》狭土神《さづちのかみ》。次に、国之《くにの》狭土神《さづちのかみ》。次に、天之《あめの》狭霧神《さぎりのかみ》。次に、国之《くにの》狭霧神《さぎりのかみ》。次に天之《あめの》闇戸神《くらとのかみ》。次に、国之《くにの》闇戸神《くらとのかみ》。次に、大戸或子神《おほとまとひこのかみ》。次に、大戸或女神《おほとまとひめのかみ》。

まず「天之《あめの》狭土神《さづちのかみ》」「国之《くにの》狭土神《さづちのかみ》」。一般的には「土の神」と言われているが、「狭《さ》」のつく「土」と表記されているので「砂鉄を含む土」を打つ「鎚《つち》」の神と解することが可能である。次に「天之《あめの》狭霧神《さぎりのかみ》」「国之《くにの》狭霧神《さぎりのかみ》」。これも一般的には「霧の神」とされてきたが、ここでも「狭《さ》」のつく「霧《きり》」となっているので、別のイメージを喚起させることができる。それは「きり」には「霧」のほか「切・伐・断・鑽」などの漢字があり、ただの「霧」と読むだけでは見えてこないものがあるからだ。だから「きり／切」と読めば、武器にかかわるイメージが複合されていると見ることが可能である。

続けて「天之《あめの》闇戸神《くらとのかみ》」「国之《くにの》闇戸神《くらとのかみ》」が生まれている。ここでの「闇《くら》」は「倉」や「谷」ともかかわる表記とされてきた。それゆえに、この「くら」は特別な「くら」で、「倉」をもたらすような「谷」にある聖なる「闇」のことになる。そういう「くら／倉」になる「くら／闇」というのは、鉄の取れる聖なる谷のこと以外にあり得ない。そこから「富（倉）」が生まれるのである。大山津見神と野椎神が生むにはぴったりの神である。

そして次に「大戸或子神《おほとまとひこのかみ》」「大戸或女神《おほとまとひめのかみ》」が生まれる。ここで「惑」と書かれている字の元の字は「或《わく》」で、その字は「枠《わく》」や「框《わく》」をもった「國《くに》」と同じ意味がある（白川静『字統』）というのであるから、この「大戸或子神《おほとまとひこのかみ》」「大戸或女神《おほとまとひめのかみ》」の二神は、何らかの形で「惑＝或＝國」に「大戸」を立て守る神のイメージを持つものだと考えることができる。その「惑＝或＝國」を守るものは武器としての鉄である。

ここに「闇戸」や「大戸」とよばれる「戸」のつく神が現れている。すでに「水戸」という神も出てきている。この「戸」というのはどのように考えればいいのだろうか。それは、一般的に考える「門」や「扉」や「処」というようなものを想像すべきではないと私は思う。すでに指摘してきたように、古事記で使われる「戸」は、鉄を産む場所に入る特別な境界を「戸」と呼んでいるからである。そのことは、例えば「天の岩屋戸」などの「戸」のつく具体的な場面で取り上げて、見てゆくことにする。その観点からすると、「やまと」や「ほと」も、「大和」や「火処」だけではなく「山戸」や「火戸」であった可能性もイメージされてゆくはずである。

三　火之迦具土神《ひのかぐつちのかみ》

1　迦具土《かぐつち》の誕生

こうして再び伊耶那美命の神生みに戻る。伊耶那美命以外の神の生んだものは、鉄や鍛冶に関わるものではあっても、まだ具体的に鍛冶場の製作品を生むようなところにまでは至っていない。そういうものを生むのは伊耶那美命を待ってのことになる。

> 次に、生《う》みし神の名《な》は、鳥之石楠船神《とりのいはくすふねのかみ》。亦《また》の名は、天鳥船《あめのとりふね》と謂《い》ふ。次に、大宜都比売神《おほげつひめのかみ》を生みき。次に、火之夜芸速男神《ひのやぎはやをのかみ》を生みき。亦の名は、火之絃毘古神《ひのかかびこのかみ》と謂ひ、亦の名は、火之迦具土神《ひのかぐつちのかみ》と謂ふ。此の子を生みしに因《よ》りて、みほとを炙《や》かえて病み臥《ふ》して在《あ》り。たぐりに成《な》りし神の名は、金山毘古神《かなやまびこのかみ》。次に、金山毘売神《かなやまびめのかみ》。次に、屎《くそ》に成りし神の名は、波邇夜須毘古神《はにやすびこのかみ》。次に、波邇夜須毘売神《はにやすびめのかみ》。次に、尿《ゆまり》に成りし神の名は、弥都波能売神《みつはのめのかみ》。次に、和久産巣日神《わくむすひのかみ》。此の神の子は、豊宇気毘売神《とようけびめのかみ》と謂ふ。故《かれ》、伊耶那美神《いざなみのかみ》は、火の神を生みしに因《よ》りて、遂《つい》に神避《かむさ》り坐《ま》しき。

改めてここで伊耶那美命は「鳥之石楠船神《とりのいはくすふねのかみ》」またの名を「天鳥船《あめのとりふね》」と「大宜都比売神《おほげつひめのかみ》」を生んだとされている。この「鳥之石楠船神」という神名には、「鳥」「石」「船」という奇妙な組み合わせがあって、国文学の研究者からはよくわからないとされてきたところである。しかしこの組み合わせはそんなにわかりにくいわけではない。すでに、鍛冶の用語の中で、鉄を溶かす溶炉や、それを支えるものを「船《ふね》」と呼んでいたことは見てきたとおりである（地下に埋めるものも「舟」と呼んでいる）。そして、そうした鍛冶の信仰説話の中では「鉄の神」が「鳥」になって飛んできたという話がある（金屋子神降臨説話『現代語訳　鉄山必要記事』丸善株式会社　二〇〇一）そこには、製鉄の技術を持った渡来人が海を渡ってやってきたことが、「鳥」になってやってきたというふうに説話化されている。こうした渡来人のことも、すでに「天之日矛」として見てきたところである。こうした経緯を踏まえると、「鳥之石楠船神《とりのいはくすぶねのかみ》」という神名の、「鳥」と「石（鉄）」と「船」が、無関係ではないことが見えてくる。ここでの「石」は、当然その辺の石のことではなく特別な石、鉄を含む石のことである。

日本書紀では、この「鳥磐櫲樟船《とりのいわすふね》」に「蛭子《ひるこ》」を入れて流したという記述がある。「蛭子」と「船」との関わりについてもすでに見たとおりであるので、くりかえさないが、そこから見ても、この船が「鉄」に関わる船であることが見えてくるはずである。

次に「大宜都比売神《おおげつひめのかみ》」を生んでいる。普通に読めば、「天鳥船」のあとで「大宜都比売神」を生んだという、ただそれだけのことであるが、しかしこの二神が何の関わりもなくここに続けて生まれているとは思えないはずである。そのことを考えると、ここでの大宜《おおげ》の「げ」は多くの研究者が指摘してきたように「け／食」であるのは間違いない。とすれば、どういう「け／食」なのかが問題になる。おそらく考えられるのは、この特殊な「船」に入れて煮込む、特殊な「け／食」のことである。そうでないと「天鳥船」、との関連が見えなくなってしまう。そう考えると、この「け／食」は、「溶炉」としての「船」の中で溶かされる「溶炉の食べ物」つまり「鉄」だというこことになる。この神は、この時点ではまだ未形である。

こうして、いよいよ最も重要な神の一つが生まれる。「火之夜芸速男神《ひのやぎはやをのかみ》」、またの名「火之炫毘古神《ひのかかびこのかみ》」、またの名「火之迦具土神《ひのかぐつちのかみ》」と呼ばれる火の神である。火の燃える勢いや輝きの違いを表した神名といわれてきたが、この中でもっとも多く使われる神名が「火之迦具土神」である。このことには注目すべきであろう。おそらくこの神は、倭国で使われてきた最も古い火の神を内包していると考えられるからである。伊耶那美はこの火の神「迦具土」を産んだときに、「美蕃登《みほと》」を炙かれて病に伏せたとされている。

ここでの「ほと」というのは、どう考えるといいのだろうか。鍛冶の最中に、溶炉の中の鉄の溶け具合を外からの覗く穴を「ほと」ということもあるが、ここでは、溶けた鉄を取り出す処を「ほと」と考えておくのがいいだろう。しかし実際の溶けた鉄を取り出すのは、その溶炉を壊すことによってであるので、鉄を生む神（伊耶那美命）が元のままでいられることはあり得ない。古事記はだから壊される溶炉を「病み伏せる」と表現したのであろう。ちなみに西郷信綱の「ほと」の注釈を紹介しておくとこうである。彼はそこで「金山毘古神《かなやまびこのかみ》」がでてくるのは「火から鍛冶鍛工に思い及んでのことであろう」と指摘しているのであるが、しかしそう指摘しておきながら「ホトを火処《ホト》とするのは、俗説である。だがにもかかわらず、古事記のこの段でホトのホと火《ホ》が説話的にかさなっていることは、ほぼ疑えない」（『古事記注釈』）などと書いている。優柔不断な注釈である。ホトを火処とするのは俗説だと断定しておきながら、ホトのホと火《ホ》が説話的にかさなることは疑えない、とも言うのである。

タタラ場の記録映画の中では「ホト」は「ホド」とも呼ばれ、溶炉の外から中の鉄の溶け具合を見るために開けられた穴のことを言っている。その「ホド穴」から中の鉄の出来具合を見るというのは、まさに「炉」という「泥の子宮」の中で育つ鉄の子を見る穴という感じである。鉄の子が大きく育って、いよいよ「出産」ということになると、その「ホド穴」のまわりをみんなで一斉に突いて炉を壊すのである。鉄の子の出産のためには炉を壊さなくてはならない。これが迦具土を産んで、ホトを焼かれ、自らはなくなる、という物語の深層である。

ここでの物語の醍醐味は、そうして炉を破壊してまで産まれた鉄の塊を、こんどは、ほどよい大きさに切って（割って）、それをさらに槌で叩き、優れた鉄器にしてゆく過程までを、物語として描いているところである。それは迦具土を切る話であり、切った迦具土から重要な神々が生まれる物語である。その話にいく前に、伊耶那美命が、病んで伏せたときの描写がなされる。再度引用すればこうである。

「たぐり（嘔吐のこと）」してそこに生まれたのが「金山毘古神《かなやまびこのかみ》」「金山毘売神《かなやまびめのかみ》」。次に「屎《くそ》」をしてそこに生まれたのが、「波邇夜須毘古神《はにやすびこのかみ》」「波邇夜須毘売神《はにやすびめのかみ》」。その次に「尿《ゆまり》」をしてそこに生まれたのが、「弥都波能売神《みつはのめのかみ》」。その後、「和久産巣日神《わくむすひのかみ》」、この神の子は「豊宇気毘売神《とようけびめのかみ》」という。そして、伊耶那美命は、火之迦具土神を生んだがためについに、「神避られた」という。

この状況下でイメージされているのは、伊耶那美が、何かしら「どろどろしたもの」を吐き出した光景である。それは「嘔吐（たぐり）」「大便（屎）」「小便（尿）」として語られるのであるが、その「どろどろしたもの」こそ、「金属の溶けた様」を表しているのであって、だからその「たぐり／嘔吐」に「金山毘古神《かなやまびこのかみ》」「金山毘売神《かなやまびめのかみ》」という鉱山の神が生まれることになるのである。この神名については『古事記・祝詞』岩波書店の注でも「鉱山を男女二神に配したもので金の神。へどが鉱山を火で溶かした有様に似ている所からの連想であろう」と書いていた。

続けて「くそ／屎」に生まれた「波邇夜須毘古神《はにやすびこのかみ》」「波邇夜須毘売神《はにやすびめのかみ》」は、「はに／埴輪」からきていて、土器にまつわる神名であろうとされてきた。そういう理解でもおかしいわけではないが、「はに／埴輪」は「赤色の粘土」とされているので、ここは「赤い土」つまり「赤く熱した鉄」を生んだと理解してもいいと思われる。

次に、「ゆまり／尿」に生まれるのが「弥都波能売神《みつはのめのかみ》」。「み」は「水」のこととされ、「みつは」は「水の神」のことと解釈されてきた。しかし、単なる「水の神」というのではない。事実この水の神は、熱した鉄を冷やすための大事な水場の神としても祭られてきた。先ほど紹介したタタラ場に祭る神々の伝承（金屋子神降臨説話『現代語訳　鉄山必要記事』）に、「水神　みつはめの命」とあり、「鉄を冷やす池のこと」と記されていた。

最後に、「和久産巣日神《わくむすひのかみ》」が生まれる。「わく―むすひ」ということで、「わく」は「沸く・湧く」というように沸騰する、煮えたぎるイメージを持つ神である。その「煮えたぎるもの」を「産巣《むす》日《ひ》」とするのが、「和久産巣日神《わくむすひのかみ》」であるので、ここでの「むすひ」の「ひ」は当然「ひ／火」と考えるべきであろう。その神の子が「豊宇気毘売神《とようけびめのかみ》」という。「うけ」には容器としての「おけ／槽」の意味があり、煮えたぎるものを入れる容器＝溶炉のようなものを考えるのがいいと思う。

ここで、今一度こういう場面を作る元になった「かぐつち／迦具土」のことを考えておきたい。多くの解説書は、この神を「火の神」という説明で終えている。確かに「火の神」であるという説明は私も受け入れてきている。しかし、挿絵を伴った解説書には、その「火の神」がめらめら燃える炎のようなイラストで描かれていることが多い。しかし、「かぐつち」は決してめらめら燃える炎のようなイメージの火の神ではないのだ。この神は、古事記の編者が工夫をして表記しているように、「かぐつち／迦具土」という漢字に「具」という字がつけられていて、「炎」ではなくて「物」のような側面を持った「具」として存在させられている神なのである。私はその「具」を「赤く焼けた鉄の具」と考えるべきだと思っている。だから、その「具」は、「つち／槌」で打たれるので「かぐつち／火具槌」と名づけられているのであろう。この「かぐ／迦具」の大事さは、のちの「香山《かぐやま》」と呼ばれる「かぐ／香」と同じで、そこでは「鉄としての火具」のイメージが内包させられているので、鉄のとれる山を特別に「香山（火具山）」と呼ぶことにもなっているのであろう。

そのことを考えると、伊耶那美命の生んだ迦具土は炎のような火の神ではなく、これから槌で打ち付ける熱した鉄の具の神のように理解すべきである。そしてその「具としての神」を、伊耶那岐命がこのあと切ることになるのである。そのことはこの後で見ることにしよう。

ともあれ物語では、伊耶那美命は、火之迦具土神を生んだがためについに、「神避られた」という。死んだと書かれているわけではない。あとで「比婆の山に葬る」と書かれているので、それは「埋葬」と考えられているのだが、この時点での「神避る」という表現はイコール「死ぬ」ということにはならない。はっきりしているのは、先ほど『古事記・祝詞』（岩波書店）の注でも見たように、ここでの状況は、明らかに鍛冶に関わる情景が語られているのである。そのことから考えると、伊耶那美命の「神避る」とは、真っ赤な鉄の具を生み出した母体の溶炉は、役目を終えていったん壊される様子を表わしているのである。その「避」には「さる／避る・曝る」という意味があり「さる／曝る」と書けば、壊れてさらす意味になる。

ここで大事なことは、伊耶那美命が「迦具土」を生むことをどうとらえるのかということであろう。すでに見てきたように、迦具土は炎のような火の神ではなく、真っ赤に焼けた鉄の具としての火の神であった。ということは、それを生むということは、これからその溶鉄を使って、武器や道具を作る鍛冶がはじまるということになる。少なくともそういう予想はしておかなくてはならないだろう。以上のことを踏まえると、ここでの伊耶那美命が迦具土を生む情景は、鍛冶場の鉄を生む情景と複合されていると見ないわけにはゆかなくなるはずである。

しかし物語では、この迦具土を生んだがために美蕃登《みほと》を炙かれて病み臥《ふ》したとなっている。その結果、伊耶那美命は「神避り座す」ことになる。ここでの「避り」は通常は死んだとされるのであるが、しかし見てきたように、鉄が産まれるときには「炉」は必ず壊されるわけで、それは普通に言うところの「死ぬ」というイメージには値しない。それは、なくてはならない「壊し」であり、いったんそこで姿を消すということ以外の何ものでもない。それを「神避り」というのであれば、なかなか素敵な言い方になっていると思わないわけにはゆかない。

2　迦具土《かぐつち》を切る

このあとの展開では、生まれた迦具土を伊耶那岐命が切ってしまうのであるが、そこで大事なことは、切った剣と血から生まれた神と、切られた迦具土の身体の、それぞれの部位から生まれた神々をわざわざ描いているところである。ただ切ったことが描かれているのではなく、切った剣や、切られた体を描くという視点に注目すべきである。なぜそのような描写が必要であったのか。

訓読では次のようになっている。

故爾《かれしか》くして、伊耶那岐命《いざなきのみこと》の詔《のりたま》はく、「愛《うつく》しき我《あ》がなに妹《も》の命《みこと》や、子《こ》の一《ひと》つ木《き》に易《かは》らむと謂《い》ふや」とのりたまひて、乃《すなわ》ち御《み》枕方《まくらへ》に匍匐《はらば》ひ、御《み》足方《あとへ》に匍匐《はらば》ひて哭《な》きし時《とき》に、御涙《みなみた》に成《な》れる神は、香山《かぐやま》の畝尾《うねを》の木本《このもと》に坐《いま》す、名《な》は泣沢女神《なきさはめのかみ》ぞ。故《かれ》、其《そ》の、神避《かむさ》れる伊耶那美神《いざなみのかみ》は、出雲国《いずものくに》と伯伎国《ははきのくに》との堺《さかひ》の比婆之山《ひばのやま》に葬《はぶ》りき。

是《ここ》に、伊耶那岐命《いざなきのみこと》、御佩《みは》かしせる十拳《とつか》の剣《つるぎ》を抜《ぬ》きて、其の子迦具土神《かぐつちのかみ》の頸《くび》を斬《き》りき。爾《しか》くして、其の御刀《みはかし》の前《さき》に著《つ》ける血、湯津石村《ゆついはむら》に走《はし》り就《つ》きて、成れる神の名は、石析神《いはさくのかみ》。次に、根析神《ねさくのかみ》。次に、石箇之男神《いはつつのをのかみ》〈三《み》はしらの神〉。次に、御刀《みはかし》の本《もと》に著《つ》ける血も亦《また》、湯津石村《ゆついはむら》に走《はし》り就《つ》きて、成れる神の名は、甕速日神《みかはやひのかみ》。次に、樋速日神《ひはやひのかみ》。次に、建御雷之男神《たけみかづちのをのかみ》。亦《また》の名は、建布都神《たけふつのかみ》。亦の名は、豊布都神《とよふつのかみ》〈三《み》はしらの神〉。次に、御刀《みはかし》の手上《たかみ》に集《あつ》まれる血、手俣《たなまた》より漏《く》き出《い》でて、成れる神の名は、闇淤加美神《くらおかみのかみ》。次に、闇御津羽神《くらみつはのかみ》。

見てきたように、伊耶那美命は本当は「死んだ」わけではないが、物語の上で、伊耶那美命は「葬られる」ことになり、「死んだ」ようにみなされる。

こうして伊耶那岐命は哭《なき》はらし、出雲国と伯伎《ほうき》国の境の比婆の山に葬《はぶ》ったと書かれている。ところで、ここで伊耶那岐命は「愛しい妻よ、お前は一つ木にかわろうというのか」と言って大哭きしている。現代語では「お前は子一人に代わろうというのか」とされていて、わかりにくいところである。今までの研究者にもよくわからないとされてきた。なぜ「一つ木」なのかと。もちろん、私にもわからないが、タタラ場の高殿の横に立つ「一本の木」のことが気にならないわけでもない。そこにある木は鍛冶場にとってはなくてはならない木であり、その木に鉄の神の化身である鳥が止まるからである。

ともあれ、伊耶那岐命は伊耶那美命の枕元で腹ばいになって大哭きした。その涙に生まれたのが「香山《かぐやま》の畝尾《うねお》の木本に鎮座している泣沢女神《なきさはめのかみ》」だという。ここでなぜこのような「泣沢女神」の話が書かれているのか。本筋とは関係のない話のように見える。しかし「香山」という表記は、すでに指摘してきたように、特別な鉄を産出する山の表記であった。「かぐ／香」と表記される山は、「かぐつち」の「かぐ」とも関わる表記で、火＝鉄に関わる山のイメージを中核にもっている。（西郷信綱は「香山はいうまでもなく大和のカグヤマである」（『古事記注釈』）と断定しているが、古事記では、特定の地図上の地名をいっているわけではない）。その山の麓に伊耶那岐命の涙から生まれた神が鎮座するというのであるから、この「泣沢女神」も何かしらの鉄の神である性質を持っているはずである。というのも、伊耶那岐命が「大哭き」するのは、すでに触れたように、この神が「いーさなき」としての「鐸《さなき》」に出自をもつ金属の神であり、その金属を鳴らす音が「哭く」であり、そういう金属音を鳴らすことで、金属としての存在を示す神としてもあった。それゆえに、ここで「大哭き」して存在を示すのは不自然ではない。ただ、その「鐸《さなき》」の性質を持つ鉄の神の涙が、「香山」という鉄のとれる山のふもとの「木（火）」の本に鎮座するという時には、その「涙」は人間の流す涙のようにイメージしてはいけないだろう。ここでの「いーさなき」の「哭く」は「音」であったように、「涙」も「音」に関わるようなものとして理解されるべきで、だから「泣沢女神《なきさはめのかみ》」の理解も、音を鳴らす神に仕える巫女というふうに理解されるべきである。

さて伊耶那美命が葬られたという「出雲国と伯伎《ほうき》国の境の比婆の山」というのも、鉄のとれる山を示していた。実際、古代の出雲と伯伎の間には、古代の最大級の砂鉄の取れる地域が広がっていたことで有名である。その「ひば／比婆」の「ひ」とは、おそらく「ひ／火」のイメージを複合しているように見える。

このあとで、伊耶那美命は、火の神、迦具土を十拳の剣で切ってしまう。この場面は繰り返していうことになるのだが、時代劇の剣豪の立ち回りのようにイメージされてはいけない情景なのである。まずこの時、首を切った刀の先についた血が「湯津《ゆつ》石村《いはむら》」に飛び散り岩に付いて、そこで成った神の名は、石析神《いはさくのかみ》、根析神《ねさくのかみ》、石箇之男神《いはつつのをのかみ》、とされる場面をまず考えてみる。この時の迦具土を、ただの火の炎のように考えるとよくない。ここでの迦具土はその名の通り「火具の土」つまり「溶けた鉄の土」と考えるべきで、だからこの神の首を切って刀の先に付いた血とは、赤い熔鉄そのものである。それが湯津《ゆつ》石村《いはむら》に飛び散ったという。ここでの「湯」と呼ばれる「石」も、熱くなった砂鉄を含む石のことで、これから熔けて鉄になってゆく石なのであろう。そこに迦具土の血がついてさらに溶解することになる。そしてそこから生まれたのが石をも砕く鉄器の神、つまり「石拆《いはさく》の神」「根拆《ねさく》の神」「石筒之男《いはつつのを》の神」といった神々なのである。筒はおそらく穴を開けるとか、穿つという鉄器のイメージの神であろう。

つぎに、剣のつばについた血も「湯津石村《ゆついはむら》」に飛び散り、「甕速日《みかはやひ》の神」「樋速日《ひはやひ》の神」が生まれ、それから「建御雷之男《たけみかづちのを》の神」またの名を「建布都神《たけふつのかみ》」「豊布都神《とよふつのかみ》」が生まれたとされる。ここでの「血」も熔鉄のイメージであるが、「ミカ」は「雷」のこととされてきたので、ここでは製鉄の時に槌を打って飛び散る火花を雷の火花と複合させているのだと思う。

そして「建御雷之男《たけみかづちのを》の神」が生まれる。ここでの「たけ・みか」は文字通りの「建（武力）」としてある「雷」の神であるが、剣のつばについた血から生まれた雷というイメージなので、まさに雷のようなひらめきで制圧する武器をもった神ということなのであろう。その証拠に、この神のまたの名は、「建布都《たけふつ》の神」「豊布都《とよふつ》の神」という。「布都《ふつ》」とは「刀でものを切る」ことをいう言葉とされてきているからである。

次に、剣の柄に集まった血から、「闇淤加美《くらおかみ》の神」「闇御津羽《くらみつは》の神」が生まれたという。「くら／闇」はすでに見てきたように、「倉」や「谷」ともかかわる表記である。この「くら」は特別な「くら」で、「倉」をもたらす「谷」にある聖なる「闇」のことであった。「おかみ」や「みつは」は水の神、蛇の神とされてきたが、おそらくはこの「くら／闇」から採れる鉄は、火と水がなければ製鉄できないので、その火の部分を迦具土の血が、水の部分を「おかみ」や「みつは」の神が守っていたのであろう。

3　迦具土《かぐつち》の死体に成る神

次に、切られた迦具土の死体から、次のような神々が生まれたとされている。迦具土が炎のような火の神だとしたら、その身体を切るというイメージは成立しにくいが、赤く熱された鉄の塊だと考えれば、それを切るというイメージは、わかりにくいものではない。原文は物語風に取り上げているので、とくに筋立ては考慮する必要もないので、生まれた神々のイメージだけをたどっておきたい。

殺《ころ》さえし迦具土神《かぐつちのかみ》の頭《かしら》に成れる神の名は、正鹿山津見神《まさかやまつみのかみ》。次に、胸《むね》に成れる神の名は、淤縢《おど》山津見神《やまつみのかみ》。次に、腹《はら》に成れる神の名《な》は、奥山津見神《おくやまつみのかみ》。次に陰《はぜ》に成れる神の名《な》は、闇山津見神《くらやまつみのかみ》。次に、左《ひだり》の手《て》に成れる神の名は、志芸山津見神《しぎやまつみのかみ》。次に、右《みぎ》の手《て》に成れる神の名は、羽山津見神《はやまつみのかみ》。次に、左《ひだり》の足《あし》に成れる神の名は、原山津見神《はらやまつみのかみ》。次に、右《みぎ》の足《あし》に成れる神の名は、戸山津見神《とやまつみのかみ》〈正鹿《まさか》山津見神《やまつみのかみ》より戸山津見神に至《いた》るまでは、并《あは》せて八《や》はしらの神ぞ〉。故《かれ》、斬《き》れる刀《たち》の名は、天之尾羽張《あめのをはばり》と謂《い》ふ。亦《また》の名は、伊都之尾羽張《いつのをはばり》と謂ふ。

まず「正鹿山津見《まさかやまつみ》の神」であるが、西郷信綱は「それにしても、火の神の死体から山の神がなぜ生じたのか、よくわからない」と書いていた。ここは古事記全体に関わる根本的なイメージの問題があるのだが、ここが「よくわからない」ということになると、本当に困ったことになる。大事なことは、すでに「山津見《やまつみ》の神」は生まれていたというところにある。そして、そこでの「山」は自然の山一般をいうのではなく、鉄を産出する聖なる山をいうのだと指摘しておいた。ちなみに、このときの「まさか」に「鹿」の表記が与えられているのには注が必要であろう。「鹿」についてもすでに触れておいたように、おそらく鹿の皮を鞴《ふいご》にして使う神聖な鍛冶場が意識されていて、そうした鹿のいる山や鹿そのものを神聖視していたので「正鹿山津見《まさかやまつみ》の神」という神名の表記が作られていたのであろう。ここには、この他にも、様々に形容される「山津見神」が迦具土から生まれたことになっているが、このことは西郷信綱のいうように、「わからない」ことではなく、赤く焼けた迦具土の存在が、その原鉄を有する山の存在と切り離せないことを、改めてここで確認をしているのである。

その中でも注目すべきは「ほと」に生まれた「闇山津見神《くらやまつみのかみ》」であろう。迦具土に「ほと」があるということは、迦具土が「女神」として意識されていたということになる。すでに「くら／闇」については見てきている。繰り返して言うと、「くら」は特別な「くら」で、「倉《くら》」をもたらすような聖なる子宮のような「闇《くら》」のことであった。その「闇」のつく「山津見」が、「ほと」から生まれたというのは、西郷信綱が言うように、そんなにわかりにくいイメージではないはずである。

そして、迦具土を切った刀が「天之尾羽張《あまのおはばり》」、またの名は「伊都之尾羽張《いつのおはばり》」というのだという。西郷信綱は「おはばり」の意味は「男刃張」ではないかと言っている、「尾」は「剣の鋒《ほこ》」かもとも言っている。わたしもそうなのだと思う。この「おはばり」と名付けられた刀は、まさに鳥の尾羽のように、あるいは男根のようにピンと張った、勢いのある（それが厳《イツ》）刀のことである。この刀をなぜ古事記が強調するのかというと、赤く焼けた鉄の塊である迦具土を、さらに切って新たな形に仕上げる過程があり、その次の段階の存在をこの勢いのある「刀」の存在に託して描いているのである。

四　黄泉国《よもつくに》

1　黄泉国は「死者の国」ではない

迦具土を切った伊耶那岐命は、このあと黄泉の国へ去って行った。そして、伊耶那岐命と会う場面が語られる。

是《ここ》に、其《そ》の妹《いも》伊耶那美命《いざなみのみこと》を相見《あひみ》むと欲《おも》ひて、黄泉国《よもつくに》に追《お》ひ往《ゆ》きき。爾《しか》くして、殿《との》より戸《と》を縢《と》ぢて出《い》で向《むか》へし時《とき》に、伊耶那岐命《いざなきのみこと》の語《かた》りて詔《のりたま》ひしく、「愛《うつく》しき我《あ》がなに妹《も》の命《みこと》、吾《あれ》と汝《なむち》と作《つく》れる国《くに》、未《いま》だ作《つく》り竟《をは》らず。故《かれ》、還《かへ》るべし」とのりたまひき。爾《しか》くして、伊耶那美命の答《こた》へて白《まを》さく、「悔《くや》しきかも、速《はや》く来《こ》ねば、吾《あれ》は黄泉戸喫《よもつへぐひ》を為《し》つ。然《しか》れども、愛《うるは》しき我《あ》がなせの命《みこと》の入《い》り来《き》坐《ま》せる事《こと》、恐《かし》きが故《ゆゑ》に、還《かへ》らむと欲《おも》ふ。且《しまら》く黄泉神《よもつかみ》と相論《あひあげつら》はむ。我《あれ》を視《み》ること莫《なか》れ」と、如此《かく》白《まを》して、其《そ》の殿《との》の内《うち》に還《かへ》り入《い》る間《あひだ》、甚久《いとひさ》しくして、待《ま》つこと難《かた》し。

いくつか基本的なことには触れておかなくてはならない。まずは「黄泉国《よもつくに》」とは何かを考えないといけないのであるが、それを考えるヒントは、そこに「殿《との》」があって「戸」があるというイメージにある。すでに見てきたように、「殿」というのは鍛冶場に立てられた建物のことである。だから「黄泉国」というのは、多くの研究者が語ってきたような「死者の国」ではないということである。伊耶那岐命は、その「殿」にある「戸」をへだてて伊耶那美命と話をすることになる。伊耶那美命はこの「戸」を閉ざしているのである。すでに「戸」とは何かも問うてきている。古事記の示す「戸」とは、ただの戸ではなく、鍛冶場へ入るための特別な「境界」のことであった。この特殊な「戸＝境界」をはさんで、伊耶那岐命と伊耶那美命が話をする。それがこの場面なのである。

伊耶那岐命は、伊耶那美命に会いたいと思って「黄泉国」に行った。伊耶那美命は「殿の戸を閉じて出迎えた」と書かれてある。そこで伊耶那岐命は「愛しい妻よ、二人で作っている国はまだ作り終えていないので、還ってきてほしい」と訴える。すると伊耶那美命は「残念なことですが、あなたが早く来て下さらなかったので、黄泉の国の食べ物を食べてしまった。でも、せっかく来て下さったので、還ろうと思います。しばらく黄泉神と相談してきます。その間は、私を見ないで下さい」という。

ここで奇妙なことが三つ語られている。一つは、すでに「よもつへぐい／黄泉戸喫」をしたことの描写である。もう一つは「私を見ないでください」というお願いである。三つ目は、黄泉の国には「黄泉神」がいるという物語の設定である。一つ目の、「よもつへぐい／黄泉戸喫」とは、従来の解釈では「黄泉国の食物を食べる」ことだとされ、この「へ」とは「カマド」のことだとされてきた。しかし「へ」に「戸」という表記が当てられている以上は、単にカマドだといってすむわけではない。そのことが問われるのは、次の「ぐい／喫」のイメージをどう考えるかにかかってくる。「よもつへぐい／黄泉戸喫」とは、「黄泉」という特別な場所で「煮炊きされる食べ物」であるという意味にとれば、それは「溶炉」が「鉄材」を煮炊きするというイメージにとるしかないのである。つまり、伊耶那美命はここで、鉄材を再び溶かし始めたというのである。だから溶かし始めた鉄の様子は途中でのぞき見ることは許されないのである。それが二つ目の「見るなの禁止」と呼ばれてきたこの場面の本当の意味である。

ここで、伊耶那美命は、「よもつへぐ」をしてしまい、「よみがえりのステップ」に入ってしまっていたのである。そうして新しくはじまっている「修理固め」の様子をのぞかないでくださいとお願いしたのである。しかし、伊耶那岐命は待ちきれなくて、火をともして伊耶那美命を見てしまった。するとそこには「修理固め」の途中、つまり、「よみがえり」の途中の姿の伊耶那美命が見えた、ということになるのである。

ここでもう一つ大事なことに触れておかなくてはならない。それは「黄泉神」の存在についてである。国文学では、「黄泉国」については数多く論じられてきたのに、「黄泉神」についてはほとんどまともには考察されてこなかった。まず「黄泉国」の意味であるが、この「よみ」には「よみがえる」意味の「よみ」があることは白川静も『字訓』で述べていた。ただしここで意味される「よみがえり」とは、通常言われる死んだ者がよみがえるという意味ではない。ここでの「よみがえり」は、「鉄器」の「修理固め」のことである。すでにある鉄材を使い直すことで、それが新しい鉄器に生まれ変わり、蘇る。そういう意味の「修理＝よみがえり」のイメージを託されているのが「黄泉国」なのである。だからそこにいる「黄泉神」は「修理＝よみがえらせる神」なのである。

古事記は、この「黄泉神」を決して良しとも悪しとも描いていない。ただその神が存在するイメージだけを描いているのである。だから、この神は多くの人が思い描いてきたような死神や邪悪な神ではない。この神が、良し・悪しに関わらない証拠に、伊耶那岐命がこの国から逃げるときに、この神が直接に伊耶那岐命を追いかけるというのではなく、違う神々が追いかけるというふうになっている。それはつまり、この神は、背後に居て、鉄をよみがえらせることそのことを象徴する神になっているからである。

こうした「黄泉国」にやってきた伊耶那岐命が、伊耶那美命とやりとりをする場面が描かれる。こう書けば、なぜ伊耶那美命があえてこの黄泉国にきたのか、少し予感できるところがあるだろう。伊耶那美命は壊れた自分の「鉄の子宮」をここで「修理」し「よみがえらせる」ことを目的に来ていたのである。だから伊耶那岐命が来たときも当然ながら「黄泉神」と「相談」しなくてはならなかった。

物語の場面を再度たどれば次のようなことになるだろう。伊耶那美命は、大きな鍛冶場のある殿の中にいて、迦具土を生んで壊された溶炉を再び作り直し、新しく鉄を溶かす過程に入り始めていた。伊耶那美命はこの「黄泉国」で、単独で「修理＝よみがえり」をはじめていたのである。それまでは二神が一緒に「生み」をしてきたのに、ここに来て、伊耶那岐命抜きに「修理＝よみがえり」をしはじめていたのである。そのことの恐ろしい意味は、伊耶那岐命にもすぐにわかったはずである。それは伊耶那美命の姿を見たときにわかったことである。その場面はこう書かれていた。

故《かれ》、左《ひだり》の御《み》みづらに刺せる湯津々間櫛《ゆつつまくし》の男柱《をばしら》を一箇《ひとつ》取り闕《か》きて、一《ひと》つ火《ひ》を燭《とも》して入《い》り見《み》し時《とき》に、うじたかれころろきて、頭《かしら》には大雷《おほいかづちを》居り、胸《むね》には火雷《ほのいかづち》居り、腹には黒雷《くろいかづち》居り、陰《ほと》には析雷《さくいかづち》居り、左《ひだり》の手《て》には若雷《わかいかづちを》居り、右《みぎ》の手《て》には土雷《つちいかづち》居り、左《ひだり》の足《あし》には鳴雷《なるいかづち》居り、右《みぎ》の足《あし》には伏雷《ふすいいかづち》居り、幷《あは》せて八《や》くさの雷《いかづち》の神《かみ》、成《な》り居《を》りき。

「殿」の中に消えた伊耶那美命に対して、結果的には待ちきれなくなった伊耶那岐命が、「湯津津間櫛《ゆつつまくし》」の男歯を一本折って火をともして「御殿の中」に入った。そして、そこに蛆のたかる伊耶那美命の身体を見ることになる。そこの描写は「うじたかれころろきて」となっている。この場面は、この後見るように、従来から説明されてきたような「蛆《うじ》」がたかって体が腐っていたからというような場面ではない。鉄の神が腐ったりするわけがないからである。その証拠に、伊耶那美命の身体の各部分には「雷」がいた。頭には「大雷」、胸には「火雷」、腹には「黒雷」、陰には「拆雷」、左手には「若雷」、右手には「土雷」、左足には「鳴雷」、右足には「伏雷」。なぜこのような光景を伊耶那岐命は見ることになったのか。

このことを考えるためには、そもそも伊耶那美命とはどういう神だったのかということが、改めて再考されなくてならないだろう。というのも、二神はこれまでは共に組んで、島を生み国を生んできたので、伊耶那岐命と伊耶那美命と並べられることに、何の違和感もなかった。しかし、迦具土を生んでからは、事情が変わってきた。二神は同じような神に見られていたけれど、実はもともとは違った神なのではないかという疑問である。すでに伊耶那岐命は、「さなき／鐸」のイメージを内包させていると理解してきた。そこには「鉄の子宮」として存在する「中を持つ神」のイメージがあった。そして伊耶那美命にも同じような性質があることは見てきたとおりである。しかし、ここにきて、伊耶那美命も同じような「鉄の子宮」に関わる神の性質は持っているとしても、伊耶那岐命と同じような「さなき／鐸」の神だとしてすますことはできなくなってきているのである。それは迦具土を生んだ後の伊耶那美命の経過を見れば明らかである。伊耶那美命は伊耶那岐命には似ているが同じような神ではなかったのである。では、どのような神として理解すればいいのだろうか。

振り返れば、伊耶那美命は、「殿」に入り、「戸」を閉ざして、「よもつへぐひ／黄泉戸喫」をしていた。それは、竈《かまど》で炊いたものを食べることだといわれてきたが、この場合の竈を溶炉と考えれば、食べ物とは鉄材のことで、そこで黄泉戸喫をするとは鉄を溶かしはじめたということなのであった。それで殿の戸を閉ざして、溶解が仕上がるまでは、待ってくださいと伊耶那美命は頼んだのである。鍛冶場にはさまざまな禁忌があって、鍛冶に関わる者たちはその禁忌を守らなくてはならなかった。しかし、伊耶那岐命は禁忌を破り、溶解中の溶炉をのぞいてしまったのである。そしてそこに見たのは、まさに溶けてパチパチと雷のような火花を飛ばしている伊耶那美命の姿であった。伊耶那美命の身体に雷がいたという表現は、その様子をとらえたものである。

ということは、この伊耶那美命というのは、本来は鍛冶そのもの神であったのではないかということである。先に紹介した鍛冶の神の信仰は「金屋子神《かなやこしん》」として語り継がれてきているのであるが、その本体は男の神で、そこに仕える巫女の神がいたことになっている。しかし元々の、古代の「生む神」は女神であった。しかし鉄の武器が生まれ、男の戦いの中心が鉄になると、神の位置も女神から男神に変わってゆく。それでも女神の重要性が変わらないとなると、巫女として男神に仕えるような位置を与えられる。そういう意味では、黄泉国の伊耶那美命の位置は微妙である。黄泉神に相談しなければならない位置にいることを考えると、黄泉神に仕える巫女のような位置にいるのであるが、みずから鉄器を生む神として、まさに鍛冶そのものの神としてそこに居ることにもなっている。後世の金屋子神は男神で、「女」を嫌ったというような説話になっているが、古事記の伊耶那美命は、巫女のような姿を見せながら、しかし同時に鍛冶そのものの神としてここでは現れているのである。そういう伊耶那美のとらえ方を見失ってはいけないと私は思う。

そもそも、古代の女神としての火の神の流れを引き継ぐ伊耶那美命は、古事記の編者によって、鉄を生む神、鍛冶の神のような特異な性格を与えられてゆくのである。つまり「鉄の子宮をもつ神」のような位置である。しかし大事な場面では男神に相談をするというふうな配慮も忘れない。そのことが、「ただしばらく黄泉神と相談してくるので」という場面になる。そのことを考えると、繰り返していうことになるが、この「黄泉神」は、単なる死者の神ということにはならず、ましてや「よもつくに／黄泉国」というのは、従来から考えられてきたような「死者の国」と決めつけられないことが見えてくるはずである。そこには、厳しい禁忌に守られた独特の鍛冶の世界と、鉄の武器の生み出す死の世界の、その複合された世界があったはずだからである。そう考えると、「鍛冶」の世界が、なぜ「黄泉」と呼ばれるような世界と複合させせられるのか、その理由も見えてくるのではないだろうか。

さてここまで物語をたどってくると、ではなぜ古事記の編者は、ここにきて伊耶那美命を伊耶那岐命から切り離して、「はぶる」ような展開にしなくてはならなかったのかを問わなくてはならなくなる。それは、なぜ伊耶那美命をここに封印しなくてはならなかったかという問いかけにもなる。

ではなぜここで伊耶那美命は切り離されて、黄泉国に封印されなくてはならなかったのか。その問いに答えるために伊耶那美命の造形に託されたすさまじいエネルギーの諸相を理解する必要がある。そこに伊耶那美命の持つ自己増殖力というか、単独で鉄を生み続けるエネルギーがあり、そういうものへの恐れを伊耶那岐命は伊耶那美命に感じていたのである。その恐れは当時の国家の支配者が、地方の武力に感じる恐れでもあったはずである。そこから見れば、このときの伊耶那美命は、まさに地方の古代豪族が単独で鉄器を量産し続ける傾向そのものを象徴しているかのような姿にもなっていたのである。そういう豪族が、鉄器を求めて伊耶那美命に群がる様子が「うじやから」つまり「うじ」として描かれているのである。だから伊耶那美命にたかる「うじ」は国文学者が言うような「蛆」のことではない。それは「族《やから》」としての「氏＝うじ」なのである。「氏《うじ》／族《やから》」が鉄を求めて伊耶那美命にとりついているのである。そして実際には、すでに伊耶那美命の体には、さまざまな「いかづち／雷」がとりついていたと書かれている。「いか―つち」とは「厳―槌」で鉄器のことである。「雷《いかづち》」とはその鉄器のもっとも大規模なものを表現したものであったからである。

こうした理解がなぜ必要なのかというと、このあと逃げる伊耶那岐命を追って、八《や》くさの雷《いかづち》の神や、千五百の黄泉軍《よもついくさ》を伊耶那美命は派遣するからである。こういう状況を、国文学は驚きもせずに簡単な字面の説明ですませてきたと私は感じる。なぜかというと、ここでの黄泉軍を鉄の武器を持つ軍隊と考えることへの想像力がほとんどないからである。しかし古事記の記述はここで黄泉軍という「軍」の表記を使っており、それは明らかに「武器を持つ軍隊」のことであり、そのことの意味は十分に考えなくてはならないはずなのである。ということは、想像力をたくましくするしかないのだが、こういう黄泉軍の武器は誰が作ったのかということになるはずである。考えられるのは黄泉神と伊耶那美命でしかないのである。伊耶那岐命は、そのことを恐れていたのである。

繰り返していうことになるが、「伊耶那岐命」も「伊耶那美命」も共に「鉄の神」つまり「鉄のさなか（子宮）を持つ神」としてあった。しかし伊耶那美命のもつ「子宮」は、迦具土を産んだ後、統制の取れない鉄器を産む子宮となり、当時の「国家」に敵対する「子宮」になってきたのである。ここが同じような「鉄の子宮を持つ神」として生まれた伊耶那岐命との違いである。伊耶那岐命は、「高天原」のコントロールできる鉄器を生む神として位置づけられたままだが、伊耶那美命は、そのコントロールのきかない鉄を生む神として変化してきていたのである。

ここであえて言えば、伊耶那美命が「ミ」のつく神として設定されているのは、伊耶那美命が元は外来の神であった可能性を考えてみることである。そしてその反対に伊耶那岐命を、日本の鉄の神だと考えてみることである。外来の鉄の神と、日本の鉄の神は、はじめは共同で鉄造りをしていたが、次第に外来の鉄の神の力が大きくなりすぎて、それで黄泉国に封印せざるを得なくなっていったというように。

そしてこのあと物語は次のように続いていく。

是《ここ》に、伊耶那岐命《いざなきのみこと》、見畏《みかしこ》みて逃《に》げ還《かへ》る時《とき》に、其《そ》の妹《いも》伊耶那美命《いざなみのみこと》の言《い》はく、「吾《あれ》に辱《はぢ》を見《み》しめつ」といひて、即《すなわ》ち予母都志許売《よもつしこめ》を遣《つかは》して、追《お》はしめき。爾《しか》くして、伊耶那岐命、黒《くろ》き御縵《みかづら》を取りて投《な》げ棄《う》つるに、乃《すなわ》ち蒲子《えびかづらのみ》生《な》りき。是《これ》を摭《ひり》ひ食《は》む間《あひだ》に、逃《に》げ行《ゆ》きき。猶追《なほお》ひき。亦《また》、其の右の御《み》みづらに刺せる湯津々間櫛《ゆつつまくし》を引《ひ》き闕《か》きて投《な》げ棄《う》つるに、乃《すなわ》ち笋《たかみな》生《な》りき。是《これ》を抜《ぬ》き食《は》む間《あひだ》に、逃《に》げ行《ゆ》きき。且《また》、後《のち》には、其《そ》の八《や》くさの雷《いかづち》の神《かみ》に、千五百《ちいほ》の黄泉軍《よもついくさ》を副《そ》へて追《お》はしめき。爾《しか》くして、御《み》佩《は》かしせる十拳《とつか》の剣《つるぎ》を抜《ぬ》きて、後手《しりへで》にふきつつ、逃《に》げ来《き》つ。猶追《なほお》ひき。

最初に追いかけるのは「予母都志許売《よもつしこめ》」である。これは恐ろしい鬼女のように言われてきているが、表記の上では「よもつ」に「予母都」という「母」の字が当てられている。元々は「よもつ／黄泉」は、「よみがえり」を意味していたので、ここでの「よもつ／予母都」にも、悪いイメージだけをもつのはよくないだろう。「しこめ」の方も、「醜女」と訳されることが多いが、もとの「志許売《しこめ》」という表記にそういう醜悪な女のイメージがあるわけではない。実際には「頑強《がんきょう》な」という意味が一番近いのだろう。後の大国主命も「しこお」というまたの名を持っているが、その場合も、けっして「醜い男」というだけにはなっていなかった。白川静も「『しこ』は醜悪の意ではない」（『字訓』）と書いていた。

さて、こうして追ってくる「予母都志許売《よもつしこめ》」に、「黒御縵《くろみかづら》」を投げ、「湯津津間櫛《ゆつつまくし》」を投げてのがれたとされている。なぜこういうような展開をわざわざ書いているのだろうか。追って来るものを、直接に切ったり、暴力的に排除したりするのではなく、身につけている物を投げつけたりすることで、難を逃れる様子が描かれているからである。国文学の解釈では、身に着けているものには呪術的な力があると考えられていたので、伊耶那岐命はそうしたのだと説明されてきた。しかし、この場面は本当にそういうことを描写しているのだろうか。そもそも「しこめ」も、後に出てくる「しこお」も、共にまだ「修理固め」の完成していない姿を表す表記の仕方である。その姿で伊耶那岐命を追うのである。そしてその時に投げた「黒御縵《くろみかづら》」や「湯津津間櫛《ゆつつまくし》」は、いかにも装身具のようにみなされてはいるが、単なる装飾品ではない。「黒御縵《くろみかづら》」の「かつら」は、「髪《かみ》―蔓《つる》」の縮まった呼び方であるが、金具のついた装飾品であった「湯津津間櫛《ゆつつまくし》」にも「クシ／串」が入っていて、これも金具である。ということは「かづら」も「くし」も、共に鉄に関わるイメージをもっていることがわかる。その金具を投げつけるとそれを追っ手が「食べた」というのは、金具は「黄泉国」の「食べ物」であることは、すでに見てきたとおりである。

この場面の従来の解説には、髪飾りや竹の櫛を投げると、それが山ぶどうや竹の子になり、それを「しこめ」が食べている間に逃げたと説明してある。そういうふうに読めば、何とも頓馬な展開の物語に見える。表面的な物語は、そういうふうに読めるようになっているが、しかし、ここでの「髪飾り」や「くし」は、「金具」と理解されるべきなのである。それを「よもつしこめ」が「食べている」というのが、この場面なのである。

そのことを裏付けるかのように、このあとさらに伊耶那美命は「雷神」や「千五百の黄泉軍」を使って伊耶那岐命を追わせるのである。一人の伊耶那岐命に対して、大勢な追っ手だなという感じがする。しかしここは古事記の編者がどうしても描きたかったところなのであろう。「黄泉軍」は「軍隊」であるだけに「武器」を持っている。伊耶那美命の居るところは、こうした武器になるものをつくる鍛冶場であり、そこで生まれてくるものは「鉄を食べ」「鉄の武器を」を使うのである。

2 「うつしき青人草」の三浦佑之の解釈への異論

こうしてようやく黄泉《よもつ》比良《ひら》坂《さか》にやってくる。その坂本《さかもと》で、伊耶那岐命と伊耶那美命が向かい合う。

黄泉《よもつ》ひら坂《さか》の坂本《さかもと》に到《いた》りし時《とき》に、其《そ》の坂本《さかもと》に在《あ》る桃子《もものみ》を三箇《みつ》取りて待《ま》ち撃《う》ちしかば、悉《ことごと》く坂《さか》を返《かへ》りき。爾《しか》くして、伊耶那岐命《いざなきのみこと》、桃子《もものみ》に告《の》らさく、「汝《なむち》、吾《あ》を助けしが如《ごと》く葦原中国《あしはらのなかつくに》に所有《あらゆ》る、うつしき青人草《あをひとくさ》の、苦《くる》しき瀬《せ》に落《お》ちて患《うれ》へ惚《なや》む時《とき》に、助くべし」と、告《の》らし、名《な》を賜《たま》ひて意富加牟豆美命《おほかむづみのみこと》と号《なづ》けき。

ここで桃の実が伊耶那岐命を助けてくれたことは、従来の解釈のように、桃や橘や梨などは呪術の力があり、それによって救われたという理解でいいと思う。奈良の纏向《まきむく》遺跡でも大量の桃の種が発掘され、桃が大がかりな儀式で使われていたことが明らかになっているからだ。ただ、私は、ここでも、単に桃の実を投げたというふうには思えないのである。それまで投げた物は、タケノコやぶどうになったので、追っ手がそれを食べている間に逃げたというふうになっているのに、この「桃子」は投げた（実際には「撃った」と書かれている）だけで、それを追っ手は食べないで逃げたというのである。その呪術的な力には驚かされる。しかし多くの解説書には、その呪術的なものは、桃に備わっているというのである。そういう「桃に力がある」という思想が中国にあって、それが倭国に輸入されて、古事記にもその思想が使われているのだというのである。現に、纏向遺跡からも桃の種が何千個と発掘されて話題になったではないか、と。

だからといって、ここで桃の実を三つ投げたので、追っ手はみんな逃げたということにするなら、いままでの黄泉国の追っ手とのやりとりの説明は何だったのかということにもなりかねない。それまでは、伊耶那美命が身につけていた「金属」を投げつけると、喜んでそれを「食べている」間に逃げたという説明であった。しかし「桃」を投げると、わけもなく追っ手は逃げていったというのである。いくら何でも、「桃」にそんな力があるなどということは、信じられないところである。ここにはなにがしかの理由があるに違いない。

一つ考えられることは、桃の木で作った「卯杖《うづえ》」や「卯槌《うづち》」の話である。とくに「卯槌」は果物くらいの大きさで、それを投げると鬼が逃げると中国ではされてきた。その理由は「劉」という王が、自分の「劉」という字に、「卯」「金」「刀」という字が入っていて、「金」「刀」を「卯」が退治してくれたという言い伝えによって、「卯」という「桃の木でできた槌」を大事にしたという言い伝えに基づいている。このことは山中裕『平安朝の年中行事』（塙書房　一九七二）に詳しく紹介されている。実際の桃を投げたのではなく、桃の木でできた「卯槌」を投げたというのなら、私にはとても納得がゆく。その「卯槌」は「金」と「刀」という金属（それが鬼ということなのであるが）を追い払う力をもっているということで、いままでの追っ手とのやりとりの説明と整合性が出てくるからである。

問題は、そのあとの記述である。桃の力が、伊耶那岐命を助けてくれたように、葦原中国にある、「宇都志伎《うつしき》青人草《あおひとくさ》」の、「苦しき瀬に落ちて患へ惚む時に助くべし」と書かれていることの解釈である。この箇所を巡って三浦佑之は『古事記を読み直す』（ちくま新書　二〇一〇）の第一章を「青人草と高天原の原神話」と題して、古事記を考えるための中核となる考え方に当てている。だから、もしここでも彼の理解が的を射ていなければ、このあと展開される彼の古事記論はうまく成立しないものになる。そこのところを見てみたいと思う。

三浦佑之はそこで「『青人草』というのは『青々とした人である草』の意味になります」と書き続けて次のように説明していた。

「青人草」という語ですが、注釈書類をはじめ古事記の研究者たちの多くは、「青」と「草」とを比喩とみなして、「青々とした草のような人」と解釈します。しかし、もしそうだとすると、日本語の語順としては、「青草人」となるはずで、「青人草」とはなりません。つまり、「青人草」

の「草」を比喩とみなすことはできないのです。また、人のような草と考えることもできませんから、人と草とは同格で、「青人草」ということばは、「青々とした人である草」と解釈するのが正しいということになります。

細かいところにこだわり過ぎていると思われる方もいるかもしれませんが、「草のような人」というのと、「人である草」というのとでは、とても大きな違いがあります。

青は生命力が盛んなことをほめる表現ですが、人草を「人である草」と解釈すると、古代の人びとにとって、人はまさに「草」だったということになります。

わたしが、青人草ということばの解釈にこだわるのは、そのように理解することによって、泥んこの地上に最初に成り出たというウマシアシカビヒコヂという神の姿と、青々とした草として誕生した人とが重なって見えてくるからです。そう考えることで、春になって泥の中から芽吹いてくるアシカビ（葦の芽）からイメージされたウマシアシカビヒコヂこそ「うつしき青人草」そのものであり、この神が、最初に地上に萌え出た「人」あるいは人の元祖だったという解釈を不動のものにします。ウマシアシカビヒコヂというのはアダムでした。

この説は、この本以前に出版された『古事記講義』（文春文庫　二〇〇七）でも同じように述べられていたので、彼の核心の考え方がここにあると考えていいだろう。ここで改まった反論をしようというわけではない。というのも、この場面の解釈に限って言えば、三浦の論には私の論とつながる接点がないからだ。なぜ三浦佑之の説が成り立たないか、簡単な説明をしておきたい。

そもそも古事記の基本の理解が、三浦佑之と根本的に違っているのだからしかたがないのだが、三浦が「泥」と考えているものは、私の理解では「どろどろに溶けた炉」の状態ということになる。そこから生まれてくるものは、当然「鉄の子」ということになる。それが、「ウマシアシカビヒコヂ」の正体である。それはすでに見てきたとおりである。しかし、三浦佑之によると、これこそが「うつしき青人草」で、「青々とした草のような人」と解釈します、ということになる。そしてさらに、この「うつしき青人草」をそれまでの解釈は比喩と見なしているが、そうではなく、ここでの人と草とは同格で、「青人草」ということばは、「青々とした人である草」と解釈するのが正しい、とされる。しかし、それは違うと私は考える。大事なことは、「葦原中国」にあるとされる「宇都志伎青人草《うつしきあおひとくさ》」の理解である。そもそも「葦原中国」は鉄を持つ異族たちの世界のことである。そこに、「宇都志伎青人草《うつしきあおひとくさ》」があるというのである。この場合の「うつしき／宇都志伎」を三浦佑之は「現実の」という意味であり、現代のニュアンスで語ると、「命ある」とふうになると理解している。西郷信綱は「うつつ」を「うつつ／現」と理解し、「夢」や「幽」にたいする「顕」の世界を言っているのだと解釈していた。共に、国文学的な解釈である。しかしここでの「うつしき」の「うつ」には「打つ」の意味がある。「しき」は「しく」からきているもので、「絶え間なく重なりつづくことを『しく』といい、かさねて『しくしく』という」（『字訓』）と白川静は書いていた。だから「しきりに」といえば、何度でも重ねてという意味になる。そこから考えれば、

「うつ―しき」というのは「打つことをしきりに何度でも」という意味になる。そして「青」は当然、青銅の「青」である。青銅と言っても実際には「鉄の鍛冶」を含むもので、それは谷川健一『青銅の神の足跡』第二部の「青の一族」「青の名をたずさえて渡来した人々」の章を参照されるのがよい。ここではその理解を踏まえて、「あお」を「鉄の青」と考える。そうすると、「うつ―しき―あお」は鉄を打ち続ける状態のイメージが見えてくるはずである。そして最後に付けられた「草」には、「在野に在るもの」というイメージが含まれるのであるから、当然「葦原中国」にある「在野にあるもの／在野の鉄」という意味になる。ちなみにこのあと、須佐之男命がオロチを切って手に入れる剣が「草那芸之太刀《くさなぎのたち》」といわれるときの「草」にも同じ意味がある。この剣は、野に繁る植物の草を薙ぎ倒すように切るので「草那芸之太刀《くさなぎのたち》」というわけではない。国に刃向かう「鉄を持つ在野の者（草莽）」を切る剣なので「草那芸之太刀《くさなぎのたち》」と呼ばれているのである。「草《くさ》那芸之太刀《なぎのたち》」という「草」の使い方の中にすでに、そこに武器のイメージが込められていることに注目すべきである。

古事記では、さらにその「うつしき青人草」が「苦しい瀬」に「落ちて患へ惚む時」があるので、助けてやって欲しいと「桃」に頼んでいる。これはどういうことなのか。大事なことは「瀬」のイメージにある。この「瀬」のイメージはこのあと何度も出てくる。国文学の解釈史ではめったに問題にされることのない言葉であるが、大事なイメージである。ここでは簡単に触れておくと、この「瀬」というのは、鉄を溶かす炉の三つのレベルを「瀬」と呼んでいるのである。上瀬、中瀬、下瀬というように。ここではそういう区別はしないで「炉」の状態を「瀬」と表現している。ということは「苦しき瀬」というのは、鉄が十分な形で生まれることができない状態のことを言っている。だから葦原中国では、十分な製鉄ができない状態に陥ることになっていても、これからの鍛冶場ではいい鉄が生まれるように助けてくださいとお願いしているのである。そのことを裏付けるかのように、この桃の実に付けられた神名がある。それは「意富加牟豆美命《おほかむづみのみこと》」となっている。西郷信綱は「おほかむ」は「大神の霊」であろうと解釈している。国文学の発想である。しかし「おほかむ／意富加牟」の「かむ」は「嚼・醸」の意味であって「よく嚼んで咀嚼《そしゃく》する」という意味があり、これは何度も嚼むように鉄を打ち付け、よい状態に持って行くことを意味している。「おほ—かむ」というのはそういう意味である。その神には「み／美」がつけられているので、外来系の神と考えておくのがいいだろう。この外来の神に、さらなる製鉄の技をお願いしているのである。ついでに言えば、この「おほ—かむ」は、先の「うつ—しき」と対になっている。何度も噛む、何度も打つ、という意味で対応しているのである。

こうした理解を踏まえて、もう一度「『汝、吾を助けしが如く葦原中国に所有る、うつしき青人草の、苦しき瀬に落ちて患へ惚む時に助くべし』と告らし、名を賜ひて意富加牟豆美命と号けき」という件を見てみると、そこからは、三浦佑之の解釈とは別の理解がでてくるように私には思われる。古事記のベースは、鉄の物語にある。しかし、古事記の編者は、こうした鉄を巡る物語を、巧みに神々の物語、稲作の物語、ひいては人間の物語として読めるように工夫しているのである。そこが古事記のすごいところである。三浦佑之が、古事記には神々の物語だけではなく、人間の物語も書かれていると考えて、「青人草」の件を読み解こうとするのであるが、そういう読みは、古事記の一つの側面に過ぎない。この「人間の物語」であるかのように読める場面は、特に次の物語の場面であろう。

最《もと》も後《のち》に、其《そ》の妹伊耶那美命《いもいざなみのみこと》、身自《みづか》ら追《お》ひ来《き》つ。爾《しか》くして、千引《ちびき》の石《いは》を其《そ》の黄泉《よもつ》ひら坂《さか》に引《ひ》き塞《ふさ》ぎ、其《そ》の石《いは》を中《なか》に置《お》き、各《おのおの》対《む》き立《た》ちて、事戸《ことど》を度《わた》す時に、伊耶那美命《いざなみのみこと》の言《い》ひしく、「愛《うるは》しき我《あ》がなせの命《みこと》、如此《かく》為《せ》ば、汝《なむち》が国《くに》の人草《ひとくさ》を、一日《ひとひ》に千頭《ちかしら》絞《くび》り殺《ころ》さむ」といひき。爾《しか》くして、伊耶那岐命《いざなきのみこと》の詔《のりたま》ひしく、「愛《うつく》しき我《あ》がなに妹《も》の命《みこと》、汝《なむち》 然為《しかせ》ば、吾《あれ》一日《ひとひ》に千五百《ちいほ》の産屋《うぶや》を立《た》てむ」とのりたまひき。是《ここ》を以《もち》て、一日《ひとひ》に必《かなら》ず千《ち》人死《たりし》に、一日《ひとひ》に必ず千五百《ちいほ》人生《たりうま》るるぞ。故《かれ》、其《そ》の伊耶那美神 命《いざなみのかみのみこと》を号《なづ》けて黄泉津大神《よもつおほかみ》と謂《い》ふ。亦云《またい》はく、其の追《お》ひしきしを以《もち》て、道敷大神《ちしきのおほかみ》と号《なづ》く。亦《また》、其の黄泉坂《よもつさか》を塞《ふさ》げる石《いは》は、道反之大神《ちがへしのおほかみ》と号《なづ》く。亦《また》、塞《ふさが》り坐《ま》す黄泉戸 大神《よもつとのおほかみ》と謂《い》ふ。故《かれ》、其の所謂《いはゆ》る黄泉《よもつ》ひら坂《さか》は、今、出雲国《いづものくに》の伊賦夜坂《いふやさか》と謂《い》ふ。

この箇所は、おそらく今までの国文学で最も多く解説されてきた箇所であり、解説しやすかった箇所であったと私は思う。もっとも人間的なやりとりのように見える箇所だからだ。しかし、ここでも大事なことは、伊耶那美命が殺す神に回り、伊耶那岐命が生む神に回っているかのような単純なイメージを持ってしまわないことである。ここは肝心なところなので、繰り返し言っておかなくてはならない。伊耶那岐命と伊耶那美命はともに「さなかの神」つまり「鉄のさなか／鉄の子宮を持つ神」として現れていたのである。だからともに「生む神」なのである。ところが、物語のはじめには二神が歩調を合わせて共に「修理固め」をしていたのに、ここにきて伊耶那美命が単独で「修理固め／よみがえり」をはじめてきたのである。そして、「黄泉軍」を持つまでに鉄器の量産は進んでいた。

この流れは伊耶那岐命にとっては何としても食い止めなくてはならなかった。すでに指摘してきたようにこの流れは当時の各地の豪族たちの鉄器を作る技術の獲得の流れであった。そういう古代豪族たちの鉄器を量産する力は、なんとしても食い止めなくてはならなかった。その食い止める場所が「黄泉ひら坂」と呼ばれるところだったのである。

その場所に、「防ぎの石」や「事戸」を渡して、やりとりをすることになる。ここで気になるのは「石」や「戸」の存在である。とくに「戸」は、すでに何度も出てきていたし、このあとも「水戸」「船戸」「置戸」など、物語の大事な場面で繰り返して出てくる。一番有名なのは「天の岩屋戸」の「戸」であろうか。ここではまさに「岩」と「戸」が重ねられて使われている。こういう「戸」というあり方は、特別な喩を担っている。「戸」はもちろん「門」の意味を重ね合わせているが、何の「戸・門」なのかが問題である。それは一般的な扉としての「戸・門」はなくて、「鉄への入口」というか、「鉄」に向けて開く扉としての「戸・門」のことである。だから伊耶那岐命と伊耶那美命は、共にこの「戸」にはかかわるわけであるから、この「戸」をめぐって「やりとり」をするのは当然である。それが有名な「一日千人のものをくびり殺します」「では私は一日千五百の産屋を建てよう」というやりとりである。従来の解釈では、このやりとりの字面だけを見て、片方が殺すことを、片方が生むことを、言っていると、まるで人間同士のやりとりを想定するかのような解釈を当てはめてきたのだが、そんなふうに考えると、このやりとりの大事なところが見えなくなってしまう。

二神は共に「鉄を生む神」である。しかし、伊耶那岐命は高天原のコントロール下にある「鉄を生む神」なのに、伊耶那美命は高天原のコントロールの及ばない「鉄を生む神」になっていたことがここで問題になっているのである。だから「防ぎの石」をおいて、これ以上、伊耶那美命の力が広がらないように伊耶那岐命はしようとした。しかし、伊耶那岐命は、伊耶那美命を決して邪険に扱っているわけではない。二神のやりとりを踏まえた上で、古事記はわざわざ伊耶那美命を「黄泉津大神《よもつおほかみ》」と呼びかえているからである。これは決して死者の国の神になりましたよという意味ではない。ここで改めて伊耶那美命を「鉄をよみがえらせる大神」として把握し直しているのである。そしてさらに、黄泉坂を塞げる石を、道反之大神《ちがへしのおほかみ》と共に、黄泉戸大神《よもつとのおほかみ》という「戸」のつく神ととして呼んでいる。つまりこの「防ぎの石」が、伊耶那美命の過剰な「よみがえり」を防ぐ「戸」の役割にもなっていることを、ここでわざわざ語っているのである。ここの語りを見ると、いかに伊耶那美命の進出が脅威として受け止められていたか、よくわかるはずである。だからこの「黄泉ひら坂」は、「いふ」という「心の晴れない」という意味の言葉を付けた「伊賦夜《いふや》坂《さか》」と呼ばれることにもなっているのである。

ここで改めて「黄泉国」をふりかえっておきたい。「火の神」たちは、どこかで「鉄器」を作ることになるのだが、一口に「鉄器」を作ると言っても、それが武器を作る方向になるとき（そして、それが国作りには、避けて通れなかったことなのであるが）、たくさんの死者を生むことになる。「黄泉国」というのは単なる「死者の国」というのではなく、そういう武器（鉄）が作り出す死の方向の象徴的な表現になっているのである。しかし「火の神」の「火」は、そういう「武器」を作る方向だけではなく、人びとに「日＝光」を与える方向も作り出していた。古事記はここに来て、火のもつこの二つの方向を、二つに神に託して分けてしまうことを考えたのである。こうして、伊耶那美命の方向、つまり過剰に武器を生む方向は、「黄泉平坂」で封印され、表舞台からは遠ざけられることになり、そして、もう一つの方向は、つまり伊耶那岐命の方向は、「火」から「日」を生む方向に改めて設定し直されてゆくのである。「火」と「日」の別れ道、分かれる場所が、そこに設定されたのである。

3　伊耶那岐命の「みそぎ」

伊耶那岐命は黄泉の国を塞いだ後、「穢らわしい国」に居たので「禊《みそぎ》」をすることにして、「竺《つく》紫《し》の日《ひ》向《むか》の橘《たちばな》の小門《をど》のあはき原」に向かった。そしてそこに着くと、身につけていた物を次々に投げ出して、海水につかり身を清める「禊」をした。古事記の記述は次のようになっている。

> 是《ここ》を以《もち》て、伊耶那伎大神の詔《のりたま》はく、「吾《あれ》は、いなしこめ、しこめき穢《きたな》き国に到《いた》りて在《あ》りけり。故《かれ》、吾《あれ》は、御身《みみ》の禊《みそぎ》を為《せ》む」とのりたまひて、竺紫《つくし》の日向《ひむか》の橘《たちばな》の小門《をど》のあはき原《はら》に到《いた》り坐《ま》して、禊祓《みそぎ》しき。故《かれ》、投《な》げ棄《う》つる御杖《みつえ》に成《な》れる神の名は、衝立船戸神《つきたつふなとのかみ》。次に、投《な》げ棄《う》つる御帯《みおび》に成《な》れる神の名《な》は、道之長乳歯神《みちのながちはのかみ》。次に、投《な》げ棄《う》つる御嚢《みふくろ》に成れる神の名は、時量師神《ときはからしのかみ》。次に、投《な》げ棄《う》つる御衣《みけし》に成れる神の名は、和豆良比能宇斯能神《わづらひのうしのかみ》。次に、投《な》げ棄《う》つる御褌《みはかま》に成れる神の名は道俣神《ちまたのかみ》。（以下略）

ここで考えたいことは二つある。一つは「日向《ひむか》」の意味。もう一つは、そこでされた「禊《みそぎ》」の意味である。

まず、伊耶那岐命は、「禊」をするために、なぜ出雲からわざわざ「竺紫《つくし》の日向《ひむか》の橘《たちばな》の小門《をど》のあはき原」に向かったのかということである。地理的に言えば、竺紫（筑紫）の日向とあるので、九州にある日向ということで、多くの研究者の見解は一致しているが、具体的な場所となると見解は分かれている。神話なのだから、具体的な地名にこだわる必要もないといえば、そうなのであろうが、いかにも具体的な地名のように古事記には書かれているので、さまざまな解釈や推理がなされてきた。ここでは、そういう詮索に加わることはしないが、大事なことだけには触れておきたい。それは伊耶那岐命のとった「出雲」から「日向」へというコースの意味についてである。

ここまでの「出雲」の位置は、伊耶那美命の過剰な鉄の勢いを封印した場所であった。そこから「日向」へ。しかし実際には、それまでの歴史のなかで「筑紫／九州」もまた武装する豪族たちの住む地域としてあった。豪族たちの多くは、朝鮮半島との交易で武器を手に入れていたのであるから、九州は鉄器を使う場所でもあった。そういう意味では「出雲」と「九州」、この二つの場所は、共に鉄器で武装するものたちの住む地域であり、「ヤマト」が統治しなければならない場所としてあったのである。

ところが古事記の物語は、この異境の「九州」に「日向」という場所を設定し、そこを「日本」のはじまりにしようと考えたのである。こうして鉄の国であったはずの九州に、「日向」という「日の国」のイメージが設定され、出雲から日向へのコースは、「火の国」から「日の国」への道行きとして設定され直したのである。誰が考え出したのか知るよしもないが、このアイデアは、恐るべき有効なアイデアであった。敵対する異族の中枢に、「日向」と名付ける場所を見いだし、そこに「禊《みそぎ》」という聖なる儀式の場所を設定しようとしたのである。ここで大事なことは伊耶那岐命が「日向」という地名を選んでいることである。その「日向」という地名は、うんと古代から今の宮崎県の東海岸にあったのかどうかわからないが、おそらく古来から太陽を海から迎えることのできた今の宮崎県の東海岸にあったのであろう。しかし、太陽を海から迎える地域などはたくさんあるわけで、あちこちに「日向」という地名が生まれなかったのは、宮崎県の日向が特別な意味を担う日向であったからかもしれない。

吉田東吾『大日本地名辞書』では「日向は和名比宇加と注し、五郡に分つ」とあるので、古代からこの地方を「ひむか」と呼ぶ習慣は続いていたのであろうが、ある時からその「ひむか」に「日向」という漢字を当てることになった。その時から、急にこの地が「神話」にとって重要な意味を担わされることになっていった。つまり、これまでの伊耶那岐命、伊耶那美命の二神は、共に「火の神」の性質を中核にすえて動いていたのである。しかし、伊耶那美命から別れた伊耶那岐命は、この「日向」に来ることによって、はじめて「日の神」のイメージの元に動くことが可能になってきたのである。ある意味では、伊耶那岐命に「日の神」のイメージをもたせるために、あえて「日向」が選ばれたと考えてもよいくらいなのである。古事記は「火」を「日」とすり替えるきっかけをずっと探していたからである。そして、ようやくこの「日向」という場所を見つけたというわけである。それなので、たとえ、「日向」が、敵対する異族の中にあっても、あるいはそのただ中にあるからこそ、そこが異族のものではなく、高天原のものとして主張してゆくためにも、その「日向」という地名は、「日の神」の出発点として、なくてはならない場所に設定され直したのである。

4 「神の身体」と「国の身体」の相似性

ここで伊耶那岐命のした「禊《みそぎ》」のことを見てきたいと思う。それは、「橘《たちばな》の小門《をど》のあはき原」で身につけていた物を次々に投げ捨て、その投げ捨てたものから神々が生まれたという儀式のことである。身に着けていたものとは、杖、帯、着物、袋、はかま、や装身具などである。一見すると、ここには個人の伊耶那岐命が着ていた衣服を次々に投げ捨てるようなイメージを思い浮かべてしまいがちになるのだが、それはあまりにも伊耶那岐命を人間的に見てしまうことになっている。伊耶那岐命は、あくまで「さなき／さなか」という「鉄の子宮」をもつ神である。それゆえに、伊耶那岐命の投げつけるものも、基本的に鉄にかかわるものであろうと考えておくことは大事である。そうすると、「橘の小門のあはき原」のイメージが気にならざるを得なくなる。というのも、「橘」は、ミカン色の玉のイメージを持ち、「小門《をど》」はホトのイメージを持ち、「あはき原」の「あは」は、「淡島」の「あわ」や「赤」や「青」のイメージを持つところが指摘されてきているので、ひっくるめて考えると、そこは黄色の玉（鉄の玉）とホト（火処）と、青銅や鉄の「青・赤」をもつあわき原という、まさに「黄」「青」「赤」といった鍛冶場の溶炉のイメージが見えてくる場所になる。その聖なる「あはき原（聖なる溶炉）」に、身につけていた鉄の飾りを投げ込んで、それを別なものに作り替えるという形を「みそぎ」と読んだ可能性がみえてくるのである。

そのことを踏まえて、伊耶那岐命の投げたものと、その投げたものから生まれた神名の特徴について、少しわかるところを見ておきたい。

御杖《みつえ》に衝立船戸神《つきたつふなとのかみ》。／御帯《みおび》に道之長乳歯神《みちのながちはのかみ》。／御嚢《みふくろ》に時量師神《ときはからしのかみ》。／御衣《みけし》に和豆良比能宇斯能《わづらひのうしの》

神《かみ》。／御褌《みはかま》に道俣神《ちまたのかみ》。／御冠《みかがふり》に飽咋之《あきぐひの》宇《う》斯《し》能《の》神《かみ》。（以下省略）

投げた装身具に成った神名の一つ一つの解析をする力は私にはないが、大事なことだけはわかる。それは神名の「つきたつ／衝立」とか「ながちは／長乳歯」とかに表記されるものが、突きさす槍や、長い刃（歯）をもつ剣のようなイメージをもっているところである。そうすると、ここで生まれている神々は、全体として何らかの形で、武器に関わるイメージを持っているのではないかと推測されるのである。個々の神名の解析は、新たな発想で解析してゆかないと理解できないように私には思われる。

もちろん古代から、身に着けたものには呪術の力があり、それを使うことで身を守る、という発想については、私も理解しているつもりである。しかし、ここでの身に着けたものとは、今日で言う単なる装飾品とかアクセサリーというような飾り物のことではなく、それを着けることで身を守るためのものであったという理解が必要である。どこを守るのかというと、主に服の開口部を守るためのものである。開口部から「邪」が入り込むからである。開口部とは、首回りや手首や足下や胴回りの衣が開くところである。そこを閉める意味で着けられる首飾りや、腕輪や、帯や袴を閉める紐などが大事なものとなる。さらに杖もあった。こうしたものは、身に着けていたときはその者を守っていたので、投げ捨てるときも、そういう開口部を守る神としての役割をはたすことになっていたのであろう。

こうした身体の開口部のことをあえて言うのは、ここで伊耶那岐命の身体の開口部と、同時に国の開口部のことが、相似として意識されていると思われるからである。この当時の国の開口部というと、朝鮮との間の海峡と、琉球との間の海峡である。この二つの海峡は、国の形を守るためにも最重要な開口部である。その国の重要な開口部に位置するのが「つくし／竺紫（古い九州の呼び名）」であった。そして、この九州の持つ開口部は北九州と南九州の二箇所にあったのである。南九州がなぜ重要かというと、琉球から上がってくる黒潮が、ここを通過して、一つは瀬戸内海を経て大和へ通じ、もう一つは四国の沖を通って和歌山、伊勢へと通じていたからである。この南九州の日向と伊勢を繋ぐルートはこの後の猿田毘古神の登場のところで見ることになるだろう。ただ、ここで注目すべきことは、このあとの別な形での「禊《みそぎ》」の場面である。そこにはこう書かれていた。

是《ここ》に、詔《のりたま》はく、「上《かみ》つ瀬《せ》は、瀬《せ》速《はや》し。下《しも》つ瀬《せ》は、瀬《せ》弱《よわ》し」とのりたまひて、初《はじ》めて中《なか》つ瀬《せ》に堕《お》ちかづきて滌《すす》ぎし時に、成《な》り坐《ま》せる神の名は、八十《やそ》禍津《まがつ》日神《ひのかみ》。次に、大禍津《おほまがつ》日神《ひのかみ》。此《こ》の二《ふた》はしらの神は、其《そ》の穢《けが》れ繁《しげ》き国に到《いた》れる時に、汚垢《けが》れしに因《よ》りて成れる神ぞ。次に、其の禍《まがこと》を直《なほ》さむと為《し》て成れる神の名は、神直毘神《かむなほびのかみ》。次に、大直毘神《おほなほびのかみ》。次に、伊豆能売《いずのめ》〈并《あは》せて三《み》はしらの神ぞ〉。次に、水底《みなそこ》に滌《すす》ぎし時に、成れる神の名は、底津《そこつ》綿津《わたつ》見神《みのかみ》。次に、底箇之《そこつつの》男命《をのみこと》。中に滌《すす》ぎし時に、成れる神の名《な》は、中津《なかつ》綿津《わたつ》見神《みのかみ》。次に、中箇之《なかつつの》男命《をのみこと》。水《みづ》の上《うへ》に滌《すす》ぎし時《とき》に、成《な》れる神の名は、上津綿津見神《うへつわたつみのかみ》。次に、上筒之男命《うえつつのをのみこと》。此《こ》の三柱《みはしら》の綿津見神《わたつみのかみ》は、阿曇連《あづみのむらじ》等が祖神《おやがみ》と以《も》ちいつく神ぞ。故《かれ》、阿曇連《あづみのむらじ》等は、其《そ》の綿津見神《わたつみのかみ》の子、宇都志日金析命《うつしひかなさくのみこと》の子孫《あなすゑ》ぞ。其の底筒之男命・中筒之男命・上筒之男命の三柱《みはしら》の神は、墨江《すみのえ》の三前《まへ》の大神《おほかみ》ぞ。

ここには、伊耶那岐命が身につけていた物を投げ捨てて「禊《みそぎ》」をしたあと、今度は自らが「川」か「海」かに入って「禊」をしたようなイメージが語られている。これはどのように理解すればよいのだろうか。このときに、三つの「瀬」、つまり「上つ瀬」「中つ瀬」「下つ瀬」が設定されている。こまかな解釈は横へ置いておいて、この場面の大事なイメージについてだけ触れておきたい。それは、この「上・中・下」と分けられた「瀬」の基本的なイメージについてである。この「上・中・下」と分けられる本体は、言うまでもなく鍛冶場の溶けた炉の中の、三つの層の状態を表している。溶けた鉄の状態は、炉の中の火力の状態によって三つのレベルに分かれるのである。「上《かみ》つ瀬は、瀬速し。下《しも》つ瀬は、瀬弱し」という描写は、水の流れの速さを言っているのではなく、溶炉の中の火の勢いの強さをいっているのである。「水底・水中・水上」という描写も、同じである。私はここで丁寧な解説はしないでおくが、ここまでの理解を踏まえて、この新たな「禊」の場面を見てみれば、今まで理解できなかったことがきっとうまくみえてくるはずである。

私がこのことを、勝手な思いつきで言っているわけではないことは、「禊」の最後の件をみてもらえばよくわかるはずである。そこには、「禊」で生まれた神々の綿津見神を祖神としているのは

「阿曇連《あづみのむらじ》」であるとして、その「阿曇連」は「綿津見神の子、宇都志日金析命《うつしひかなさくのみこと》の子孫」だとわざわざ書いているのである。この「うつし―ひかな―さく」というのは、先に三浦佑之が私と異なる理解を示していた「うつしき青人草」の「うつし」と同じであり、ここでの「うつし―ひかな」は「打つ―火金」というイメージを有し、何度も鉄を折って打ち付けるイメージがこめられている。だから「宇都志日金析命《うつしひかなさくのみこと》」という神名になるのである。それゆえに、この神のベースには「溶炉」のイメージがあることは、見間違えることはできないのである。

そうすると、「禊」の全描写には、二つの側面があることがわかる。一つは「溶炉での修理固め」の「禊」、もう一つは「海路」の中での「禊」、である。この二つの「禊」は偶然に重ねられているのではなく、よく計算されて設定されているのである。そうした「禊」の場面の意味を考えるためには、繰り返し伊耶那岐命の本質への想像力を失ってはならないだろう。この神の本質は「さなき／さなか」という「なか」に関わる神であり、ここでは高天原に象徴される「日本」という「なか」を守る神であった、という設定についての想像力である。

ではその「日本」はどのように意識されているのかというと、そこに二つの側面が出てくるのである。一つは鉄を生む日本という国の側面と、国の開口部で異族と向かい合う側面である。この国のもつ二つの側面の意識と、伊耶那岐命の体の意識は、相似である。それは「社会と身体」の意識の相似を早くに指摘してきたメアリーダグラス『象徴としての身体』を見ればよくわかる。つまり伊耶那岐命の体の境界の意識は、同時にヤマトの国の境界の意識なのである。そのヤマトの最重要な開口部は、朝鮮半島と琉球との海路である。その海路の困難さが、「綿津見神」を祖神とするような信仰として描かれているのである。この海を渡る神、海を渡らせる神の、その海の渡りの困難さが「水底」「水中」「水上」の区別で示され、それぞれ別の「綿津見神」の神名を与えられる。

そしてさらに、その神に「つつ」のつく神名が与えられる。それはなぜなのだろうか。「つつ」は多くの人が指摘してきているように「筒状の蛇」あるいは「海蛇」を象徴しているのだろうと思われる。そうした蛇＝海蛇は水の神、海路の神でもあったので、ここに出てくるのは当然のように思われる。しかし私はこの「つつ」をただの「筒＝蛇」と見なすだけではなく「つつ／つち」とも見なさなければいけないと思う。とすれば、そこには「槌」のイメージが含まれていることも想定されなくてはならなくなる。ということは、この「つつ／つち」には「鉄」のイメージも見いだされなくてはならないのである。

ここに「宇都志日金析命《うつしひかなさくのみこと》」が出てくるのだが、この神については、西郷信綱は「それにしても、その名義がよく分からない」と書き「ヒカナサクの見当がつきかねる」と書いていた。お手上げの状態である。しかし「綿津見神」と「筒之男命」がわざわざ「日金析《ひかなさく》」の神とつながるように書いているのは、全く見当のつかないことなのではなく、見てきたように十分に見当の付くことなのである。「日金析《ひかなさく》」は「火で鉄を拆く」神のこと、つまり「鉄を加工する神」のことなのである。ということは、海路を司る神々は同時に鉄器を司る神々であり、それは「阿曇連《あづみのむらじ》等」が北九州を拠点にして鉄器を支配する豪族たちであったことを踏まえるなら十分に理解できることなのである。

第三章

天照大御神《あまてらすおほみかみ》と須佐之男命《すさのをのみこと》

一　三神の誕生と須佐之男命

「禊《みそぎ》」という名の「新たな修理固め」は、いよいよ最後の神を生むところへ行く。アマテラス、ツクヨミ、スサノオの三神の誕生である。

是《こ》に、左《ひだり》の御目《みめ》を洗《あら》ひし時に、成《な》れる神の名は、天照大御神《あまてらすおほみかみ》。次に、右《みぎ》の御目《みめ》を洗《あら》ひし時に、成れる神の名は、月読命《つくよみのみこと》。次に、御鼻《みはな》を洗ひし時に、成れる神の名は、建速須佐之男命《たけはやすさのをのみこと》。右《みぎ》の件《くだり》の、八十禍津日神《やそまがつひのかみ》より以下《しも》、速須佐之男命《はやすさのをのみこと》より以前《さき》の十柱《とはしら》の神は、御身《みみ》を滌《すす》ぎしに因《よ》りて生《う》めるぞ。

此の時に、伊耶那伎命《いざなきのみこと》、大《おほ》きに歓喜《よろこ》びて詔《のりたま》はく、「吾《あれ》は、子《こ》を生《う》み生《う》みて、生《う》みの終《を》へに三《み》はしらの貴《たふと》き子を得《え》たり」とのりたまひて、即《すなは》ち其《そ》の御頸珠《みくびたま》の玉《たま》の緒《を》、もゆらに取りゆらかして、天照大御神《あまてらすおほみかみ》に賜《たま》ひて、詔《のりたま》ひしく、「汝《な》が命《みこと》は、高天原《たかあまのはら》を知らせ」と、事依《ことよ》して賜ひき。故《かれ》、其の御頸珠《みくびたま》の名は、御倉板挙之神《みくらたなのかみ》と謂《い》ふ。次に、月読命《つくよみのみこと》に詔《のりたま》ひしく、「汝《な》が命《みこと》は、夜之食国《よるのをすくに》を知らせ」と、事依《ことよ》しき。次に、建速須佐之男命《たけはやすさのをのみこと》に詔《のりたま》ひしく、「汝《な》が命《みこと》は、海原《うなはら》を知らせ」と事依《ことよ》しき。

伊耶那岐命が顔を洗って三柱の神を生んだ件である。左目からは天照大御神《あまてらすおほみかみ》、右目からは月読《つくよみの》命《みこと》、鼻からは須佐之男命《すさのをのみこと》。ただここでは、天照大御神を生んだことだけが喜びとして強調されている。その時の描写は、まず「御頸珠《みくびたま》の玉の緒、もゆらに取りゆらかして、天照大御神に賜ひて」となっている。首飾りの玉を「もゆらに取りゆらかして」というのは、西郷信綱によると「玉がふれあってゆらゆらと音を立てる様」をいうのだという。ここで「音の出る玉」を天照大御神に授けているというのは、とても大事な描写である。西郷信綱はここで特に指摘しているわけではないので、言っておかなくてはならないのだが、ここで、こういうふうに「鳴る音」というのは、やはり特別な音であって、それは「金属の音」であることを意識しないわけにはゆかない。とするなら、天照大御神も「音の出る金属の神」としてまず設定されていることに注意を払う必要がある。そしてその「音の出る玉」は「御倉板挙之神《みくらたなのかみ》」と呼ばれるのだとここで言われている。

ほとんどの注釈書はこの「板挙《たな》」を「棚」のこととし、玉を置く棚のことだと説明している。いかにもという説明であるが、「玉」をわざわざ「もゆらに取りゆらかして」というふうに、揺らして音を鳴らすようなイメージで語っておきながら、それを音の鳴らしようのない「棚」に置くと解釈するのは不自然である。ここでの「たな（板挙）」は「たな（殿）」と理解する方が、はるかに話の筋に沿っている。白川静は「殿はもと霊の鎮まるところで、国語では古く『たな』とよんだものであろう」（『字訓』）と書いていた。つまり、「くら（倉）」も「たな（殿）」も、内部に空間を持つ「聖なる子宮」のようなイメージとして存在しているからである。そしてもちろんその子宮は「聖なる鉄の子宮」のイメージでもある。このようにして生まれた天照大御神に、「高天原」

を治めるように伊耶那岐命は言いつける。

このことは少し考えると奇妙なことではある。というのも、天照大御神が高天原を治める根拠は、実はこの伊耶那岐命のここでの一言だけに依存したものなのである。そもそも天照大御神に高天原を治める権限を、どうして伊耶那岐命が持っていたのかも理解しにくい。伊耶那岐命、伊耶那美命は、生まれてすぐに「おのごろ島」へ降りて、神々や国々を作っていたはずで、ほとんど高天原には居なかったはずである。その上、「おのごろ島」で困ったときには、高天原の神に相談に上がっていたりしていた。そんな相談者のいる高天原を、自分の「禊」で生んだ神に治めさせるというのである。この後でも問題にすることになるのだが、そもそも高天原を治めるとはどういうことなのか、ということである。すでに高天原を治めている神はいたのではないか、と誰でも思うからだ。その神々をさておいて、後から生まれた天照大御神が高天原を治めるとは、どういうことになるのかと。この疑問は後に再び考えることにする。

そして須佐之男命には海原を治めよと言い渡す。このときの「海原」というのも、わかりにくい。「海原」とは「海」のことなのか。それともすでに綿津見の海神たちのいる世界のことなのか。そういう神々を押しのけて、そこを治めよということなのか。あるいは、まったく別の世界のことなのか。ともあれ、命じられた「海原」を須佐之男命は治めたくないといって大泣きする。そこのところは、次のように語られている。

故《かれ》、各《おのおの》依《よ》し賜《たま》ひし命《みこと》の随《まにま》に知《し》らし看《め》せる中《なか》に、速須佐之男命《はやすさのをのみこと》は、命《おほ》せらえし国を治《おさ》めずして、八拳須《やつかひげ》心前《こころさき》に至《いた》るまで、啼《な》きいさちき。其《そ》の泣《な》く状《かたち》は、青山《あをやま》を枯山《からやま》の如《ごと》く泣《な》き枯《から》し、河海《かはうみ》は悉《ことごと》く泣《な》き乾《ほ》しき。是《ここ》を以《もち》て、悪《あ》しき神の音《こゑ》、狭蠅《さばへ》の如《ごと》く皆満《みなみ》ち、万《よろづ》の物《もの》の妖《わざはひ》、悉《ことごと》く発《おこ》りき。故《かれ》、伊耶那岐大御神《いざなきのおほみかみ》、速須佐之男命《はやすさのをのみこと》に詔《のりたま》ひしく、「何《なに》の由《ゆゑ》にか、汝《なむち》が、事依《ことよ》さえし国を治《をさ》めずして、哭《な》きいさちる」とのりたまひき。爾《しか》くして、答《こた》へて白《まを》ししく、「僕《やつかれ》は、妣《はは》が国の根《ね》之《の》堅《かた》州《す》国《くに》に罷《まか》らむと欲《おも》ふが故《ゆゑ》に、哭《な》く」とまをしき。爾《しか》くして、伊耶那岐大御神《いざなきのおほみかみ》、大《おほ》きに忿怒《いか》りて詔《のりたま》はく、「然《しか》らば、汝《なむち》は、此《こ》の国に住《す》むべくあらず」とのりたまひて、乃《すなわ》ち神《かむ》やらひにやらひ賜《たま》ひき。故《かれ》、其の伊耶那岐大神《いざなきのおほかみ》は、淡海《あふみ》の多賀《たが》に坐《いま》す。

一般的な解釈では、ほぼ次のように説明されている。須佐之男命は、言われた国を治めないで、成人して長い髪がみぞおちのあたりにとどくまで啼きわめいていた。その泣くさまは、青々とした山を枯山のように泣き枯らし、河や海をすっかり泣き乾してしまうほどで、そのため悪しき神の声が、五月の蝿のように満ち、あらゆるわざわいが起ったという。こういう異様な泣き方を、子どもの泣き方に例えて解釈されることは、今までの古事記の解釈には山ほどあった。須佐之男命はまだ「子ども」なのだと。だから訳もわからずに大泣きをしているのだと。しかし、そういう解釈はあまりにも須佐之男命を人間のように解釈しすぎている。天照大御神も須佐之男命も神話的な存在なのであるから、人間的なイメージで解釈してはその存在のありかを間違えてしまうにもかかわらずにである。

この場面で、伊耶那岐大御神は、須佐之男命に、「どうしてお前は、哭きわめいているのか」と聞いている。そして須佐之男命は「私は、妣《はは》の国の根之堅州国《ねのかたすくに》に参りたいと思って哭いているのです」と答えている。すると伊耶那岐大御神は大いに怒って、「それなら、お前はこの国に住んではならない」と言って、ただちに須佐之男命を神やらいに追い払われ、そして、そのあと伊耶那岐大神は、近江の多賀に鎮座されている、というふうに物語はなっている。

神が大泣きをするという光景も奇妙である。それも髭が伸び放題なるまで泣くとか、山の木々が枯れ、川や海の水が乾くまで泣くというのは尋常ではない。けれども、そうやって須佐之男命は泣いたと書かれている。ただしその場合の、須佐之男命の泣き方に注目すべきである。そこでは、「啼く」「泣く」「哭き」と使い分けられて表記されているからである。同じように書けば良いのに、分けられている。中でも、伊耶那岐命が尋ねたときは「哭」という表記が使われている。これはかつて伊耶那岐命が伊耶那美命の去ったときに「哭いた」と書かれていた表記と同じである。そのときに、この「哭」は、金属を鳴らすような「ナキ」だと説明した。ここでも須佐之男命は「泣いたり」「啼いたり」しないで、基本的には「哭いている」のだと古事記の編者は考えているのである。ではその「哭き」とは何のための「哭き」なのか。

それは、自分の出自が金属であることの証のための「哭き」である。須佐之男命は「海原」を治めるように言われているので、多くの研究者は、彼は「水の神」なのだと考えてきた。鼻から生まれたというのもその見解の裏付けに使われ、鼻から吹き付ける荒ぶる暴風雨のような水の神だというのである。「須佐はスサブのスサで」「荒れスサブ神であるから建速い須佐之男命と呼んだのだ」と西郷信綱も『古事記注釈』で断言していた。しかし、本当にそうなのだろうか。

むしろ須佐之男命は、そういう「水の神」のようにされることに対して、自らの金属音を鳴らして抗議をしていたのではなかったか。彼に金属の性質があるのは、生みの親の伊耶那岐命が「さなき（鐸）」の性質を持っているところから考えても当然のことである。そして、鼻から生まれたということになると、風を起こす鞴《たたら》に関わる側面をもち、水の神と言うよりははるかに鍛冶に近い性質を持っていることになる。そうなると、伊耶那岐命より、さらに伊耶那美命の方に近い部分を持っているところが見えてくる。そこからみれば、須佐之男命の神名である「建速須佐之男命《たけはやすさのをのみこと》」の「たけ（建）」は「たけ（武）」でもあり、武器のイメージを持ち、「スサ」は「砂鉄」の「す（砂）・さ（砂）」に関わる神名の可能性を持っているところが見えてくる。さらに『日本書紀』では「すさのお」は、あえて「なる（鳴）」という字を使い「素戔嗚尊《すさのお》」と表記していた。つまり『日本書紀』でも「すさのお」を「泣く神」ではなく「鳴る神」として意識していたということである。ちなみにいうと「泣き枯らす」山は、ここでは「青山」となっている。この「青」は三浦佑之の「うつしき青人草」の批判をしたときに見てきた「青」と同じであり、金属の青である。だから「青山を枯山のように泣き枯らし」というのは、金属音を「青山」に鳴り響かせるという意味になる。ちなみに言えば、ここでの「枯山」の「かれ」とは、「から（殻）」のことで、銅鐸のようなものである。白川静は、「『から』は外皮、外殻を意味するもの。ものの根幹をなすもの、枯れたるもの、茎の形のものなどを意味する語」と書いていた。その「青山」の、殻のような、空のある、枯れたるもの、を鳴らすように須佐之男命が存在している、というのである。

その須佐之男命が「妣の国の根之堅州国に参りたいと思って哭いている」と答えるとき、この「ね」は「音のする金属」の「ね（音）」にも関わっているところに注目すべきである。そうなると、須佐之男命のいう「根之堅州国」とは、「音のする堅い金属のある国」というふうに読み取れることになる。そしてそこにいる神に会いたいと須佐之男命は言うのである。もしそうであるとしたら、「鉄の武器を生む神」伊耶那美命を封印してきた伊耶那岐命にとっては、絶対に許すことは出来なくなるのである。こうして彼は追放されることになる。

もちろん、これだけでは須佐之男命の、「山の木々が枯れ、川や海の水が乾くまで泣く」という描写の意味は説明できないのではないかと言われるかも知れない。しかし、「哭く」を「音を鳴らし続ける異様さ」として表現したと考えると、わからないわけでもない。なぜ「音《こゑ》」にこだわるのかというと、こうした須佐之男命の「哭」の結果、「是を以て、悪しき神の音、狭蠅の如く皆満ち、万の物の妖《わざはひ》、悉《ことごと》く発《おこ》りき」となっているからである。つまり、須佐之男が「哭」く結果、「悪しき神の音」が「狭蠅の如く皆満ち」たというのである。悪い神々がいっせいに蠅のように「音」を鳴らし始めたというのである。そして「蠅」は、黄泉国で見た「うじ／氏」の進展したものであることは、言うまでもないことである。

ここで古事記の編者は何を言おうとしているのかと言うと、悪い神々も「音」を出すと言っているのである。その「音」とは何か。それは「金属の音」である。つまり、「悪い神々」が「金属の武器」をもって災いをもたらし始めた、と、ここで言っているのである。

古事記がこうした情景をあえて描くのは、須佐之男命が「天照大御神＝国（中央）の武器」に対して、「須佐之男命＝異族（地方）の武器」になっていることを、象徴的に対比させるがためである。異族・地方の豪族たちも、この頃には、大量の鉄の武器を持ち、それぞれの力を誇示していたのである。その力を、「悪しき神の音《こゑ》、狭蝿の如く皆満ち、万の物の妖《わざはひ》、悉《ことごと》く発《おこ》りき」と表現し、侮れないものとして天照大御神は受け止めていたからである。

それでも、ここでは須佐之男命は天照大御神に従属するものとして、「あいさつ」に高天原に出かけることになる。その時に、「山や川はみなどよめき、国土はすべて震えた」ので、天照大御神はこれを聞いて驚くことになる。須佐之男命はこのときも山川を振るわせるほどの「音を鳴らし」ながら高天原へ向かったのである。

ここから須佐之男命と天照大御神が対峙する場面になる。

1 須佐之男命の昇天

故是《かれここ》に、速須佐之男命《はやすさのをのみこと》の言《い》はく、「然《しか》らば、天照大御神《あまてらすおほみかみ》に請《まを》して罷《まか》らむ」といひて、乃《すなは》ち天《あめ》に参《ま》ゐ上《のぼ》る時に、山川悉《やまかはことごと》く動《とよ》み、国土《くにつち》皆震《みなふる》ひき。爾《しか》くして、天照大御神、聞き驚《おどろ》きて詔《のりたま》はく、「我《あ》がなせの命《みこと》の上《のぼ》り来《く》る由《ゆゑ》は、必《かなら》ず善《よ》き心ならじ。我《あ》が国を奪《うば》はむと欲《おも》へらくのみ」とのりたまひて、即《すなは》ち御髪《みかみ》を解《と》き、御みづらを纏《ま》きて、乃《すなは》ち左右《ひだりみぎ》の御みづらに、亦《また》、御縵《みかづら》に、亦《また》、左右の御手《みて》に、各《おのおの》八尺《やさか》の勾璁《まがたま》の五百津《いほつ》のみすまるの珠《たま》を纏《ま》き持《も》ちて、そびらには、千入《ちのり》の靫《ゆき》を負《お》ひ、ひらには、五百入《いほのり》の靫《ゆき》を附《つ》け、亦《また》、いつの竹鞆《たかとも》を取《と》り佩《は》かして、弓腹《ゆばら》を振《ふ》り立《た》てて、堅庭《かたには》は、向《むか》股《もも》に蹈《ふ》みなづみ、沫雪《あわゆき》の如《ごと》く蹶《く》ゑ散《ち》らして、いつの男《を》と建《たけ》ぶ。蹈《ふ》み建《たけ》びて、待《ま》ち問《と》ひしく、「何《なに》の故《ゆゑ》にか上《のぼ》り来《き》たる」ととひき。爾《しか》くして、速須佐之男命《はやすさのをのみこと》の答《こた》へて白《まを》ししく、「僕《やつかれ》は、邪《あ》しき心無《な》し。唯《ただ》し、大御神《おほみかみ》の命《みこと》以《もち》て、僕《やつかれ》が哭《な》きいさちる事を問ひ賜《たま》ふが故に、白《まを》しつらく、『僕《やつかれ》は、妣《はは》が国《くに》に往《ゆ》かむと欲《おも》ひて、哭《な》く』とまをしつ。爾《しか》くして、大御神《おほみかみ》の詔《のりたま》はく、『汝《なむち》は、此の国に在《あ》るべくあらず』とのりたまひて、神《かむ》やらひやらひ賜《たま》ふが故《ゆゑ》に、罷《まか》り往《ゆ》かむ状《かたち》を請《まを》さむと以為《おも》ひて、参《ま》ゐ上《のぼ》れらくのみ。異《け》しき心無し」とまをしき。爾《しか》くして、天照大御神《あまてらすおほみかみ》の詔《のりたま》ひしく、「然《しか》らば汝《なむち》が心の清《きよ》く明《あか》きは、何《いか》にしてか知らむ」とのりたまひき。是《ここ》に、速須佐之男命《はやすさのをのみこと》の答《こた》へて白《まを》ししく、「各《おのおの》うけひて子を生《う》まむ」とまおしき。

須佐之男命の方は、いわゆる「追放」されることになったので、天照大御神に挨拶に行こうとする。すると山川がどよめき、国土はみな震えたという。ここでの「山川悉《やまかはことごと》く動《とよ》み、国土皆震《くにつちみなふる》ひき」という時の「とよむ（動む）」は「鳴り響くこと」だと西郷信綱は指摘していた。つまり、古事記はここで、山や河が地震のように揺れたと言っているのではなく、音を立てて鳴り響いていたと言っているのである。これは金属の音をけたたましく鳴らして須佐之男命がやってきたことの表現である。この音に近いものは「雷」である。「雷の音」こそは、山川を震えさせる最大の音である。そしてその「雷」は伊耶那美命の体に付いていたものである。そのことを考え合わすと、須佐之男命と伊耶那美命の神話的な近さがわかるというものである。

こうした須佐之男命の動きを察知して、天照大御神は驚き、この国を奪おうとやってくると思い、武装して待つことになる。この時の天照大御神は、「我《あ》がなせの命《みこと》の上り来る由は、必ず善き心ならじ。我が国を奪はむと欲《おも》へらくのみ」と考えていた。このときの原文は「我那勢命之上来由者、必不善心。欲奪我国耳」となっている。この最後の「耳」という漢字を巡って、漢文読みをすれば「我が国を奪はむとすらくのみ」となるが、本居宣長は「我が国を奪はむと欲《おも》ふにこそあれ」と訳し、宣長はよく考えてそういう訳にしていると西郷信綱は説明していた。古文学者でも意見の分かれるこういう原文の読みに、何かの意見を言う資格は私にはないのだが、ただ「欲奪我国耳」を素人なりに「我が国の耳を奪う」というふうに文法的に読める可能性はないのかどうかは気になるところである。というのも「耳」は「音」に関わるもので、ここまでの古事記の記述ではさんざん「音」にかかわる描写をしてきているので、ここでの「耳」も「音」として考えると、須佐之男命が「我が国（高天原）」の「耳＝音＝武器」を奪おうとやってきたのではないかと読んでもそんなに間違えていないようにも思えるからだ。

ともあれ、須佐之男命は「雷」のような「音」を鳴らして、高天原にやってくることになった。そして、それを迎える天照大御神の描写は尋常じゃないほど念入りになされている。

天照大御神は髪を男のように結い直し、玉飾りを巻きつけ、鎧をつけ、背には千本入りの矢入れを背負い、鎧の胸には五百本入りの矢入れをつけ、弓を振り立てて、雄叫びを立てて待っていた、というのである。この最後の描写は「男建《おたけび》、蹈建《ふみたけび》」となっていて「たけぶ」が重ねて使われている。さらにそこに「踏む」という字が当てられている。普通は叫ぶに「踏む」は使わないだろうと思うのだが、その字が使われている。鍛冶場では鞴《ふいご》を踏むことで一層の火力が得られるように、ここでは「おたけび」と「ふむ」ことが重ねて使われているのである。そもそも「おたけび」とは、普通には勇敢に叫ぶことではあるが、ここでは「音を立て」てやってきた須佐之男命に対して、それにもまして「音を建て」て迎えた様子が、「たけぶ」のイメージにこめられている。そこに「建」を二重に使っている意味があるのではないかと私には思われる。

そして天照大御神の迎え撃つ身なりのことになる。ここでの天照大御神は、しっかりと武装している。一人で千人とも渡り合えるほどの弓矢を身に着けて、仁王立ちをして須佐之男命を待っているのである。ここでわかるのは、これらの武装せる武具はみな鉄だということである。すでに高天原にいた天照大御神は、このように何千人を迎え撃つだけの鉄の武器を持っていたということになる。いったいこういう大量の鉄の武器を、高天原はどうやって手に入れていたのだろうか。そういう疑問を出すことはとても大事である。

そこへ須佐之男命がやってくる。そして彼は、自分が天照大御神に会いに来たのは、おいとまをする挨拶に来ただけで邪心はないと説明する。そして「哭いていた」のは、「妣の国」に行きたかったからだと説明する。その場面を物語り的に説明すると次のようになる。

伊耶那岐命の神が、私の哭きわめくわけを聞かれたので、「私は亡き母の国へ行きたいと思って哭いている」と答えた。すると、伊耶那岐大御神が、「お前はこの国にいてはならぬ」と言われて、私を追い払われたので、ことの次第をお話ししようと思って、参上しただけなのです。他心はないのです。こうした須佐之男命の言い分に対して、天照大御神は、邪心のないことはどうしたら証明できるのかと聞くと、須佐之男命は、それは「ウケイをして子を生むことで明らかにしましょう」と答えた、というのである。

わかりにくいやりとりである。しかし、ともあれそうして「天の安の河」をはさみ、「うけい」をして子どもを作ることになる。「天の安の河」をはさんで、というところが、天照大御神と須佐之男命の距離というか断絶感をよく表している。この「安河」の「安《やす》」は借字だとされていて、「やす／八州・野洲」や「やそ／八十」の可能性が指摘されてきた。そのことを考えると、「や」には「たくさん」という意味の「や／八」が想定でき、「す」には「す／砂・鉄」のイメージが想定できる可能性が出てくる。そう考えると、「天の安の河」は、「たくさんの砂鉄の取れる河」ということになり、そういう河をはさんで、二神が向かい合ったという構図をここに読み取ることが出来るようになる。そういう読み取りが、こじつけや空論ではない証拠は、このあとの天の岩屋戸の段で、この「天の安の河」に鉄を扱う神々が集結するのを見るところで、もう一度確認することになるだろう。そして「うけい」がはじまる。

2　うけい

ここでの「うけい」とは、何かしらの「誓い」のようなものであろうとされているが、その「うけい」の描写は奇妙である。

二神は、それぞれ相手の持っているものをもらい受け、それを使って子を生む行為をしている。神話だから、これはこれでいいのだということも考えられるが、しかしそれは違うと思う。ここでは理由があってそういうことをしているはずだからである。では二神はどういうことをしたのか。物語は次のようになっている。

故爾《かれしか》くして、各《おのおの》天《あめ》の安《やす》の河《かは》を中《なか》に置きて、うけふ時《とき》に、天照大御神、先《ま》づ建速須《たけはやす》佐《さ》之《の》男命《をのみこと》の佩《は》ける十拳《とつか》の剣《つるぎ》を乞《こ》ひ度《わた》して、三段《みきだ》に打《う》ち折《を》りて、ぬなとももゆらに天《あめ》の真名井《まなゐ》に振《ふ》り滌《すす》ぎて、さがみにかみて、吹《ふ》き棄《う》つる気吹《いふき》の狭霧《さぎり》に成《な》れる神の御名《みな》は、多紀理毘売命《たきりびめのみこと》。亦《また》の御名《みな》は、奥津島比売命《おきつしまひめのみこと》と謂《い》ふ。次に、市寸島比売命《いちきしまひめのみこと》。亦《また》の御名《みな》は、狭依毘売命《さよりびめのみこと》と謂ふ。次に、多岐都比売命《たきつひめのみこと》〈三柱《みはしら》〉。速須佐男命《はやすさのをのみこと》、天照大御神の左《ひだり》の御みづらに纏《ま》ける八尺《やさか》の勾璁《まがたま》の五百津《いほつ》のみすまるの珠《たま》を乞《こ》ひ度《わた》して、ぬなとももゆらに天《あめ》の真名井《まなゐ》に振《ふ》り滌《すす》ぎて、さがみにかみて、吹《ふ》き棄《う》つる気吹《いふき》の狭霧《さぎり》に成れる神の御名は、正勝吾勝々速日天之忍穂耳命《まさかつあかつかちはやひあめのおしほみみのみこと》。亦《また》、右の御みづらに纏《ま》ける珠《たま》を乞《こ》ひ度《わた》して、さがみにかみて、吹《ふ》き棄《う》つる気吹《いふき》の狭霧《さぎり》に成れる神の御名は、天之菩卑能命《あめのほひのみこと》。亦《また》、御縵《みかづら》に纏《ま》ける珠《たま》を乞《こ》ひ度《わた》して、さがみにかみて、吹《ふ》き棄《う》つる気吹《いふき》の狭霧《さぎり》に成れる神の御名《みな》は天津日子根命《あまつひこねのみこと》。又《また》、左《ひだり》の御手《みて》に纏《ま》ける珠《たま》を乞《こ》ひ度《わた》して、さがみにかみて、吹《ふ》き棄《う》つる気吹《いふき》の狭霧《さぎり》に成れる神の御名は、活津日子根命《いくつひこねのみこと》。亦《また》、右《みぎ》の御手に纏《ま》ける珠を乞ひ度《わた》して、さがみにかみて、吹《ふ》き棄《う》つる気吹《いふき》の狭霧《さぎり》に成れる神の御名は、熊野久須毘命《くまのくすびのみこと》。并《あわ》せて五柱《いつはしら》ぞ。是《ここ》に、天照大御神《あまてらすおほみかみ》、速須佐之男命《はやすさのをのみこと》に告《の》らししく、「是《こ》の、後《のち》に生《うま》める五柱の男子《をのこ》は、物実我《ものざねあ》が物に因《よ》りて成れるが故《ゆゑ》に、自《おのづか》ら吾《あ》が子ぞ。先《ま》づ生める三柱の女子《めのこ》は、物実汝《ものざねなむち》が物に因《よ》りて成れるが故に、乃《すなわ》ち汝《なむち》が子ぞ」と、如此《かく》詔《の》り別《わ》きき。故《かれ》、其《そ》の、先《ま》づ生める神、多紀理毘売命《たきりびめのみこと》は、胸形《むなかた》の奥津宮《おきつみや》に坐《いま》す。次に、市寸島比売命《いちきしまひめのみこと》は、胸形《むなかた》の中津宮《なかつみや》に坐《いま》す。次に、田寸津比売命《たきつひめのみこと》は、胸形《むなかた》の辺津宮《へつみや》に坐《いま》す。此の三柱の神は、胸形君等《むなかたきみら》が以《も》ちいつく三前《みまへ》の大神《おほかみ》ぞ。故《かれ》、此《こ》の、後《のち》に生める五柱の子の中《なか》に、天菩比命《あめのほひのみこと》の子、建比良鳥命《たけひらとりのみこと》、次に天津日子根命《あまつひこねのみこと》。

天照大御神は、まず須佐之男命の腰にある「十拳の剣」をもらい受け、それらを三つに折って、天の井戸（真名井）ですすいで、そして口に含んでよくかみ砕いて、吐きだして「子」を生んだ。次に須佐之男命は、天照大御神の「髪飾り」をもらい受け、同じように、天の井戸（真名井）ですすいで、そして口に含んでよくかみ砕いて、吐きだして「子」を生んだという。一見すると奇妙に見える二神の行為である。しかし、よく見ると、お互いの持ち物といっても、それは「剣」であったり「珠」であったりして、金属なのである。「珠」は「勾璁」と表現されているので「石」ではないかといわれるかもしれないが、それは「ぬなとももゆら」と書かれていて、「ぬなと」とは「玉の音」だと西郷信綱は書いているように、音の出る珠なのであり、鈴のようなものである。そうした「剣」や「珠」を交換し、三段に折って、打ったり、さらに「気吹」というように風を送ったりしているので、その光景は、まるで鍛冶屋のするようなことをしているのである。そしてお互いの持つ金属を加工、修理し、「神」を作ったことになっている。「口の中でかみ砕いて」というようなイメージも、まさにそこにある金属を、さらに砕いて修理・加工する鍛冶の姿そのものである。

その結果、天照大御神が須佐之男命の「剣」を使って生んだ子としては、

① 「多紀理毘売命《たきりびめのみこと》」またの御名は、「奥津島比売命《おきつしまひめのみこと》」（沖の島の神）。

② 「市寸島比売命《いちきしまひめのみこと》」またの御名は、「狭依毘売命《さよりびめのみこと》」（いちき島の神）。

③「多岐都比売命《たきつひめのみこと》」（対馬海峡の島々の守護神である）。

須佐之男命が天照大御神の「珠」を使って生んだ子としては、

①「正勝吾勝々速日天之忍穂耳命《まさかつあかつかちはやひあめのおしほみみのみこと》」。

②「天之菩卑能命《あめのほひのみこと》」。

③「天津日子根命《あまつひこねのみこと》」。

④「活津日子根命《いくつひこねのみこと》」。

⑤「熊野久須毘命《くまのくすびのみこと》」。合せて五柱である。

しかし、ここで天照大御神は「あとから生んだ五柱の男子は、私の持ち物をもととして成ったのだから、当然私の子である。先に生んだ三柱の女子は、お前の持ち物をもととして成ったのだから、お前の子である」と、いうのである。奇妙な決定であるが、こういう決定に特別の意味があるわけではない。意味がありそうに見せかけているのである。大事なことは、お互いのもつ金属を加工して神を生んだということである。だから、そこで生まれた神々は、どこかに金属の性質を持つことが大事なのである。ゆえに「うけい」というのは、前の「みそぎ」と同じで、新しい技術で金属加工して、新たな武器を手にする儀式そのものを表していると理解することができる。

ここで気になることが、二つある。一つは天照大御神の生んだ神々が対馬海峡の守護神たちだということである。わざわざ「天の安の河（鉄の採れる河）」をはさんで行なった「うけい」で生まれた神々が、九州の対馬海峡の守護神というのは、どう考えたらよいのかということである。もう一つは須佐之男命の生んだ子どもには、表記上「穂」や「日」がついているので、多くの研究者が農耕を司る神々を生んだと解釈してきているのであるが、それはそうなのかという疑問である。

はじめに、天照大御神の生んだ神々が、対馬海峡の守護神たちだということについてであるが、すでに伊耶那岐命の「みそぎ」のところで見たように、天照大御神も同じように、国の守りの要が、朝鮮との境にある対馬海峡にあることを何よりも重要視していた、と読み手に印象づけるためである。そして、そこを守る神々が「須佐之男の剣」から生まれたというのは、須佐之男命の力、須佐之男命の武力を持って、この海峡を守ろうとしていたイメージがくみ取れるようになっている。ここの理解は大事なところである。

次に須佐之男命の生んだ子どもであるが、「穂」や「日」がついているので農耕神と読み取ってしまいがちになることへの疑問である。具体的に言えば、「はやひあめのおしほ（速日天之忍穂）」という表記は、なぜ「速火《はやひ》」「忍火《おしほ》」と読んではいけないのか。また「ほひの（菩卑能）」の「ひ」は、「ひ（火）」ではいけないのか。「ひこね（酢子棚）」「ひこね（日子根）」の「ひ」も、なぜ「ひ（火）」ではいけないのか。「くすひ（久須毘）」の「ひ」も、なぜ「ひ（火）」ではいけないのか。

というような疑問である。それは無理な読み方だ、「穂」や「日」と書かれているものを、あえて「火」と読み替えるのは作為すぎるとお叱りを受けるかもしれない。しかし私は奇をてらってそういう疑問を出しているわけではない。

私たちの見てきた限りの須佐之男命の性質からみれば、この神の生む子というのは「火の子」「鉄の子」つまり「金属の子」である方が自然だからである。それなのに、その子たちが、なぜか金属とは縁の遠い、稲穂や日のイメージを喚起させる漢字を付けられて生まれてきているのである。そしてその子らが天照大御神の子とされ、のちにはさらに重要な役割を与えられて再出現してゆくことになるのである。作為があるとしたら、むしろそういう漢字の付け方ではないか。私には、当然そのように見える。このことは、どのように考えてゆけばいいのだろうか。

「火の子」「鉄の子」を生んだはずなのに、その子に「日」や「穂」という名前が付けられる。考えてみると、実はここで行なわれた「うけい」の意味は、鉄の神を生む儀式でありつつも、同時にそれらの神々を、「日」や「穂」と名の付く神に作り直すための儀式であったのではないかということである。「火の神」が「日の神」「穂の神」として現れる。これは高天原のイメージを、武器だけではなく、穂や日にかかわっているかのようにイメージさせるための、とっておきの工夫なのである。事実、高天原に強大な武力があるというイメージを作り上げるだけでは、人びとは、高天原を恐れはしても、敬いはしないであろうことは、時の支配者たちにはよくわかっていたからである。

そのために工夫された最大のことは、高天原には「世を照らす光がある」という観念を人びとに広げることであった。「光」の反対は「闇」である。この世が「闇」にならないためには「光」がいる。そしてその「光」が高天原にはあるという観念。そのことを人びとにわかりやすく伝えるためには、「光」を日常的に言い表す「日」という漢字を意識的に使った神名を作り出すことである。

この発想は、しばしば太陽信仰のように理解されることがあったが、「日」のつく神が作られることと、太陽信仰とは直接に関係があるようには私には思われない。そもそも古代の日本の人びとの間に太陽信仰と呼ばれるような「太陽」への信仰があったのかどうか、私には疑問に思えてならない。「光」や「明るさ」や「日」に対する信仰は、イコール「太陽」の信仰にはならないのである。それは「日」と呼ぶものと、「太陽」と呼ぶものが、イコールではないからである。

ここで大事なことは、「火の神」「鉄の神」が、「喩の錬金術」によって「日の神」にされるという転換の仕組みである。その転換の仕組みが「うけい」とここでは呼ばれているところに注目することである。

さらに大事なことは、この「日の神」の最大級の神として「天照大御神」が設定されてゆくという仕組みを理解することである。天照大御神は、元々は伊耶那岐命が左目を洗って生まれたとされていて、右目を洗って生まれた「月読み」と対比され、天照大御神は「太陽の神」だと説明されるのが常だった。しかし、天照大御神が「太陽の神」であるということなど、どこにも書いてあるわけではない。そんなことは、それまでの物語の流れからしてあり得ないのである。なぜなら、天照大御神は「鉄の神」から生まれた「金属の神」の性質を持っているだけだからである。しかし、伊耶那岐命は、その天照大御神には高天原を治めるようにと命じた。命じたことは、ただそれだけなのである。しかし神名が天照大御神と名づけられているので、多くの人は高天原で「太陽のように地上を照らす神」のイメージを、そこに読み取らざるを得なくなるのである。繰り返して言えば、伊耶那岐命は高天原を治めるようにとは命じたけれど、その時点では、そこで太陽のように地上を照らしなさいとは指示してはいないのである。天照大御神が、名前のごとく世を照らす神であるイメージを発揮するのは、このあとの天の岩屋の出来事を通してのことである。

ここで再度確認をしておかなくてはならないのだが、天照大御神は、基本の性格は「火の神」「金属の神」「武器の神」であるということである。その神が「うけい」を契機にして急速に「日の神」に転換してゆくのである。こういうすり替えが、どういうふうに起こってゆくのかというと、「うけい」がお互いの「物実《ものざね》」を使って子を生むという過程をたどっているからである。つまりお互いの持っている「鉄の製品」を作り直して子を作っているからである。

ここで「物実」と呼ばれているものを、再度見ておくことにする。「物実」についてはすでに折口信夫の考察を元に言及してきている。そこでは「もの—さね」の「さね」は「ものの中心にあるもの」として考察されていた。この「中心」にあるもの」を使ってお互い神を作ったのである。この「中心にあるもの」とは、実は「鉄」のことなのである。二神は、鉄という「ものざね」を使って、新しい神々を作り出していたのである。それゆえに、ここでの「うけい」の意味を考えるには、この折口信夫の「ものざね」論が再度読まれる必要がある。もう一度、「ものざね」論を引用しておくとこうである。

　むざねと言ふのは、語源的には身実《ムサネ》・身真《ムサネ》など宛て、よい語で、心《シン》になつてゐるからだ・からだの心《シン》などと訳してよいだらう。

（折口信夫「『さね』と言ふ語及びぬし」『折口信夫全集12』中央公論社一九九六）

　少し抽象的な語になるが、むざねがある。さねはもの、しんを言ひ、普通核をさねと言つてゐる。種子の中に、更に何かその中心のものが出て来ると思つてゐて、昔の人はそれをさねと言つた。そして、真（菅原道真《ざね》）、実（斎藤実《さね》盛）、信（源信明《さねあきら》）などをさねと訓んでゐる。これは、さねと言ふ語が、つきつめて行つた最後の、一番正味の所と言ふ意味に使はれてゐた事を示してゐる。

　人間の身体の中、一番正味の、つきつめた所、そこをむざねと言つた。むざねは「身実」であつて、むとみとは、昔は音韻の変化と言ふよりは、音価が動揺してゐたと言ふべきであらう。

（折口信夫「国語学」『折口信夫全集16』中央公論社一九九六）

こうして「さね（鉄）」を使って新しい神々が生まれ、その神々が「火の神」であるにもかかわらず「日」の付く神にされ、のちに天照大御神の重要な使命を担って行動することになる。もちろんそんなめんどくさい、回り回った「うけい」をしなくても、大事な神はすべて天照大御神が生んだというようにすればよかったのではないかと思われるかも知れない。しかし、古事記の制作者は、それでは困るのである。大事なことは、迫り来る須佐之男命の武力を迎え撃つことの出来る天照大御神のイメージこそが同時に必要だったからである。単なる「日の神」「太陽の神」が求められていたのではなく、「武力を持った日の神」が必要だったのである。

ここで生まれた「正勝吾勝々速日天之忍穂耳命《まさかつあかつかちはやひあめのおしほみみのみこと》」や「天之菩卑能命《あめのほひのみこと》」は、のちに、騒がしい葦原中国に派遣されることになってゆく。

二　天照大御神と岩屋

1　須佐之男命の狼藉

「うけい」の後、須佐之男命は、自分は勝ったといい、その勝った勢いで田のあぜを壊し、溝を埋め、「大嘗をする殿」に大便をまき散らした。そこのところはこう書かれている。

爾《しか》くして、速須佐之男命《はやすさのをのみこと》、天照大御神《あまてらすおほみかみ》に白《まを》さく、「我《あ》が心清く明《あか》きが故《ゆゑ》に、我《あ》が生める子は、手弱女《たわやめ》を得《え》つ。此《これ》に因《よ》りて言はば、自《おのづか》ら我勝《あれか》ちぬ」と、云《い》ひて、勝ちさびに、天照大御神の営《つく》田《りた》のあを離《はな》ち、其《そ》の溝《みぞ》を埋《う》み、亦《また》、其《そ》の、大嘗《おほにへ》を聞《きこ》し看《め》す殿《との》に屎《くそ》まり散《ちら》しき。故《かれ》、然為《しかす》れども、天照大御神は、とがめずして告《の》らさく、「屎《くそ》の如《ごと》きは、酔《ゑ》ひて吐《は》き散《ちら》すとこそ、我《あ》がなせの命《みこと》、如此《かくし》為つらめ。又、田のあを離ち、溝を埋《う》むは、地《ところ》をあたらしとこそ、我《あ》がなせの命《みこと》、如此《かくし》為つらめ」と、詔《の》りて直《なほ》せども、猶《なほ》其の悪《あ》しき態《わざ》、止《や》まずして転《うた》たあり。天照大御神、忌服屋《いみはたや》に坐《いま》して、神御衣《かむみそ》を織《お》らしめし時に、其の服屋《はたや》の頂《いただき》を穿《うか》ち、天《あめ》の斑馬《ふちうま》を逆剝《さかは》ぎに剝ぎて、堕《おと》し入れたる時に、天の服織女《はとりめ》、見驚きて、梭《ひ》に陰上《ほと》を衝《つ》きて死にき。

須佐之男命は「うけい」に勝ったと思い、その勝ちに乗じて天照大御神の営田《つくりた》の畔を壊し、その溝を埋め、大嘗《おほにえ》をする殿に屎《くそ》まりを散らした。しかし、それでも天照大御神はとがめだてせずに、「屎のようなものは、酔って吐き散らしたもので、田の畔を壊し、溝を埋めたのは、土地がもったいないと思ってのことでしょう」といった。これは妙な展開の話である。

ここには天照大御神の作る田と、食事をする殿の、二つの場所の描写があり、そのどちらにも須佐之男命は狼藉を働いたことが記されている。「営田」に対しては畔を壊し、溝を埋め、「殿」の中には屎をまき散らしたというように。しかしこの行為に対して、天照大御神は妙な反応を示しているのである。まず、「屎まる」をしたことについては、「屎のように見えるけれど、酔って反吐を吐いたものでしょう」などと言っているからである。このことについては、従来から弟の狼藉をかばっての姉のやさしい計らいだと注釈されることが多かった。

このことを考えようとすると、これと似たようなことをすでにしていた神がいるのを思い出すことになる。伊耶那美命である。この神は、迦具土を生んでミホトを炙かれ病み伏せた時、嘔吐をし、尿をし、糞もしていたからである。そのことを踏まえると、ここで須佐之男命が屎をしたのか、嘔吐をしたのかは、それほど重要ではないことがわかる。須佐之男命は会いに行きたいと思っていた伊耶那美命と同じようなことをしているからである。むしろ大事なことは、天照大御神が屎を嘔吐と同じように見なそうとしたことの方であると私は思う。というのも、実はここで須佐之男命がしたものは、屎や嘔吐のようにみなされるだけで、実はそういうものではない可能性が、ここでの表現から見えてくるからだ。そのことの可能性は、すでに伊耶那美命が迦具土を生んだ時の描写と見てきたことである。それは、嘔吐や屎や糞のような「どろどろしたもの」は、じつは溶解した鉄ではないかという可能性についてである。

見てきたように、須佐之男命には伊耶那美命の火の神の素質が引き継がれていた。それで、彼が「殿」の中でまき散らしたという「屎」か「嘔吐」かわからないものは、「熔鉄」のようなものかもしれないという可能性をまずここで示しておくことにする。というのも、「おほにへ／大嘗」をする「殿」の中で、そういうことが行なわれるのであるが、この「おほにへ」が「大煮《おおにえ》」という熔鉄のイメージを含むことは無視できないからである。

続けての狼藉は、営田の畦や溝を壊したということである。ここでの「田」というのも、特別な「田」である可能性がある。すでに見てきたように砂鉄を採取する過程で、鉄穴流しをして水を塞き止めるところは「田」と呼ばれることがあったからである。また「殿」の中にも「田」と呼ばれるものがあった。しかしここでの「田」は、「鉄を作る田」としての「溶炉」を想定するのが最も自然である。もし、その「田」を普通の「稲作の田」と見なせば、そういう田の畦を壊し、溝を埋めるというのは、相当な狼藉に見えるだろう。しかし、ここでの「田」が「溶炉」であるとしたら、鉄ができあがるときには、この「田」は必ず壊さなければならなかったのである。岩波映画社制作の記録映画『踏鞴《たたら》』を見ると、最後に鍛冶師たちが、みんなで炉を壊す様子が記録されている。同じような光景を見る天照大御神は、ここでも須佐之男命を許すのである。それは、天照大御神が心の広い神であったからなどではなく、そもそも須佐之男命のしたことが、実際には「悪いこと」ではなく、むしろ鍛冶場では必要なことであることを、天照大御神はよくわかっていたからである。「あぜ」を壊さないと鉄は取り出せないのである。

確かに須佐之男命のやってしまった行為の数々を、高天原にある宮殿や農耕地への「狼藉」とみることは可能であるが、そういう解釈をして得るものは何もなく、ただ須佐之男命を「悪者」にするだけである。しかし、この「狼藉」と呼ばれてきた場面は、別な解釈をすることも可能であるところは公平に見ておかなくてはならない。それは、この「殿」や「田」を鍛冶に関わる舞台として理解する可能性についてである。この舞台が鍛冶場である可能性を示すのは、次の場面をみてもわかる。

天照大御神が、忌服屋《いみはたや》にいて、神御衣《かむみそ》を織らせていた時に、その服屋の天井に穴をあけ、高天原の斑入りの馬を逆剝ぎに剝いで落とし入れたところ、天の服織女《はとりめ》がこれを見て驚き、梭《ひ》で女陰《ほと》を突いて死んでしまった。天照大御神は、それを見て恐れ、天の石屋の戸を開き、なかに籠もられた。すると高天原はすっかり暗くなり、葦原中国もまったく暗くなった。こうして夜がずっと続いた。

天照大御神が高天原のどこで何をしているのかということはわからないのだが、この記述で、天照大御神が「忌服屋《いみはたや》」で天の服織女《はとりめ》に「神御衣《かむみそ》」を織らせていたということはわかる。「神御衣《かむみそ》」

とは神の着る服のことであり、それが天照大御神の服のことであるのか、はたまたほかの神の服なのかは、わからないが、天照大御神のものだとすると、彼女が「日の神」として光り輝くための衣装ということになる。こうした「機織り」は古代の仕事の中でも最重要なものである。「機織り」に関わる伝承もたくさん残されてきている。中でも大事な伝承は、「機織り」が金属文化や鍛冶伝承と関わっているところである。そういう意味では、「機織」というものには、ただ衣服を織るということだけではなく、鉄を何度も折り返す鉄の織物を織る製鉄の情景が複合させられているところも読み取る必要がある。「織物」には、鍛冶と金属加工の技術が欠かせないところがあったからである。

そんな大事な「織物」を織る「忌服屋」の天井に須佐之男命が穴をあけ、斑入りの馬を逆剝ぎに剝いで落とし入れたというのである。この「天井に穴を開ける」という光景も、なにやら不自然で、入り口から投げ込めば良いのにと思う人もいるだろう。それに「馬を逆剝ぎに剝いで落とす」というのも、妙な行動だと。しかし、中世に描かれたタタラ場の建物の屋根には、外からははしごがつけられていて、上まで登ってゆけるようになっている。そこには、煙や湯気を逃がすための天井の穴があったことがわかる（俵国一『古来の砂鉄製鉄練法』〔慶友社　二〇〇七〕に「屋根の中央は火宇内《ほうち》と称し、松板《いい》を容易に取り外し得べく通風の用に供せり」とあり、立川昭二『鉄』〔学生社　一九六六〕の扉に「隅屋鉄山絵巻」の天井に穴を開けた鑪吹屋の絵がある）。つまり鍛冶場には高温の火と煙が立ち上るので、天井を高くし（だから「高殿」というのである）、熱気と煙をうまく天井から逃がさないといけないので、人工的に「穴」を開けているのである。だから須佐之男命が天井に穴を開けたという記述は、不自然なことでもなかったはずである。そして、「皮を剝がれた馬」に関しては次のことが言える。すでにタタラ場には「鹿の皮」を丸剝ぎにして「ふいご／鞴」を作っていたことは指摘されてきている。それが「馬の皮」になることもあった。そういう動物の皮でできた「鞴」は鍛冶場にはなくてはならない大事なものであった。そんな皮を須佐之男命は天井の穴から投げ込んだのである。

そして、それに驚いた服織女が、梭《ひ》で陰上《ほと》を突いて死んでしまう。この場面も情景としてみたら奇妙な場面である。しかし、それでもこういう場面もすでにどこかで見たような感じがする。それは、服織女のホトをついた「ひ／稜」を「火」と見なせば、ここには、「火」を生んでホトを炙かれて「死んだ」伊耶那美命の姿がダブって見えてくるからだ。

以上のことを総合して考えると、高天原にある「大嘗《おほにえ》をする殿」や「神御衣《かむみそ》」という特別な衣服（鉄の衣）を織る「忌服屋《いみはたや》」は、基本的なところで鍛冶屋のイメージを深く複合させているのがわかる。そういう意味で考えると、そこで食べる「おほにえ／大嘗」や「かむみそ／神御衣」も、鍛冶場の特別な食物（煮えた鉄）、鍛冶場の特別な織物（鉄の衣）である可能性も見えてくるのである。そういうふうに受け止めると、鍛冶場で見せた須佐之男命の「狼藉」の数々は、ある意味では鍛冶場でなされるべき必要な事柄ばかりであることが見えてくるはずである。だから天照大御神は黙認する必要があったのである。それというのも、高天原にも鉄や鉄をつくる場は必要だったからである。その「鉄」をもたらしてくれる須佐之男命を、天照大御神は拒むわけにはゆかなかった。さらに言えば、天照大御神が「日の神」「光の神」でいられるのは、実は須佐之男命のもつ「火」と「鉄」のおかげなのである。このことが、この物語で語られなくてはならない最も大事なことだったのである。しかし、火と鉄の神が高天原にいることは許されない。「火」は、「日」とは相容れないものと見なすことが、古事記の最大の戦略としてあったからである。そして天照大御神は天の岩屋に隠れることになる。それは、伊耶那美命が伊耶那岐命から離されて「黄泉国」に入ったのと相似している。

故是《かれここ》に、天照大御神、見畏《みかしこ》み、天《あめ》の石屋《いはや》の戸《と》を開《ひら》きて、刺しこもり坐《ま》しき。爾《しか》くして、高天《たかあまの》原《はら》皆暗《みなくら》く、葦原中国《あしはらのなかつくに》悉《ことごと》く闇《くら》し。此に因《よ》りて常夜《とこよ》往《ゆ》きき。是《ここ》に、万《よろづ》の神の声《こゑ》は、狭蝿《さばへ》なす満《ま》ち、万の妖《わざはひ》は、悉《ことごと》く発《おこ》りき。

こうして天照大御神は、天の岩屋に隠ってしまった。そして高天原が暗くなり、葦原中国もすっかり暗くなり、夜がずっと続いた、と記されることになる。ここで改めて問題にしたいことは、そもそも一体天照大御神は「光源」なのかという疑問である。つまり、天照大御神は、「太陽」のような「光源」なのか、という問いである。

これはとても大事な問いかけである。「太陽」というのは、比類なき絶対的な光源である。それがないと、すべては闇になるという意味での絶対的な光源である。ところで、この論考では最初から問題にしてきているように、天照大御神が生まれる以前から、伊耶那岐命や伊耶那美命は国生みし、神々を生んでおり、それは「見える状況」の中で行なわれていたのである。「見えなくて困る」という状況が起こるのは、唯一伊耶那岐命が伊耶那美命に会いに黄泉国へ行った時だけである。それ以外には天照大御神がいなくても、世界は「見えていた」のである。ということは、天照大御神以外に、どこかに「光源」はあったということである。天照大御神以外に、世を照らすものはいたはずなのである。

しかし、この場面では天照大御神が岩屋に隠ったので、高天原も、葦原中国もまったく暗くなったとされている。このことの意味は、どうしても考えなくてはならないことである。わかりやすく考えると、天照大御神は確かに「光源」ではあるのだが、比類なき絶対光源なのではなく、たくさんある光源の中の一つの光源であると考えることである。そうすれば、天照大御神が生まれる以前にも、光源はあり、光はあったということは理解できることになる。そう考えるのが実はもっとも自然なのである。なぜなら、天照大御神は元々は「火の神」の伊耶那岐命から生まれた「火の神」の一つに過ぎないのであるから。しかしここから古事記の編者の卓越した発想の物語が構想されてゆくのである。それは、この「火の神」の一つにすぎない天照大御神を、つまり個別に火を燃やし、その周囲を照らすだけの小さな光源であったはずの火の神の天照大御神を、比類なき絶対的な光源であるかのように錯覚させる場面を創り出すのである。それが天の岩屋戸の出来事なのである。その錯覚は、天照大御神が岩屋に入ると、高天原も、葦原中国も、ことごとく真っ暗になったと語られることによって増幅されることになる。

実際はそんなはずはないのである。高天原にも、葦原中国にも、たくさんの火＝光源はあったはずなのに、ここに来て、一気に天照大御神が比類なき絶対的な光源に昇格させられているのである。読み手は、ここで勘違いさせられる。天照大御神は「太陽」のような神だったのだというふうに。見事なトリックである。さらに、物語は天照大御神が天の岩屋に隠ったので、万《よろず》の神の声が「蝿の声」のように禍《わざわい》となって広がったと記している。「蝿」の元は「うじ」であり、それは「鉄の武器」をもった「氏《うじ》＝地方の豪族」たちだと私はすでに指摘してきた。そういう事態が、ここで一気に広がってきたのである。こういう状況を理解するためにも、天照大御神の隠った後の展開を、すこし丁寧に見てゆかなくてはならない。

2　天宇受売《あめのうずめ》神たち

是《ここ》を以《もち》て、八百万《やほよろづ》の神、天《あめ》の安《やす》の河原《かはら》に神集《かむつど》ひて、高御産巣日神《たかみむすひのかみ》の子、思金神《おもひかねのかみ》に思はしめて、常世《とこよ》の長鳴鳥《ながなきどり》を集《あつ》め、鳴かしめて、天《あめ》の安《やす》の河《かは》の河上《かはかみ》の天の堅石《かたしは》を取り、天の金山《かなやま》の鉄《くろがね》を取りて、鍛人《かぬち》の天津麻羅《あまつまら》を求めて、伊斯許理度売命《いしこりどめのみこと》に科《おほ》せ、鏡を作らしめ、玉祖命《たまのおやのみこと》に科《おほ》せ、八尺《やさか》の勾璁《まがたま》の五百津《いほつ》の御《み》すまるの珠《たま》を作らしめて、天児屋命《あめのこやのみこと》・布刀玉命《ふとたまのみこと》を召して、天《あま》の香山《かぐやま》の真男《まを》鹿《しか》の肩《かた》を内抜《うちぬ》きに抜きて、天の香山の天《あめ》のははかを取りて、占合《うらな》ひまかなはしめて、天の香山の五百津真賢木《いほつまさかき》を、根こじにこじて、上《かみ》つ枝《え》に八尺《やさか》の勾璁《まがたま》の五百津《いほつ》の御すまるの玉を取《と》り著《つ》け、中つ枝《え》に八尺《やあた》の鏡を取り繋《か》け、下《しも》つ枝《え》に白丹寸手《しらにきて》・青丹寸手《あおにきて》を取り垂《し》でて、此《こ》の種々《くさぐさ》の物は、布刀玉命、ふと御幣《みてぐら》と取り持ちて、天児屋命、ふと詔戸《のりと》言禱《ごとほ》き白《まを》して、天手力男神《あめのたぢからをのかみ》、戸《と》の掖《わき》に隠《かく》り立ちて、天宇受売命《あめのうずめのみこと》、手次《たすき》に天《あめ》の香山の天《あめ》の日影《ひかげ》を繋《か》けて、天《あめ》の真析《まさき》を縵《かづら》と為《し》て、手草《たぐさ》に天の香山の小竹《ささ》の葉を結《ゆ》ひて、天《あめ》の石屋《いはや》の戸にうけを伏《ふ》せて、蹈《ふ》みとどろこし、神懸《かむがか》り為《し》て、胸乳《むなち》を掛《か》き出《い》だし、裳《も》の緒《を》をほとに忍《お》し垂《た》れき。爾《しか》くして、高天原《たかあまのはら》動《とよ》みて、八百万《やほよろづ》の神共に咲《わら》ひき。

まず、この天の岩屋の場面で、多くの研究者が一致して理解していることがある。それは、ここには鍛冶に関わる神々が集まっているという理解である。それ以外に解釈しようのない神々が集まっているのだが、もしも、そうなのだとしたら、このような古事記の最大の見せ場の場面に、なぜ鍛冶場の神々が集められるのか、そこがもっと正面から取り上げられ研究されなくてはならないはずである。それが十分になされずにきているのは、やはりここでの場面が、鍛冶の場であると頭ではわかっているのに、実際にはその事実を古事記の事実として認められなかったということなのである。というのも、ここでその事実を認めるということは、遡ってここで得られる視点でもって古事記全体を理解し直す作業をするということになるからである。

ところで本文は、切れ目なく、連続して続く文になっていて、とても理解しにくいので、ここでは箇条書きに分けて理解をしてゆくことにする。

天の安の河原に集った神々のしたことは次のことである。
①まず、思金神《おもひかねのかみ》（高御産巣日神の子）に考えさせて、
②常世《とこよ》の長鳴鳥《ながなきどり》を集めて鳴かせ、
③天の安の河の川上にある堅い石を取り、
④天の金山《かなやま》の鉄を取って、
⑤鍛人《かぬち》天津麻羅《あまつまら》を捜し出し、
⑥伊斯許理度売命《いしこりどめのみこと》に命じて鏡を作らせ、
⑦玉祖命《たまのおやのみこと》に命じて八尺《やさか》の勾玉を長い緒に通した玉飾りを作らせ、
⑧天児屋命《あめのこやのみこと》と、布刀玉命《ふとたまのみこと》を呼んできて、
⑨天の香山《かぐやま》の雄鹿の肩の骨をそっくり抜き取ってきて、
⑩天の香山の天の桜《ははか》を取って
⑪その桜の木の皮で鹿の肩の骨を焼いて占わせ、
⑫天の香山の茂った榊《まさき》を根こそぎ掘り取ってきて、
⑬その上方の枝に八尺《やさか》の勾玉を数多く長い緒に貫き通した玉飾りをつけ、
⑭中ほどの枝に八尺《やあた》の鏡をかけ、
⑮下方の枝には白い幣と青い幣をさげて、

⑯この品々は、布刀玉命が御幣《みてぐら》として捧げ持ち、
⑰天児屋命が祝詞《のりと》を唱え、
⑱天手力男神《あめのたぢからをのかみ》が戸の脇に隠れ立ち、
⑲天　宇受売命《あめのうずめのみこと》が
⑳天の香山の日陰蔓《ひかげかずら》をたすきにかけ、
㉑真析《まさき》蔓《かずら》を髪飾りにして、
㉒天の香山の笹の葉を採物《とりもの》に束ねて手に持ち、
㉓天の石屋《いはや》の戸の前に桶《おけ》を伏せて踏み鳴らし、
㉔神がかりして胸の乳を露出させ、
㉕裳《も》の紐《ひも》を女陰《ほと》までおし垂らした。
㉖すると、高天原が鳴り響くほどに数多の神々がどっと笑った

以上の場面をもう少し丁寧に見て行きたい。まず「思金神《おもひかねのかみ》（高御産巣日神の子）」が登場する。「思慮深い神」のことだとする研究者もいるが（日本書紀では「思兼神」と表記されるからだが）、ここでの話の展開からして「思金神」の「金」は「鉄」でしかあり得ないはずである。その証拠に、この神はわざわざ「高御産巣日神の子」とされている。この神は高天原に、最初の「国作りのための火の神」として現れる神だったからである。その子に当たるということは、単なる「思

慮深い神」というような、漠然とした牧歌的なイメージでとらえてはいけない神で、神名通りに「金（鉄）に思いを巡らす神」と理解されるべき神なのである。

その神が「常世《とこよ》の長鳴鳥《ながなきどり》」を集めて鳴かせたとある。長く鳴くというのは、息を長く吐くという意味での、鞴《ふいご》のイメージがある。鞴を集めて火力を強めることがまず最初に求められていたのだろう。続けて、「天の安河」の河上にある堅い石を取り、天の金山の鉄を取ってくるというのは、文字通り、鉱山（金山）の鉄を含む岩を削り、鉄を取り出すことをいう（「天の安河」が砂鉄の採れる河であることはすでに見てきたとおりである）。そうした山や河から鉄を取り出すには、技術がいる。その技術を持ったものを探し出してくるようにというのである。その技術を持った神が「鍛人《かぬち》天津麻羅《あまつまら》」とここでは呼ばれている。まさに「鍛人《かぬち》」が必要なのである。その神の神名「鍛人《かぬち》天津麻羅《あまつまら》」の「麻羅《まら》」は、多くの研究者が指摘しているように、「男の性器」つまり「男根」のイメージを持っている。その神が、次の「伊斯許理度売命《いしこりどめのみこと》」とセットになって出てくるのは、この神が「いしこりどめ」と言われるように「石のように凝る」というか「固くする」という神名の神になっていて、二神合わせて「男根」を「石のように固くさせる」イメージをこめているのである。ここでわざわざ鉄の素材からはじめて、「麻羅《まら》」を固くするような描写が続くのは、性的なことを言うためだけではなく、鉄の材料が、いったんは溶解され、柔らかくされ、それを何度も打ち付けて硬くし、はじめて使い物になる鉄ができあがるからである。古事記の編者はその過程、つまり製鉄の過程がよくわかっていて、ここであえて男根を固くする過程を引き合いに出して、製鉄の大事な過程を描いているのである。西郷信綱も「イシコリドメは、溶けた鉄を堅石の上できたえて凝り固めて鏡を作るという意ではなかろうか」と真っ当なことを書いていた。

そんなふうに鉄を固く仕上げることの出来る鍛冶の神を呼んできて、「鏡」を作らせ、そして「玉祖命《たまのおやのみこと》」には「玉飾り」を作らせろというのである。

さらに「天児屋命《あめのこやのみこと》」と「布刀玉命《ふとたまのみこと》」を呼んできて、「天の香山《かぐやま》」の雄鹿の肩の骨を抜き取ってきて、「天の香山」の天の桜《ははか》を取って、その皮で骨を焼いて占わせ……と続くが、大事なことは、ここで何度も「天の香山」という表記が出てくることである。「天の香山」の「かぐ」は火が輝くイメージを含み、そういう火の石が産出される特別な山を、ここでは「天の香山」と呼んでいるのである。つまり「香山」「香具山」というのは、鉄の採れる山のことである。その特別な山にいる鹿も、特別な鹿で、皮はもちろん鞴にするし、骨は占いに使ったのであろう。さらに「天の香山」の茂った榊《さかき》を根こそぎ掘り取ってくるようにいう。ここで「茂った榊」と現代語訳されるのは「真賢木《まさかき》」のことだが「まさ」とは「まさ／真砂」とも読めて、良質の砂鉄を「まさ／真砂」ということとが連想される。「正勝《まさか》」の表記も、おそらく「まさ／真砂」が連想される。そういう「真砂」を連想させる木が神聖な神の木とされ、そうした木と神が組み合わされ「榊」という漢字も出来ている。その聖なる木を根こそぎ掘り起こしてと書かれている。そして、上の枝には「玉飾り」をつけ、中ほどの枝には「鏡」をかけ、下方の枝には「白い幣と青い幣」をさげたという。

こうしてぶら下げたものは、なにかしら金属と関わるものであったことがわかる。もちろん、「玉」「鏡」は、金属としてわかるとして、「白い幣と青い幣」と現代語訳されるものはよく分からないと思われるかも知れない。原文は「白丹寸手《しらにきて》」「青丹寸手《あおにきて》」となっていて、西郷信綱は「ニキテは布ではない」と書いていた。ここには「白」や「青」のイメージが出てきていて、こういうものはすでに何度も見てきたものである。ちなみにいえば、「しろ／白」は五行で金属、「に／丹」は赤なので、「しろに」は「赤い金属」つまり「鉄」を複合させているように読むことができる。また、「に」は「赤」や「煮」の連想もできるので、何かしらの溶けたものを表していると見ることもできる。「青」については、青銅の青として何度も言及しているものである。「ニキテ」は、日本書紀で須佐之男命の「唾」や「よだれ」のようなものを形容するのに使われているので、何かしら溶けたものから作られるものを表しているのであろう。

こうした品々を、「布刀玉命《ふとたまのみこと》」が御幣《みてぐら》として捧げ持ち、「天児屋命《あめのこやのみこと》」が祝詞《のりと》を唱え、「天手力男神《あめのたぢからをのかみ》」が戸の脇に隠れ立って待つことになる。そして「天宇受売命《あめのうずめのみこと》」が、「天の香山」の「日陰蔓《ひかげかずら》」を襷《たすき》にかけ、「真析蔓《まさきかずら》」を髪飾りにして、「天の香山」の「笹の葉」を採物《とりもの》に束ねて手に持ち、「天の石屋」の戸の前に桶《おけ》を伏せて踏み鳴らし、神がかりして胸の乳を露出させ、裳《も》の紐《ひも》を女陰まで押し垂らしたという。すると、高天原が鳴り響くほどに数多の神々がどっと笑ったという（ここで「天宇受売命《あめのうずめのみこと》」の持ち物が「天の香山」に出自を持っていることには注意を払う必要がある。ちなみに、天宇受売命については、のちの猿田毘古のでてくる場面で解説しているので、そちらを参照して頂きたい）。

細かい説明は不要なほど情景は目に見えるようであろう。ただここで注意すべきことは、神々がみんなで「どっと笑った」と説明される事柄についてである。この場面では、神々は決して「どっと笑った」のではないということである。原文では「咲《わら》った」となっているので、鍛冶の「火花」が「咲く」ように、天の岩屋の前に集まった神々のしたことは、高天原に鳴り響くようにみんなで金属音を鳴らしたということなのである。そのまず大きな金属音におどろいて、天照大御神は外の様子をみようと戸を開けようとした。

その瞬間を待って、鏡を差し出すと、そこに写る光が気になって天照大御神がもう少し見ようとしたところで、「天手力男神《あめのたぢからをのかみ》」がさらに戸を開いて、天照大御神を外に連れ出したというのである。その場面をもう少し丁寧に見てみたい。

3　天照大御神《あまてらすおほみかみ》――「火の神」が「日の神」として登場し直す重要な場面

是《ここ》に、天照大御神《あまてらすおほみかみ》、怪《あや》しと以為《おも》ひ、天《あめ》の石屋《いはや》の戸を細《ほそ》く開《ひら》きて、内に告《の》らししく、「吾《あ》が隠《こも》り坐《ま》すに因《よ》りて、天《あま》の原自《はらおのづか》ら闇《くら》く、亦《また》、葦原中国《あしはらのなかつくに》も皆闇《みなくら》けむと以為《おも》ふに、何《なに》の由《ゆゑ》にか、天宇受《あめのうず》売《め》は楽《あそび》を為《し》、亦《また》、八《や》百万《ほよろづ》の神は諸《もろもろ》咲《わら》ふ」とのらしき。爾《しか》くして、天宇受売が白《まを》して言《い》はく、「汝《な》が命《みこと》に益《ま》して貴《たふと》き神の坐《いま》すが故《ゆゑ》に、歓喜《よろこ》び咲《わら》ひ楽《あそ》ぶ」と、如此《かく》言《い》ふ間《あひだ》に、天児屋命《あめのこやのみこと》・布《ふ》刀玉命《とたまのみこと》、其《そ》の鏡を指《さ》し出《い》だし、天照大御神《あまてらすおほみかみ》に示《しめ》し奉《まつ》る時《とき》に、天照大御神、逾《いよ》よ奇《あや》しと思ひて、稍《やをや》く戸より出《い》でて、臨《のぞ》み坐《ま》す時に、其《そ》の隠《かく》り立てる天手力男神《あめのたぢからをのかみ》、其の御手《みて》を取り引き出《い》だすに、即《すなは》ち布刀玉命、尻《しり》くめ縄《なは》を以《もち》て其の御後方《みしりへ》に控《ひ》き度《わた》して、白《まを》して言《い》ひしく、「此《これ》より以内《うち》に還《かへ》り入ること得《え》じ」といひき。故《かれ》、天照大御神の出《い》で坐《ま》しし時に、高天原《たかあまのはら》と葦原中国《あしはらのなかつくに》と、自《おのづか》ら照《て》り明《あか》ること得《え》たり。

文意は次のようなものになる。

そこで、天照大御神は不思議に思い、天の石屋の戸を細めに開けて、「私がここにこもっているので、天の世界は自然に暗く、また葦原中国もすべて暗いだろうと思うのに、どうして天宇受売《あめのうずめ》は歌舞をし、また数多の神々は、みな笑っているのか」と仰せられた。そこで天宇受売が申して、「あなた様よりも立派な神がいらっしゃいますので、喜び笑って歌舞をしているのです」と、こう言っている間に、天児屋命《あめのこやのみこと》と布刀玉命《ふとたまのみこと》があの鏡を差し出して、天照大御神に見せると、天照大御神はいよいよ不思議に思って、少しずつ戸から出て鏡に映った姿をのぞき見たその時、脇に隠れ立っていた天手力男神《あめのたぢからをのかみ》がその手を取って外へ引き出すと、すぐ、布刀玉命が注連縄《しめなわ》を天照大御神のうしろに引き渡して、「これから内へおもどりになることはかないません」と言った。こうして天照大御神が岩屋から出てしまった時、高天原も葦原中国も自然と照り明るくなった。

この場面では、妙なことが描かれている。それは、天の岩屋戸を少し開けた天照大御神の前に、「鏡」を見せると、そこに映った姿を天照大御神が不思議に思うという場面である。もし、天照大御神を「外」へ出したいのであれば、天照大御神が岩戸を少し開けたときに、天手力男神《あめのたぢからをのかみ》が、一気にがらがらと開けてしまえば、それですんだはずである。天照大御神が岩屋を少し開けて外の様子を見たくらいなのであるから、天手力男神の力持ちであれば、簡単に開けられたはずである。それが、わざわざ「鏡」を見せて、天照大御神をおびき出すようにしているのは、何とも不自然な感じがする。しかし古事記の編者は、岩屋の開け閉めできる「力」のことをここで描きたかったわけではなかった。ここでのテーマは「鏡」の存在である。岩屋戸を開けるとか閉めるとかは二の次の問題である。あるいは、外が暗くなるというのも、二の次の問題である。というのも、天照大御神が岩屋に隠れた後も、神々は集まり、相談をし、鏡を作るような鍛冶をしているわけで、何にも見えない真っ暗な中では、そんなこともできない。それなりの「明り」はあったわけだ。だから、暗くなるとか、岩屋戸の開け閉めの困難さは、実際の困難さの問題にはなっていない。それよりか、神々が作った「鏡」を見せて、それが原因で天照大御神が岩屋から出ることになったことを読み手にわからせることが、この場面での一番の狙いになっているはずである。

となると、この天の岩屋戸の場面の最大の主役は「鏡」であることがわかる。主役が「鏡」である、という意味は、二つある。一つは、「鏡」を作る鍛冶の持つ意味の大きさをここで改めて意識させる、ということ。もう一つは、鏡が「明かり」をさらに妖しいものにさせるということである。そもそも天照大御神の本性は、火の神であるので、自らは「明かり」になる。しかし、それだけではカマドの火と同じである。ところが鏡に映る火となると、それは妖しいものである。中国がヒミコに贈ったとされる百枚の鏡なるものの存在も、その妖しさを演出するためには欠かせないものであったはずである。そういう意味で、「鏡」の二つの意味するところは、いくら強調してもしすぎることはないはずである。

この場面での天照大御神は「鏡」に惑わされて岩屋を出たのか、「鏡」に欺されて岩屋を出たのか、それは読み手の想像力に託されるのだが、普通に考えても、ここでの「鏡」の役割は、天照大御神を不思議がらせるだけの、強力な力を持ったものとして描かれていることはわかるはずである。ある意味では、天照大御神を惑わすのだから、天照大御神より一枚上の存在のようにも見えてくる。その「鏡」に込められた鍛冶の力への畏怖の念が、そこにきっと見て取れるはずであるし、また見て取らなくてはならないのである。

それではここで改めて天照大御神の「光源」の問題を考えておくことにする。すでに述べてきたように、天照大御神も元は火の神なので「明かり」として存在していた。火の神は、大なり小なり「明かり」としても存在していたのである。このことを踏まえると、一般的に解釈されてきているように、古事記のある場面で、「月読命」は「月」として生まれ、天照大御神は「太陽」として生まれた、というような解釈の「お話」を作ることは許されないことがわかる。天照大御神は「太陽」ではないからだ。そういう意味での「絶対光源」として天照大御神が存在しているわけではない。古事記の天照大御神は、あくまで「火の神」の中でもっとも強く明かりを点すことのできる神を、「日の神」として設定し直したものなのである。だから、当然天照大御神は「火の神」としての武力をもちつつ、他の神よりも「明かり」をコントロールさせる神として登場していることが見えてくる。この明かりのコントロールの意識が、天の岩屋への隠れの場面になって表されていたのである。

そこまでの考察を進めてゆくと、最後には、この「天の岩屋」とは何か、をどうしても問わなくてはならない。「天の岩屋」には、「戸」がついているので、「特別な境界」をもった岩屋だということである。そこは「中」が空洞の「子宮」のような場所である。似ている場所を探したら、伊耶那美命が籠もった「黄泉国」に似ていることがわかる。そこは、「火の神」が「鉄の神」としてパワーアップするためにはどうしても必要な、高度な鍛冶場のある場所である。伊耶那美命の向かった黄泉国は、文字通り鉄のよみがえる場所として、鍛冶場の存在するイメージがはっきりしていた。しかし、天照大御神の籠もった「天の岩屋」には、そういう鍛冶場のイメージは見えてこない。ただ、天照大御神が隠れ、鏡の力を借りて、鏡の力と共に、さらに強く世を照らす光として存在する様子がわかる限りである。天照大御神は、伊耶那美命のように鍛冶場の力を借りて再生（修理固め）するのではなく、鏡と共に世に現れる神になっているのである。ここに火＝鍛冶そのものとして存在する伊耶那美命と、鍛冶を感じさせない天照大御神の違いがはっきりしてくる。しかし、天照大御神が、鍛冶からまったく離れた存在であるかというと、実はそうではなかったのである。というのも天照大御神の周りに集まり、天照大御神を支える神々のほとんどが鍛冶の神であることをみれば、天照大御神の「光源」も、鍛冶をする神々と共にしか存在し得ないことははっきりしているからである。このことをよく理解するためには、「鏡」の存在についてしっかりと理解しておかなくはならない。「鏡」は鍛冶によって生み出されるものであり、天照大御神は、この「鏡の力」によってパワーアップさせられる神として存在しているのである。

そこから考えると、この場面での「鏡」の意味も見えてくる。「鏡」は基本的には「光源」ではあり得ない。自分で「光る」ことはできない。「光源」があってはじめて「光る」ことが可能になる。そういう意味では、「鏡」は「一本の松明の明かり」にすら及ばないものである。しかし、それにもかかわらず、「ヒミコの鏡」や古墳から発掘されるたくさんの鏡に見られるように、鏡は神器のように扱われてきた。金属によって映し出され、反射する「間接の光」は、「直接の光源」よりもはるかに強い力を持っていったのである。なぜそのような逆転が起こっていったのか。ここにきっと「金属の光の神秘」が利用されてきたのだと思う。天照大御神の驚くのも、この「金属の光」を見たからである。しかしその「光」は元々は自分の光の反射したものにすぎないのに、一旦それが「金属の光」になると、そこに「妖しさ」がうまれ、それは「直接の光源」では作り出せない「幻想の光」になっていたのである。

4　須佐之男命の追放と大気都比売神《おほげつひめのかみ》

「天の岩屋」から出た天照大御神は、須佐之男命を高天原から追放することになる。すべての神々は一同に相談して、須佐之男命にたくさんの祓えものを背負わせ、また髪と手足の爪とを切り、罪をあがなわせて、神やらいに追い払った、と一般的には説明されてきた。物語でのその件は次のようになっている。

是《ここ》に、八百万の神、共に議《はか》りて、速須佐之男命《はやすさのをのみこと》に千位《ちくら》の置戸《おきと》を負《お》ほせ、亦《また》、鬚《ひげ》と手足《てあし》の爪《つめ》を切り、祓《はら》へしめて、神《かむ》やらひやらひき。

ここに「千位置戸《ちくらおきと》を負《お》ほせ」というよくわからない表現が出てくる。西郷信綱は、この「千位《ちくら》」の「くら」は、「物を置く台」のようなもので、「ちくら」とは「多数の座《くら》」のことだと言い、それにしても「チクラオキトのチ（戸）の意味が確定できない」とも書いていた。そして最終的には「少なくともチクラオキトが、おびただしい量の祓具《ハラヘツモノ》という意であることだけは、ほぼ動かない」と説明し、どういうことにしても、ここでの須佐之男命のしたことは「大嘗祭にたいする犯し」であるので、だから「千位置戸《ちくらおきと》を科せられたのである」と『古事記註釈』で書いていた。こういう西郷信綱の解釈に対しては、いくつもの大事な反論が見いだせる。まず、今まで論じてきた観点からすれば、ここでの「ちくら」の「くら」とは、当然ながら「闇・倉」のことであり、これもすでに論じてきたところからすれば「鉄の産出場」のことである。だからこの「くら」は、「天之《あまの》闇戸神《くらとのかみ》」や「闇淤加美神《くらおかみのかみ》」や「闇御津羽神《くらみつはのかみ》」の「くら」と関わっていると理解されることになる。それは鉄の山地であった。そのことを理解する鍵が、西郷信綱はよくわかないと言っていた「戸」の表現にある。これまでの理解では、「戸」という表記の使われるときは、必ず「鉄の場」に入る「特別な境界」を表していた。だからここでも「千位置戸《ちくらおきと》」に「戸」がつくのは、わけのわからないことではなく、「鉄」に関わる場所が暗示されているのだと理解すべきなのである。そうすると「千位置戸《ちくらおきと》」は「たくさんの鉄の産出するクラ」という意味の理解になる。問題はその後の「負《お》ほせ」という表記である。須佐之男命が高天原で「狼藉」を働いたというふうにしか理解できない人にとっては、彼は「罪」を犯したことになり、その「罰」をここで神々から受けているのだというふうにしか読み取れなくなる。そうすると、西郷信綱のように、「千位置戸《ちくらおきと》を科せられたのである」と解釈することになる。こういう理解は、国文学では動かしようのない通説にすらなっている。しかし、本当にそういうことが書かれているのだろうかという疑問は持つべきである。

　少なくとも私の考察してきた見解に基づけば、神々の恐れたのは須佐之男命の並外れた「産鉄力」であった。天照大御神をも恐れさせた、その「産鉄力」を、神々は何とかして「封印」し「神やらひやらひ」をしたかったはずである。そう考えると、ここでの「千位置戸《ちくらおきと》を負《お》ほせ」の「負《お》ほせ」は、「封印」の意味を持たされていることになる。もともと「負《おほ》ふ」というのは「覆《おほ》ふ」と同根で「上から全面を包みかくす」という意味を持ち、それが「負う」になって「上に載せる」という意味になることを白川静は『字訓』で述べていた。そのことを考えると、神々はここで、須佐之男命の犯した罪に対して「罰」を与えたのではなく、須佐之男命の「産鉄の力」を被い包んだというふうに理解するのが物語の流れからすると自然である。こういうふうに私がいうと、従来の常識から外れた村瀬の勝手な解釈だと思われるといけないので、これに似た例を一つあげておく。それは大国主の物語のはじまりのところで、「八十神たちが大穴牟遅神に袋を負わせ」と書かれている件である。ここでの「穴」と「袋」のイメージをどう受け止めるかにもちろんかかわってくるのだが、ここでも「負う」は「罰を負わせる」というイメージではないことははっきりしている。このことについては当該の箇所で説明されるであろう。

「千位置戸《ちくらおきと》を負《お》ほせ」にこだわっているように見えるかもしれないが、このことの理解が、物語の次の展開に深く関わっていると私には思えるからそうしているのである。この後は次のように書かれていた。「鬚《ひげ》と手足の爪とを切り、祓《はら》へしめて、神やらひやらひき」と。この「鬚《ひげ》」や「爪」というのは、身体から異様に出てくるものである。それは嘔吐や糞や尿と同じ意味を持つものである。身体から出てきて、元の身体にはならないものである。こうした「身体」から出てきて、独自の身体になるものは生命体では「胎児」だけである。髭や爪や嘔吐や糞や尿からは、生命体は生まれない。しかし古事記の物語は、生命体の物語ではない。鉄の神々の物語である。この神々は、鉄材があれば、それを使って「修理固め」し、新たな鉄材を作り上げることができたのである。

そのことを考えると、須佐之男命の「鬚《ひげ》」や「爪」は鉄材になるものである。せっかく、彼に対して「千位置戸《ちくらおきと》」つまり彼の「産鉄力」を封印しようとしたのに、「鬚《ひげ》」や「爪」が伸びると、それが鉄材に使われてしまうのである。だから神々はそれを切り取ろうとしたのである。こういう解釈も、人びとはしたことがないものだから、村瀬の恣意的な解釈性を指摘しようとするであろうが、それも従来の解釈の悪あがきである。というのも、村瀬の解釈は決して恣意的なものはないのだ。その証拠に、須佐之男命が「海原」を治めるように言われて「哭く」場面で、「八拳須《やつかひげ》」が「心前《むなさき》」に至るまでないて、そのために荒ぶる神々の音が鳴り響いたとなっていた。ここで伸び放題の「須《ひげ》」は、音を鳴らす金属と等価であることがわかるようになっているのである。だから神々は、須佐之男命の「須《ひげ》」や「爪」の伸びるのは、何としてもくい止めなければならなかった。

こういう視点からの解釈を踏まえると、物語の次の展開はわかりやすいものになる。

又、食物《くらひもの》を大気都比売神《おほげつひめのかみ》に乞《こ》ひき。爾《しか》くして、大気都比売、鼻《はな》・口《くち》と尻《しり》とより種々《くさぐさ》の味物《うましもの》を取り出《い》だして、種々《くさぐさ》に作り具《そな》へて進《たてまつ》る時に、速須佐之男命、其《そ》の態《わざ》を立《た》ち伺《うかか》ひ、穢汚《けが》して奉進《たてまつ》ると為《おも》ひて、乃《すなは》ち其《そ》の大宜津比売神《おほげつひめのかみ》を殺《ころ》しき。故《かれ》、殺《ころ》さえし神の身に生《な》りし物は、頭《かしら》に蚕《こ》生《な》り、二つの目に稲種《いなだね》生り、二つの耳に粟《あは》生《な》り、鼻に小豆《あづき》生《な》り、陰《ほと》に麦《むぎ》生《な》り、尻《しり》に大豆《まめ》生《な》りき。故是《かれここ》に、神産《かむむ》巣《す》日御祖命《ひのみおやのみこと》、茲《こ》の成《な》れる種《たね》を取らしめき。

従来の説明では、ここの件は次のように読み下しされてきた。神々（または須佐之男命）は、大気都比売神《おほげつひめのかみ》に食べ物を求めた。すると大気都比売は、鼻・口と尻からさまざまな美味なものを取り出して、さまざまに料理し盛りつけて差し上げた。その時に、速須佐之男命がこの様子を見ていて、汚いものを料理にしてさしだすやつだと思い、その大宜津比売神を殺してしまった。そうして、殺された神の身体に成ったものは、頭に蚕が、二つの目には稲の種子が、二つの耳には粟《あは》が、鼻には小豆《あづき》が、陰《ほと》には麦、尻には大豆《まめ》が成った。そこで神産巣日御祖命《かむむすひのみおやのみこと》がこの成った種を取らせた、と。

こういう物語の展開は、とりわけ意味がよくわからないとみなされてきた件である。須佐之男命が、高天原から追放されるときに、なぜ大気都比売神《おほげつひめのかみ》のような神に「食べ物」を求めるのか、よくわからないのである。神々が求めたのか、須佐之男命が求めたのかもはっきりしないのである。西郷信綱は「又」で始まるこの説話が、「前節との話の続きがおかしい」と指摘し、「これは一種の遊離説話」であり、「これが古事記でかく唐突な出かたをするのも挿入されたためらしく思われる。物語の流れからすれば、この一節はなくもがなである」と、ここでの物語は本当は不要なのだという見解を示していた。しかし、そうではないのである。この件は必要があって挿入されていたのである。

物語の展開はこうである。産鉄の力を封印された須佐之男命は、それでもどこかに産鉄のための鉄材を求めていた。それが「食物《くらひもの》を大気都比売神《おほげつひめのかみ》に乞《こ》ひき」という表現である。「大気都比売神《おほげつひめのかみ》」

もすでに出てきた神である、ここでの「食物」は「溶炉」に入れるための特別な「食物」のことであった。その「食物」はここでは「種々の味物《うましもの》」とされ、それを鼻と口と尻から出し、「種々《くさぐさ》に作り具《そな》えた」というのである。鼻と口と尻から出すものは、嘔吐や糞のたぐいであるが、それは迦具土を産んだ時の伊耶那美命のところでも見てきたように、鉄材を生んでいる描写である。そしてそれを「具」に仕立てて須佐之男に差し上げたのである。産鉄力を封印されていた須佐之男は、ここで改めて鉄材を得ることになる。ここでの「大気都比売神《おほげつひめのかみ》」はだから「溶炉」である。その「溶炉」は「食物」を産出すると切り崩される。そして「修理固め」され新たな鉄材に仕立て直されるのである。その新たな鉄材は「農具」になり、その「具」から、さまざまな作物が栽培されたという物語の展開になっているのである。

ところで、ここで繰り返し使われる「種々《くさぐさ》」とか「種《たね》」という表記には注意を払う必要がある。「くさ」とは漢字で「草・種・雑」とも表記されるものであり、三浦佑之が特別視していた「青人草」の「草」の理解にも関わるものである。白川静は『字訓』で、「『くさ』とはくさぐさのもの、材料・素材とすべきものをいう。また『たね』ともいう」と書いていた。つまり、「たね／種・草」とは決して植物の種や草のみをいうのではなく、ものの材料を言っているのである。そのことを踏まえるなら、ここで「大気都比売神《おほげつひめのかみ》」は、さまざまな鉄器の（農具）の素材を作る源になっていることがわかる。その証拠に、この場面の終わりに、わざわざ神産巣日御祖命《かむむすひのみおやのみこと》、が現れ、ここに出来上がった「種を取らしめき」と書かれているからである。なぜこのようなところに「神産《かむむ》巣日神《すひのかみ》」がでてくるのか。この神についてもすでに見てきている。元々は火の神、カマドの神であるが、この神は、鉄を生む神の源になっていた。だからここでも、いかにも植物の種を取りに来たように描写されているが、実はここでこの神は、わざわざ鉄具（農具）の材料となすものを「種」として取りに来たと書かれていたのである。

二　須佐之男命とオロチ

1　櫛名田比売《くしなだひめ》との出会い

須佐之男命はこのあと追われて出雲国の「肥の河」の上流「鳥髪」というところに降った。「肥の河」というので、なんらかの形で「火」に関わる「火の河」のイメージを含んでいるのであろう。砂鉄の取れる河と言われてきたのも無視は出来ない。その河の上流の「鳥髪」という「鳥」に関わる地名の場所に降りた、という時の「鳥」には、鉄の神である「金屋子《かなやこ》の神」が「鳥」としてやってきた言い伝えを思い起こさせるものがある。ともあれ、「鳥」の名のついたところに須佐之男命はやってきた。考え方としては、鉄の神である須佐之男命が、鉄に関わる土地にやってきたと考えるのが理屈にかなっている。

その「鳥髪」に流れる河に「箸」が流れてきたという。河の上流に誰かが住んでいるというイメージを出すためである。須佐之男命はいきなり人家のあるところへ降りていっても良さそうなのに、回りくどいことをしている。「河」は、天照大御神と須佐之男命が向かい合って「うけひ」をした「天の安河」がそうであったように、特別な河である。つまり鉄の採れる河のことである。そこに流れてきた「箸」は、竹の箸のようなものではなく、金属の箸である。金属の箸がぷかぷかと流れてくるのかと批判されそうであるが、野暮な詮索はしないで進むことにする。「箸」はおそらく「橋渡し」の意味も重ねられているのであろう。この「箸」がまさに「橋」になって、須佐之男命は櫛名田比売《くしなだひめ》に出会うことになる。物語は次のようになっている。

故《かれ》、避《さ》り追《お》はえて、出雲国《いづものくに》の肥《ひ》の河上《かはかみ》、名《な》は鳥髪《とりかみ》といふ地《ところ》に降《くだ》りき。此《こ》の時《とき》に、箸《はし》、其《そ》の河より流《なが》れ下《くだ》りき。是《ここ》に、須佐之男命《すさのをのみこと》、人其の河上に有《あ》りと以為《おも》ひて、尋《たづ》ね覓《もと》め上《のぼ》り往《ゆ》けば、老夫《おきな》と老女《おみな》と、二人《ふたり》在《あ》りて、童女《をとめ》を中《なか》に置きて泣けり。爾《しか》くして、問ひ賜《たま》ひしく、「汝等《なむちら》は、誰《たれ》ぞ」ととひたまひき。故《かれ》、其の老夫《おきな》が答《こた》へて言《い》ひしく、「僕《やつかれ》は、国つ神、大山津見神《おほやまつみのかみ》の子ぞ。僕《やつかれ》が名は足名椎《あしなづち》と謂《い》ひ、妻《め》が名は手名椎《てなづち》と謂ひ、女《むすめ》が名は櫛名田比売《くしなだひめ》と謂ふ」といひき。亦《また》、問ひしく、「汝《なむち》が哭《な》く由《ゆゑ》は、何《なに》ぞ」ととひき。答《こた》へ白《まを》して言《い》ひしく、「我が女《むすめ》は、本《もと》より八《や》たりの稚女《をとめ》在《あ》りしに、是《これ》を、高志《こし》の八俣《やまた》のをろち、年ごとに来て喫《く》ひき。今、其《そ》が来《く》べき時《とき》ぞ。故《かれ》、泣く」といひき。爾《しか》くして、問ひしく、「其の形は、如何《いか》に」ととひき。答へて白《まを》ししく、「彼《そ》の目は、赤かがちの如《ごと》くして、身一つに八《や》つの頭《かしら》・八《や》つの尾《を》有り。亦《また》、其の身に蘿《ひかげ》と檜《ひ》・椙《すぎ》と生《お》ひ、其の長《なが》さは谿八谷《たにやたに》・峡八尾《をやを》に度《わた》りて、其の腹を見れば、悉《ことごと》く常に血《ちあ》え爛《ただ》れたり」とまをしき。〈此《ここ》に赤かがちと謂《い》へるは、今の酸醤《ほほづき》ぞ〉。

須佐之男命は、この河上で「泣く」老夫婦と一人の娘に出会う。須佐之男命はその家族に名前を聞き「なぜ哭いているのか」とたずねている。古事記の文章は、ここで「なく」という表記を

「泣く」と「哭く」の二つに使い分けている。物語の上では、この家族はしくしくと「泣いていた」のであるが、須佐之男命からすると、この一家は、須佐之男命に聞こえるような金属の音を鳴らすように「哭いていた」のである。だから須佐之男命は「なぜ哭くのか」というふうにたずねている。ここでの「なく／泣く・哭く」の使い分けには、意味が持たされているのである。そしてこの家族は、名前を問われて、「大山津見神《おほやまつみのかみ》」の子で「あしなづち（足名椎）」「てなづち（手名椎）」といい、娘は「くしなだひめ（櫛名田比売）」だというのだと答えている。

すでに「大山津見神」は見てきている。この神は、ただの「山の神」ではなく「鉄の取れる山の神」のイメージを含んでいることは指摘してきたとおりである。それゆえに、この神の子孫も当然「鉄の山の神」のイメージを持っていると考えるべきである。そんなことはこじつけだという人がいるかもしれないが、そんなことはない。事実、「あしなづち（足名椎）」という神名は、少し後で「あしなづち（足名鉄神）」と言い換えられているからである。ここにははっきりと神名に「鉄」が入っているのである。

さらに言えば、ここでの「あしなづち（足名椎）」「てなづち（手名椎）」の「つち」は、「槌」の意味である。鉄を打つ「槌」の謂である。手で槌を打つ、足で槌を打つ、そういう鍛冶のイメージがこの「あし―づち（足―槌）」「て―づち（手―槌）」の名前に込められている。「くしなだひめ（櫛名田比売）」については、さらにさまざまな解釈があるが、すでに「くし」は「串」という金属のイメージを複合していることは指摘してきている。竹櫛のようなものを想定してはいけないのである。この姫が「金属」であるからこそ、後で見るように、須佐之男命は「吾《あれ》に奉《まつ》らむや（私に献上してくれるか）」とたずねているのである。

　ともあれ、一家は名前を名乗って、泣いているわけを須佐之男に話をした。その訳は、「高志《こし》の八俣遠呂知《やまたのおろち》」が毎年やってきて娘を食べてしまうのだという。今まで八人の娘がいたが七人までは食べられてしまって、今この娘を食べにオロチがやってくるときなのだという。須佐之男命が、オロチはどんな姿をしているのかと聞くと、「目は真っ赤で、八つの頭と八つの尾があり、体には檜や杉が生えていて、その胴体は谷や山を越える長さで、腹には血がただれている」のだという。全体として「赤」や「血」が強調される「火」のイメージを含んだ巨大で恐ろしい形相の怪物である。このオロチは、山そのものの姿にもなっていて、ある意味での山の神の姿でもあるように見える。そうすると、大山津見神の子とオロチは、ともに山の神ということで、どこかで似ていることになる。似ていると言っても、繰り返していうことになるが、大山津見神の子はただの「山の神」というのではなく、鉄に関わる山の神という意味を持っていた。そうした山の神にオロチが似ているということになると、オロチにも、どこかしら鉄の神に似ているところが考えられそうである。

　しかし、似ていることはわかるとして、その違いはどこに見られるのか。それはオロチが、ただの蛇の怪物というのではなく、わざわざ「高志《こし》の八俣遠呂知《やまたのおろち》」と呼ばれているところに見られる。北陸の「越《こし》」のことなのか、出雲の地方の「古志《こし》」なのか、解釈は分かれているが、「こし／

越」というイメージも重ねられているので、どこからか「境界」を「越え」てやってくる「異種の鉄の神」のイメージも含んでいると見るべきであろう。そういう意味では、この「こし／越」は、海を隔てた朝鮮からの「こし／越」の可能性もあり、そこからやってきた外来の鉄を持つ山の神のイメージも見えてこないわけではない。

　そんな異様の風貌のオロチの様子を聞いて、須佐之男命は「では、そいつを退治してやろう」と言ったかというと、そういうことはないのである。ここは多くの人によって誤解されているところであるが、須佐之男命はオロチを退治するとは一言も言ってはいないのである。では、須佐之男命は、なんと答えたかというと「娘を私に献上するか」と聞いたのである。そしてここで名前を聞かれて「天照大御神の弟だ」と答えて、娘を献上してもらうことになる。これまでの過程で、須佐之男命がオロチを退治する約束など一度もしていないので、そもそもここには「オロチ退治」と通称呼ばれてしまっているような、「退治」の概念に該当する話はなかったと考えるべきである。おそらくもっと別なイメージで想定されるべき話がそこにあったはずなのである。

　物語は次のようになっている。

2　オロチ

爾《しか》くして、速須佐之男命《はやすさのをのみこと》、其の老夫《おきな》に詔《のりたま》ひしく、「是《こ》の、汝《なむち》が女《むすめ》は、吾《あれ》に奉《まつ》らむや」とのりたまひき。答へて白《まを》ししく、「恐《かしこ》し。亦《また》、御名《みな》を覚《さと》らず」とまをしき。爾《しか》くして、答《こた》へて詔《のりたま》ひしく、「吾《あれ》は、天照大御神《あまてらすおほみかみ》のいろせぞ。故《かれ》、今天《あめ》より降《くだ》り坐《ま》しぬ」とのりたまひき。爾《しか》くして、足名《あしな》椎《づち》・手《て》名《な》椎《づち》の神の白《まを》ししく、「然坐《しかいま》さば、恐《かしこ》し。立《た》て奉《まつ》らむ」とまをしき。爾《しか》くして、速須佐之男命、乃《すなわ》ち湯《ゆ》津《つ》爪櫛《つまくし》に其《そ》の童女《をとめ》を取り成して、御《み》みづらに刺して、其の足名椎・手名椎の神に告《の》らししく、「汝等《なむちら》、八《や》塩折《しほをり》の酒を醸《か》み、亦、垣《かき》を作《つく》り廻《めぐ》し、其の垣に八つの門《かど》を作り、門ごとに八つのさずきを結ひ、其のさずきごとに酒船《さかぶね》を置きて、船ごとに其の八《や》塩折《しほをり》の酒を盛《も》りて、待て」とのらしき。故《かれ》、告《の》しし随《まにま》に如此《かく》設《まう》け備《そな》へて待つ時に、其の八俣《やまた》のをろち、信《まこと》に言《こと》の如《ごと》く来《き》て、乃《すなは》ち船ごとに己《おの》が頭《かしら》を垂《た》れ入《い》れ、其の酒を飲みき。是《ここ》に、飲《の》み酔《ゑ》ひ留《とど》まり伏《ふ》して寝《い》ねき。爾《しか》くして、速須佐之男命、其の御《み》佩《は》かしせる十拳《とつか》の剣《つるぎ》を抜き、其の蛇《へみ》を切り散《ち》らししかば、肥河《ひのかは》、血に変《かは》りて流れき。故《かれ》、其の中《なか》の尾を切りし時に、御刀《みはかし》の刃《は》、毀《こぼ》れき。爾《しか》くして、怪《あや》しと思ひ、御刀《みはかし》の前《さき》を以《もち》て刺《さ》し割《さ》きて見れば、つむ羽《は》の大刀《たち》在《あ》り。故《かれ》、此の大刀を取り、異《け》しき物と思ひて、天照大御神に白《まを》し上《あ》げき。是《これ》は、草那芸之大刀《くさなぎのたち》ぞ。

ここで須佐之男命は、櫛名田比売《くしなだひめ》を「奉《まつ》らむや」とたずねている。一般には嫁さんにもらえるかとたずねたとされているが、ここでの「奉《まつ》るや」というのは「献上するか」とたずねることで、献上とは物を差し上げるような表現である。

櫛名田比売《くしなだひめ》を献上してもらうことになった須佐之男命は、ヒメを「櫛」に変えて髪に挿したとされている。そもそもヒメの名前が「櫛」なのであるから、櫛に変えるまでもなく、ヒメは櫛なのである。ここのところはどう書かれているかというと、「湯津爪櫛《ゆつつまくし》に其の童女《をとめ》を取り成し」と書かれている。従来では「娘を櫛に変えて」と理解されてきたところである。大事なことは、ここで、「くし」を須佐之男の「身体」に取り込んだということである。

これまでの物語の展開では、産鉄の力をもつ須佐之男が、その「力」を封じられて葦原中国へやってきたというふうになっている。でもその途中で、大気都比売神から鉄の素材をもらい受けて少しはパワーアップしていた。そしてここに来て、「くし」なる金属を与えられて、きっとさらに須佐之男命はパワーアップすることになったはずである。もちろん、「湯津爪櫛に其の童女を取り成し」は、ヒメとの合体ということであり、一種の婚姻の状態にもっていったというふうに理解することも可能である。

さて、このあと須佐之男命は「あしなづち（足名椎）」「てなづち（手名椎）」に、強い酒を造らせ、八つの入り口をもつ「垣根」と、八つの「棚」を設け、棚には「舟形の酒の器」を置き、そこにたっぷりと強い酒を注いでおくように、言いつける。そしてその通りにすると、オロチがやってきて、酒を飲んで酔っ払って寝てしまう。そこで須佐之男命は「十拳の剣」でオロチを斬り殺してしまう。その時に、切ったオロチの尻尾から一本の剣が出てきた。それは「草那芸之大刀」であったとされている。

この話の中に出てくる「八俣のをろち」は、形相は巨大ではあるが、「鉄の山の神」の様相を供えていることはすでに指摘してきた。その山の神が定期的に山を越えてやってくる。

そこで、このオロチを迎える場面が、船酒の用意と垣根や棚の用意をして待ち受ける情景である。この場面は、悪い怪物がやってくるというよりか、何かしらどこかの神がやってくるのを迎える祭りごとの準備をしているようである。そこに毎年一人の娘が差し出されるということは、何かしらの神への「供え物」あるいは「神饌《しんせん》」をしているようにも見えてくる。だからここで行なわれているのは、通常言われているような怪物の「退治」の場面ではなく、神を迎える年中行事の祭りのような一場面である。オロチが毎年やってくるというのは、その祭りがまさに毎年同じように行なわれてきた民間信仰の風習が下敷きなっているはずだからである。そういう意味では、船酒や垣根や棚の準備は、神と人との「境界」を設定するための大事な準備であったと考えることができる。

しかし、もしそういう神事のようなことがここで語られているのだとしたら、そこへやってきた須佐之男命が、オロチを切るということは、どういうことになるのかうまく理解することができない。ここには、見かけの物語では説明のできない、何かしらもっと違う物語が語られているのではないか。考えられることは、祭りの準備のように見えるものをもう少し考えてみることである。そこの場面は次のように書かれていた。

「汝等《なちむら》、八《や》塩折《しほをり》の酒を醸《か》み、亦、垣《かき》を作《つく》り廻《めぐ》し、其の垣に八つの門《かど》を作り、門ごとに八つのさずきを結ひ、其のさずきごとに酒船《さかぶね》を置きて、船ごとに其の八《や》塩折《しほをり》の酒を盛《も》りて、待て」とのらしき。

ここで「八《や》塩折《しほをり》の酒を醸《か》み」とか、「酒船を置きて、船ごとに其の八塩折の酒を盛りて」と書かれている表現に注目すべきである。「船」「酒船」と表記される物は、すでに何度も見てきたように鍛冶場の鉄を溶かす「溶炉」のことであった。ということは、そこにいれる「酒」は鉄の素材だということになる。その「酒」は、「八《や》塩折《しほをり》」と形容されるような、何度も折り返して細かくした鉄の素材である。天照大御神と須佐之男命が「うけひ」と称して実行した「修理固め」にも、お互いの「物実《ものざね》」を口に含んでよく「嚼んで」霧のように吹き出して……というような記述があった。そこでは素材を「嚼む」と表現されていたが、ここでは「醸《か》み」と表現されている。同じようなことである。

問題は、そういう鍛冶の溶炉をなぜ須佐之男命が作らせたのかということであろう。表向きは、「オロチ退治」のためように見えるのだが、基本的には、それは高天原の神々によって封印されていた自分の産鉄力を回復させるためであった。須佐之男命は、自らの持つその「力」を発揮しないわけにはゆかないからである。それでは、ここに毎年やってくるという巨大な山のような「八俣のをろち」のことはどう考えるといいのだろうか。おそらくこの「オロチ」は「越のをろち」と言われていたように、遠方からやってくる大きな力を持った産鉄族であったと思われる。その異形の産鉄族は、「鉄の素材としての娘」たちを取り込み、製鉄をしてきていたにちがいない。オロチの姿そのものが、「目は赤く、身体は八谷にわたり、腹には赤い血がどろどろ流れていた」と形容されていたのであるから、鍛冶場を形成する姿そのものであった。この異族の産鉄の力を、須佐之男命は自分たちの用意した鍛冶場の中に取り込み、自分のものしようと企んだのである。

オロチはまんまと策略にのって、須佐之男命たちの用意した溶炉の中に取り込まれてしまった。実際には鉄の分身であるオロチが、溶炉に入れられ、再利用されるというふうに考えるのがいいと思う。しかし古事記は、この異形オロチの持つの産鉄力にしっかりと敬意を払っている。というのも、溶炉に取り込んだ、オロチを、自分たちの「修理固め」に使おうとして「切る」のであるが、その時に、須佐之男命の持っていた「御刀《みはかし》の刃、毀《こは》れき」と書いていたからである。つまり、須佐之男命のもっている刀でも切れない硬い刀がそこにあったというのである。これは、出雲の鍛冶の技術では、溶かせない固い金属がオロチに含まれていて、それが、須佐之男命の手に入ることになったという展開に読めるのである。須佐之男命の産鉄の技術よりはるかに高度な硬い鉄器を作る技術を、この異形のオロチ＝産鉄族がもっていたということなのである。

その高度な鍛冶の技術で作られた刀を、須佐之男命は天照大御神に献上することになる。高度な産鉄力を高天原に帰属させるためである。そしてその刀を「草那芸之大刀《くさなぎのたち》」と呼ぶことになる。「くさなぎ」とはどういう意味なのか、従来から議論はある。「草」をなぎ倒すので「くさ―なぎ」

というのだとされたりするが、意味はもちろん定かではない。天照大御神に献上されて付けられた名前であるので、高天原側に有利な名前であろうと考えると、この「草」は葦原中国にうごめく在野の武力を持つ者たちのことで、その者たちをなぎ倒す刀という意味になるだろう。

3 「喩」としてみられる「手」「足」「櫛」「おろち」「鉄」の同一性

ここで大山津見神の子とオロチが、国は違えど鉄の取れる山の神として同じ側面を持っているところを、もう少し別の面から見てみたいと思う。それは櫛と手と足とオロチがイメージとして似ているというところである。大事なことは、神名に「櫛」がつき、「手という名」の神名、「足という名」の神名が付いていているところである。

喩として考えれば、「櫛」は、髪を束ねる手のようなもので、髪と櫛を化合するものである。櫛名田比売が櫛になり、須佐之男命のカズラに刺したということは、比売と須佐之男命が化合したということである。「櫛の歯」と呼ばれるものは、「櫛の手」ということもできる。「手」も、相手を引き寄せ、交わり、化合するものであり、五本の指は多頭でもある。足も基本的には手と同じである。そういう意味では「八岐のをろち」は、「手」と「足」の化合物である。ここで振り返るイメージは、生命体の身体が作り出す「突起物」のイメージである。それが「手」になり「足」になり、そして「性器」になる。そういう「突起物」の姿を古代の人びとは「くし」のもつ不思議な形に重ね合わせて見てきていたのである。大事なことは、その「多肢の形象」のもつ変形性が、

「修理固め」できる「鉄の変形性」として、古事記の想像力の中で相似とみなされているところである。私は、古事記に描かれる「手」と「鉄」の同一性のイメージはもっと注目され、考察されるべきだと思っている。

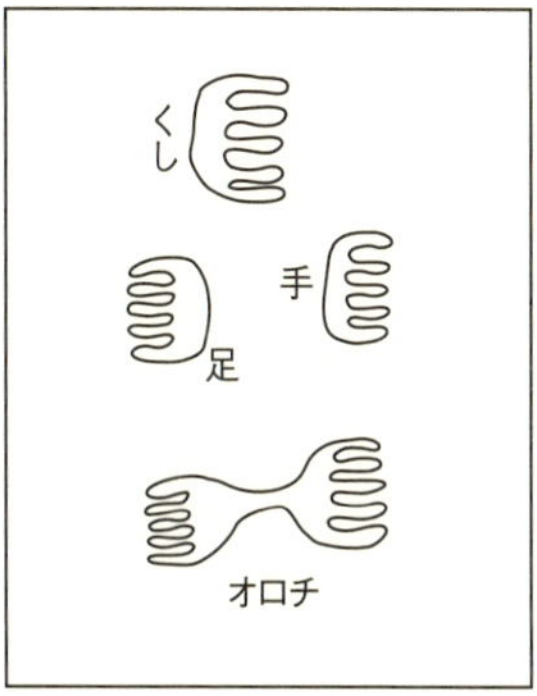

ちなみにいえば、「七支《しちし》刀《とう》」は、主身の左右から三本ずつの枝刃を出して計七本の刃を持つ鉄剣で、四世紀に百済から倭へと贈られたものとされ、奈良県天理市の石上《いそのかみ》神宮に伝えられてきたものである。この不思議な形を持つ剣は、もちろん実用の武器ではない。多くの研究者は、この鉄剣に刻まれた金象嵌の六十一文字に関心を寄せていたが、やはり大きな謎はこの剣の形である。ここではその謎を論じることはできないが、「剣」に「手」のように「刃」が複数出ている姿の意味については、どこかで「詩人」の想像力を働かせて、八頭八尾のオロチの造形などと比較しないと見えてこないものがあるのではないかと私は思っている。

四　須賀《すが》の宮　須佐之男命の隠遁

須佐之男命はこの後、「宮」をつくるために出雲の国に行く。そして「須賀《すが》」の地に来て、すがすがしいといい、ここに宮を作ることにした、といわれている。このときに「雲」が立ち上ったので歌を詠んだ。その雲の立ち上る様を「雲立騰」と書いている。このときの「わく」を「騰」と書くのは、葦カビのわき上がると書いたときと同じ表現である。歌はこのようなものであった。

八雲立つ　出雲八重垣
妻籠みに　八重垣作る
その八重垣を

この歌はあまりにも有名な歌なので、研究されつくしているのかというと、そうでもないのだと西郷信綱は書いていた。わかりやすく、単純な歌だと思われてきたかららしい。このときの、「雲」も「垣」も「八重」も「籠」も、実は何重にも「隠す」もののイメージでできている。「雲」は「隠む」「籠る」と同根、と白川静は指摘していた。「雲は多く不安・不吉・離別のことを託して歌われる。人が死ぬことを『雲隠る』のようにいう」（『字訓』）こんなにして何を隠そうとしているのか。妻を隠そうとしているのか。ならば決して「すがすがしい」わけではないのではないか。別なイメージがここには同時に歌われているのではないか。

おそらくここには、「妻を隠す」というのではなく、須佐之男命の持つ産鉄の力を隠すことが歌われているのではないか。須佐之男命を物語の表舞台から引退させるための幕引きのイメージが。それが、彼の力を見えなくするための、幾重にも巡らした垣であり、その中に神隠れしたように歌われていることの内実であるかのように。「八雲」は、そういう意味で須佐之男を隠すための「雲」であると同時に、それでも密かに立ち上る出雲のタタラ場の豊かな「煙＝雲」の存在を暗示しているものになっている。次にその箇所を掲げておくが、その「雲」の立ち上る様子は「雲立ち騰《のぼ》りき」というような、「沸騰する」イメージの漢字で表されている。普通の「雲」ではないことが、この表記でさりげなく表現されている。

> 故是《かれここ》を以《もち》て、其《そ》の速須佐之男命《はやすさのをのみこと》、宮《みや》を造《つく》作るべき地《ところ》を出雲国《いづものくに》に求めき。爾《しか》くして、須賀《すが》といふ地《ところ》に到《いた》り坐《ま》して、詔《のりたま》はく、「吾《あれ》、此地《ここ》に来《き》て、我《あ》が御心《みこころ》、すがすがし」とのりたまひて、其地《そこ》に宮を作りて坐《いま》しき。故《かれ》、其地《そこ》は、今に須賀《すが》と云《い》ふ。茲《こ》の大神、初め須賀の宮を作りし時に、其地《そこ》より雲立ち騰《のぼ》りき。爾《しか》くして、御歌《みうた》を作りき。其の歌に曰《い》はく、
>
> 八雲《やくも》立つ　出雲八重垣《いづもやへがき》　妻籠《つまご》みに　八重垣作る　その八重垣を
>
> 是《ここ》に、其の足名鉄神《あしなづちのかみ》を喚《め》して、告《の》らして言《い》ひしく、「汝《なむち》は、我が宮の首《おびと》に任《ま》けむ」といひき。

且《また》、名《な》を負《お》ほせて稲田宮主須賀之八耳神《いなだのみやぬしすがのやつみみのかみ》と号《なづ》けき。

たしかに「すが」という表記は、「すがすがしい」に引き寄せてしか読み取れないようになっているが、「すが」の「す」や「が」は、「砂」や「火」に関わる言葉であり、須佐之男の「す」でもあり、もっといえば、どの時代まで遡ることができるのかわからないが、「すがやタタラ／菅谷タタラ」の「すが」にも関わる言葉であることには注意を払っておくべきであろう。

最後に大事なことであるが、すでに述べてきたように、須佐之男命は「足名鉄神」を呼び寄せ（足名椎神がここでは足名鉄神と呼び変えられているところは、すでに指摘してきている）、「稲田宮主須賀之八耳神《いなだのみやぬしすがのやつみみのかみ》」という名前を与えたことが書かれている。最後に足名鉄神は、「耳」のつく名前をもらっているのである。「耳」は外来系の神に付けられた目印ではないかというのが、谷川健一の主張であったが、それを踏まえるなら、ここで足名鉄神にわざわざ外来系の目印をなぜ付けたのかということが問題になって来るであろう。日本書紀の第二書には、もともとこの「あしなづち」の妻の名前には「耳」がついていたことになっており（稲田宮主簀狭之八箇耳神《いなだのみやぬしさのやつみみのかみ》）、最初から外来の神のような性質を持っていたのであろうが、古事記では後から「耳」をつけたことになっている。

このことを理解しようとすると、須佐之男命の行動範囲を考える必要がでてくる。というのも、日本書記には須佐之男命が韓国に行ったことが記されているからである。なぜ須佐之男命が韓国との接点を持つように描かれているのか。それは鉄の技術が韓国からやってきたことを、どこかで認めておかざるを得ない事情があったからであるし、そのことは決して忘れてはいけないことであったからである。

第四章

大国主神《おほくにぬしのかみ》

一　大穴牟《おほあなむ》遅神《ぢのかみ》と八十神《やそがみ》

1　大穴牟《おほあなむ》遅神《ぢのかみ》の「穴」と「袋」

須佐之男命が隠遁し、櫛名田比売《くしなだひめ》との間に生まれた神々の六世の孫として「大国主神《おほくにぬしのかみ》」が生まれる。またの名として「大穴牟遅神《おほあなむぢのかみ》」「葦原色許男神《あしはらしこをのかみ》」「八千矛神《やちほこのかみ》」「宇都志国玉神《うつしくにたまのかみ》」といい、合せて五つの名がある、と記されている。

この大国主神の兄弟に、「八十神《やそがみ》」がいた。彼らは、「皆、国を大国主神にゆだねた」と最初に書かれてある。「ゆだねる」というのを「ゆずった」と考えていいのかは異論があるところだが、ここでは「ゆずった」としておく。後に大国主神が出雲の国を建御雷神《たけみかづちのかみ》に「ゆずる」話が語られるが、その「ゆずる話」の前座として、八十神の国が、大国主にゆずられる話が設定されていると考えるからである。なぜそうなったのか、その理由として、以下の「いなばのしろうさぎ」のような有名な話が語られる。

故《かれ》、此の大国主神の兄弟《はらから》は、八十神《やそかみ》坐《いま》しき。然《しか》れども、皆《みな》、国をば大国主神に避《さ》りき。避《さ》りし所以《ゆゑ》は、其《そ》の八十神、各《おのおの》稲羽《いなば》の八上比売《やかみひめ》に婚《あ》はむと欲《おも》ふ心有りて、共に稲羽に行きし時に、大穴牟遅神《おほあなむぢのかみ》に袋《ふくろ》を負《おほ》せて、従者《ともびと》と為《し》て、率《ゐ》て往《ゆ》きき。是《ここ》に、気多之前《けたのさき》に到りし時に、裸《あかはだ》の菟《うさぎ》、伏せりき。爾《しか》くして、八十神、其の菟《うさぎ》に謂《い》ひて云《い》ひしく、「汝《なむち》が為《せ》まくは、此の海塩《うしほ》を浴《あ》み、風の吹くに当りて、高き山の尾上《をのへ》に伏せれ」といひき。故《かれ》、其の菟、八十神の教《をしへ》に従ひて、伏せりき。爾《しか》くして、其《そ》の塩《しほ》の乾《かわ》く随《まにま》に、其の身《み》の皮《かは》、悉《ことごと》く風に吹《ふ》き析《さ》かえき。故《かれ》、痛み苦しび泣《な》き伏《ふ》せれば、最《もと》も後《のち》に来し大穴牟遅神《おほあなむぢのかみ》、其の菟《うさぎ》を見て言ひしく、「何《なに》の由《ゆゑ》にか汝《なむち》が泣き伏せる」といひき。菟《うさぎ》が答へて言ひしく、「僕《やつかれ》、淤岐島《おきのしま》に在《あ》りて、此地《ここ》に度《わた》らむと欲《おも》ひしかども、度《わた》らむ因無《よしな》かりき。故《かれ》、海のわにを欺《あざむ》きて言ひしく、『吾《あれ》と汝《なむち》と、競《くら》べて、族《うがら》の多さ少なさを計らむと欲《おも》ふ。故《かれ》、汝《なむち》は、其の族《うがら》の在《あ》りの随《まにま》に、悉《ことごと》く率《ゐ》て来《き》て、此《こ》の島より気多《けた》の前《さき》に至るまで、皆列《な》み伏《ふ》し度《わた》れ。爾《しか》くして、吾《あれ》、其の上《うへ》を蹈《ふ》み、走りつつ読み度《わた》らむ。是《ここ》に、吾《あ》が族《うがら》と孰《いづ》れか多《おほ》きを知らむ』といひき。如此《かく》言ひしかば、欺《あざむ》かえて列《な》み伏す時に、吾《あれ》、其の上《うへ》を蹈《ふ》み、読み度《わた》り来て、今地《つち》に下りむとする時に、吾《あ》が云はく、『汝《なむち》は、我《あれ》に欺《あざむ》かえぬ』と言ひ竟《をは》るに、即《すなわ》ち最《もと》も端《はし》に伏せりしわに、我《あれ》を捕《とら》へて、悉く我《あ》が衣服《ころも》を剝《は》ぎき。此《これ》に因《よ》りて泣き患《うれ》へしかば、先《ま》づ行きし八十神《やそがみ》の命《みこともち》以て、誨《をし》へて告《の》らししく、『海塩《うしほ》を浴《あ》み、風に当りて伏せれ』とのらしき。故《かれ》、教《をしへ》の如《ごと》く為《せ》しかば、我が身、悉く傷《やぶ》れぬ」といひき。

概略はこうである。八十神たちは、稲羽《いなば》の八上比売《やかみひめ》と結婚したいと考えて、稲羽に行った。その時に、大穴牟遅神《おほあなむぢのかみ》に袋を背負わせて、従者として連れて行った。すると、気多《けた》の岬に着いた時に、赤裸の兎が倒れていた。八十神たちは兎に、「海水を浴び、風に当って、高い山の頂に横たわっておれ」と言った。兎は、八十神の言うとおりに、山の頂に横たわっていた。すると、海水が乾いて、身体の皮が風に吹かれて裂けた。それで、痛くて泣いていたところ、最後にやって来た大穴牟遅神がその兎を見て、「お前はどうして泣いているのか」と言った。兎が答えて言うには、「私は隠岐島《おきのしま》にいて、ここへ渡ろうと思ったが、渡る方法がなかった。それで、わにに、『私とわにをくらべて、一族の多い少ないを数えたい。だから、わにの一族を連れて来て、この島から気多の岬まで、並ばせてほしい。そうしたら、私がその上を踏ねながら、数えて渡ろう。そうすれば、私の一族とどちらが多いかわかるだろう』と言った。そうすると、わにたちが並び伏したので、私はその上を踏んで、渡って来て、地面に降りようとする時に、私は、『お前たちは私にだまされたのだ』と言ってしまったので、いちばん端に伏せていたわにが私を捕まえて、私の着物をすべて剝いでしまった。このため泣いて困っていたところ、八十神たちが通りかかり、私に『海水を浴びて風に当って横たわっていよ』と言ったので、そのとおりにしたところ、こんなふうに身体中傷ついたのです」と話をした。そこで、大穴牟遅神が、その兎に「河口に行き、真水で身体を洗って、蒲《がま》の穂を敷きつめてその上に横たわっていたらいい」といって、そのとおりにしていたら、兎の身体は元通りになった。これが稲羽の素兎《しろうさぎ》である。今は兎神という。

これが有名な「いなばのしろうさぎ」の話である。この話がどういう意図で、古事記のこんなところに持ち込まれているのか、その理解は従来から分かれている。動物の背中を飛びながら川を渡る話などは、東南アジアにもあるので、それを古事記が取り込んだのだという見解は戦前からある。そうかもしれないが、だからといって、なぜ海外の話をそこまでして古事記に載せたのか、それで説明が出来るわけではない。

この話はイメージとしても面白いので、子ども向きの絵本や教科書に取り上げられてきた。それだけに、わかりやすい話のように思われてきているが、決してわかりやすい話であるわけではない。わかりやすさで言えば、この話を、「大国主が皮の剝がれた兎を治癒してあげた話」としてわかりやすく紹介する論がある。そういうことが目的なら、わざわざ「わにを騙して渡る」話など書かなくても、たぬきを欺して、その結果皮を剝がれて泣いていたのです、とするだけでもよかったはずである。でも、そういうふうにしないで、わざわざ「海を渡るうさぎ」の話を描いているわけで、それだけを見ても、この話が、動物を治療する医療の神様を描いているような物語ではないことが見えてくる。そういう意味では、この話は予想以上にわかりにくく複雑に書かれているのである。そのわかりにくいところを、もう少し挙げてみる。

まず大国主が「大穴牟遅神」という「穴」のつく神名で登場する設定になっているところである。その神に八十神という兄弟神がいて、大穴牟遅神に「袋」を担がせている。須佐之男命が生んだ子どもや孫に八十神の神名はないので、彼らが兄弟という設定がまず不自然であるが、細かいことは横に置いて、そんな八十神たちが、八上比売と結婚するために出発したというのである。

しかし、そんなたくさんの兄弟の神々が一人の姫に求婚するのなら、最後は兄弟同士で大ゲンカや争いが起こるのではないか、という疑問も出るだろうが、そんな疑問も、そっちのけで、とにかく八上比売に会いに八十神たちが出発する。その一番最後に、大穴牟遅神が「袋」を担いでついてゆくという構図が描かれる。親切な解説書には、この「袋」には本来兄たちが持つべき荷物が入っており、それを全部弟が持たされているのだ、と書かれているのがある。馬鹿げた解説である。

そもそも大穴牟遅神という神名に「穴」がついていることと、彼が「袋」を担いでいることとは、相関しているのである。「穴」と「袋」の形状の相似性を考えてみればすぐにわかるはずである。その「子宮」にも似た「穴」と「袋」の相似性には、何かしら根源的に大事なものが秘められていて、それをこの神が本来的に持っているのだと、まずは理解されるべきなのである。

2　いなばのしろうさぎ

ところで、話を「いなばのしろうさぎ」に戻してまず考えてみる。ここにもわかりにくい設定がなされている。そもそも、なぜ「菟《うさぎ》」（以後「兎」と表記する）が、「おきの島」から渡ってくるのかわからないし、渡り方も、なぜわざわざ「和邇《わに》」を欺して渡るのかわからない。本当に「おきの島」にいて、こちらに「渡り」たいだけなら、「和邇」に対して、そういう「渡り」をしたい話を正直に話をすれば送ってくれただろう。というのも、「和邇」の数を数えるという提案に、和邇は何の抵抗もなく従っているのだから、海を渡らせて欲しいというお願いだって、正直に言えば丁寧に渡らせてくれたはずだと、まずは考えることができるからである。しかし、そういうふうに正直にお願いをしないで、わざわざ「和邇」を欺して渡る方法を兎は選んでいるのである。ということは、そもそもこの物語の狙いは、海を渡ることそのことに置かれていたわけではないということなのである。もっと違うところに、物語の狙いが置かれていたということなのである。その狙いとは何なのか。

物語のハイライトはいくつもある。兎が「和邇」の上をぴょんぴょんと跳んでくる場面と、最後に欺されたことがわかり、「被服」を剝がれる場面と、その結果泣いている兎に、八十神と大穴牟遅神がそれぞれに反対の処置を指示する場面などである。兎の渡りのことを考えると、「おきの島」の設定は、海の向こうが意識されていると考える必要があるだろう。オロチが「越のをろち」として海の向こうからやってきた可能性があったように、である。そして「海の向こう」からやってくる神々には「耳」がインデックスとしてつけられているとしたら、ここで「耳」が特徴の兎が選ばれているのは、偶然ではないように思われる。

兎には「と／兎」と呼ぶ側面があり「と」には「と／渡」に通じる面があり、そもそも「と／兎」は「渡る」ように設定される側面があったのであろう。その「と／兎」が「素兎」と呼ばれていた。一般に解説されるような「白兎」という表記ではなかった。「素」は「そ」とも「す」とも呼ばれていて、スサノオの「す」にも関係している言葉である。古事記ではスサノオは「須佐之男命」であるが、日本書紀では「素戔嗚尊」と表記され「素」が付いている。ここでの「兎」は、何かしらの「スサノオ」のイメージを内包しているところが見られるのである。ではその「素」とは何か。すでに見てきたように、この「す／素」には特別な「す／砂」のイメージが連動している。その「素と名づけられた兎」が、「オキノシマ」つまりそれは朝鮮や大陸のような遠くか、「船」を乗り継いで「イナバ」にやってくる何者かのイメージに重なるところがある。「船」は、当時の日本海を行き来していた豪族「ワニ氏」のイメージを重ねているのだと思われるのだが、ともかく海を渡って「素兎」がやってくるのである。この「オキノシマ」の「オキ」を「奥」や「燠・熾」と考えることもできるが、火の起こる「おき（燠・熾）」から砂鉄を含む「素兎」がやってきたと考えても、そんなに間違っているイメージではないだろう。そこで大事なことは、「わに」の存在である。絵本でしばしば描かれるような、兎に欺される馬鹿な「わに」と考えてはいけない。「わに」がいなければ「素兎」は渡れないわけで、「わに／和邇」の存在を軽視してはいけない。タタラ製鉄では「船」と呼ばれる溶解した鉄の入った容器を通過して「鰐口《わにぐち》」と呼ばれる風の送り口から風が吹き込まれ、「真砂」は「赤く」なる。そういう意味では「素兎」も、「鰐口」のあとで「赤い兎」になっている。

こうしてみると、海を渡ってきた「素兎」は、何らかの形の「外来の鉄材」のイメージを含んでいることがわかる。なぜそう考えるのかは、この兎が鉄のイメージを内包する大穴牟遅神の何らかの力になるようにやってきたと考えるのが最も自然だからである。とするなら鉄の神の力になるものは、鉄の神である必要がある。そうなると、この外来の鉄材としての兎は、この国に入る前に、既成の鉄材の外側＝衣服を剥がされ、赤肌にされる必要があった。それが「わに」を欺した仕返しの場面である。鉄材の輸入の難しさが、ここで語られていると考えてもいいだろう。

そうした「赤肌の鉄材」が「泣く」というのであるから、なんらかの金属の音を鳴らしていたのだろうと考えることができる。その「赤肌の鉄材」を見て、八十神たちは、「海水を浴び、風の吹くのに当って、高い山の頂に横たわっておれ」と言った。八十神は、「山の上」に行くようにいったのである。これは単なる意地悪をするためではない。八十神の持つ山の神の性質が「赤肌の兎」を「山」に誘っていたのである。風の吹くところを重視するのは鍛冶師たちの特質である。だから山の吹く風に当たれば、赤肌はさらに赤くなるだろうと八十神は考えた。もしもこの場面をタタラ場に置き換えると、赤肌の砂＝砂鉄に、山の風を当てる場面が想定できる。古代の鍛冶（野鍛冶と呼ばれる）は、自然の風を頼りにしていたので、できるだけ山の斜面の風の起こる場所を野鍛冶の場に選んでいた。しかし、それは自然の風任せで、そんな原始的な鍛冶のやり方では、せっかくの海の向こうからやってきた「外来の鉄材としての兎」を有効な力に「修理固め」できるわけではなかった。兎は「身の皮、悉《ことごと》く風に吹き析《さ》かえき」となり、その中途半端な鍛冶の技術に、弱り果てていたのである。

そこに大穴牟遲神が現れ、「河口に行き、真水で身体を洗って、蒲の穂を敷きつめてその上に横たわったらいい」といった。彼は「山の頂き」ではなく「水門《みなと》」へ行けと行ったのである。そしてそこに「蒲の穂」のあることを指摘した。八十神は「海塩」をすすめ、大穴牟遅神は「水」でもって洗うように言ったのだが、この「海塩」と「水」の区別は、鍛冶の技術の違いとみるべきであろう。（「塩をこをろこをろに画《か》き鳴《なら》して」国づくりをした伊耶那岐命・伊耶那美命の件を想起してもらってもいいだろう。）

こういうふうに見てみれば、山の神としての八十神が、「赤肌の兎」をさらに山の上に誘うのは、そんなにおかしなことをしているわけではないことがわかるし、大穴牟遅神が、河口の水に誘うのもわかるというものである。この「河口」が、わざわざ「水戸」という「戸」のつく表記で書かれているところにも注意すべきである。ただここで蒲の穂を求めるように言ったので、このことが物語の幅を広げてきた経過がある。どうしてそういうことがこの物語に組み込まれてきたのだろうか。従来の解釈では、蒲の穂には薬の役割があるので、大穴牟遅神が治療神として、ここで病を治したのだということが定番の解釈にもなってきている。もちろん、そういう解釈のできることに異論があるわけではないが、そういう側面だけを強調すれば、八十神のしたことは、反治療的な、相当ひどいことをしたというふうに考えざるを得なくなる。しかし、そんなひどいことをしているのかというと、そうではないのだというところは見てきたとおりである。

そこから別の解釈のことも考える必要が出てくる。というのも「蒲」のことはもっと違ったふうに考えることもできるからである。そこの場面は次のように書かれている。

是《こ》に、大穴牟遅神《おほあなむぢのかみ》、其《そ》の菟《うさぎ》に教《をし》へて告《の》らししく「今急《すむ》やけく此《こ》の水門《みなと》に往《ゆ》き、水《みづ》を以《もち》て汝《なむち》が身を洗《あら》ひて、即《すなは》ち其《そ》の水門《みなと》の蒲黄《かまのはな》を取り、敷《し》き散《ちら》して其の上《うへ》に輾転《こいまろ》ばば、汝《なむち》が身、本《もと》の膚《はだ》の如《ごと》く必《かなら》ず差《い》えむ」とのらしき。故《かれ》、教《をしへ》の如く為《せ》しに、其の身、本《もと》の如し。此《これ》、稲羽《いなば》の素菟《しろうさぎ》ぞ。今《いま》には菟神《うさぎかみ》と謂《い》ふ。故《かれ》、其の菟、大穴牟遅神に白《まを》ししく、「此の八十神《やそがみ》は、必ず八上比売《やかみひめ》を得じ。袋《ふくろ》を負《お》へども、汝《な》が命《みこと》、獲《え》む」とまをしき。

ここで「輾転＝転がる」という表記があるので、兎は蒲の花を敷き詰めた上で、ころんころんと転がって赤肌を治したのだと想像してしまう。物語としてはそれでいいと思うのだが、ここで用いられる「転がる」という表記は、次の赤猪のやってくる場面でも使われるので記憶にとめておくべきである。このことを考慮すると、ここでの「蒲黄《かまのはな》」というのは、溶炉を「かま／竈・釜」と見立てた「かま／蒲」であって、そこでの「黄／花」は当然そこでの「火」をイメージするわけだから、その「かまのひ／蒲黄」の上を「転がる」ことで、さらに優れた鉄が生まれるイメージを作り出していたと読み取ることも可能なのである。

こうして、この「いなばの兎」の物語は、海の向こうからやってくる「鉄／兎」に対して、八十神と大穴牟遅神が二つの異なる鍛冶の対応をしている話として読むこともできる。こうした理解に、もう少しの手がかりを与えてくれるのは、ここでの話が「いなば」へ向かう話としてあることを考えるところにある。「いなば」は「稲羽」と表記されているが、その「稲羽」の「稲」は「稲妻」の「稲」であり、「雷神」の関わるイメージを持っている。「稲場」とはそういう意味では、雷神の場、つまりタタラに関わるようなイメージを含んでいる、と考えることができる。

そこから、はじめに述べたこと、つまり大穴牟遅神に「穴」と「袋」のイメージがあることについて、再度考えてみなければならなくなる。「穴」についてはすでに、西宮一民が以下のように説明していた。

「穴」には「鉄穴《かんな》」（「金穴《かなあな》」の約）の意味がある。（略）地名の「賀名生《あのう》」（奈良県吉野郡西吉野村）などの「穴」は砂鉄を採る鉄穴《かんな》のことである。「穴ほ」は鉄穴の秀でた所、またそこから採れた秀でた鉄を意味し、「穴生《あなふ》」は砂鉄の産地を意味する。この「穴《あな》」が鉄であることを証するのに適切な例がある。（略）「銅」に対する「鉄」が「穴」の意味であった。「穴穂」は「鉄穴《かんな》」から採れる秀でたものの意で、砂鉄をさすのであった。「穴師《あなし》」は砂鉄採掘の技術者の意である。「穴太部《あなほべ》」もその職業団体の名である。「大穴牟遅」は、「偉大な、鉱穴の貴人」で、結局「鉄」を貴人と見立てた尊称である。（『新潮日本古典集成　古事記』西宮一民校注）

大穴牟遅神の担いでいた「袋」も、この「穴」の相同形でありバリエーションである。ただ「袋」には「子宮」のイメージも複合されるので、大穴牟遅神が「袋」を持つというのは、そこに「鉄を生む子宮」を持っていることを示していると考えることができるのである。

3　八十神《やそがみ》の追跡

是《ここ》に、八上比売、八十神に答へて言ひしく、「吾《あれ》は、汝等《いましたち》の言《こと》を聞かじ。大穴牟遅神《おほあなむぢのかみ》に嫁《あ》はむ」といひき。故爾《かれしく》して、八十神、忿《いか》りて大穴牟遅神を殺《ころ》さむと欲《おも》ひ、共に議《はか》りて、伯岐国《ははきのくに》の手間《てま》の山本《やまもと》に至りて云はく、「赤き猪《ゐ》、此の山に在《あ》り。故《かれ》、われ、共《とも》に追ひ下《くだ》らば、汝《なむち》、待ち取れ。若《も》し待ち取らずは、必ず汝を殺さむ」と、云ひて、火を以《もち》て猪に似たる大き石《いし》を焼《や》きて、転《まろ》ばし落《おと》しき。爾《しか》くして、追ひ下《くだ》り、取る時に、即《すなわ》ち其の石《いし》に焼《や》き著《つ》けらえて死にき。爾《しか》くして、其の御祖《みおや》の命《みこと》、哭《な》き患《うれ》へて、天《あま》に参《ま》ゐ上《のぼ》り神産巣日之命《かむむすひのみこと》に請《まを》しし時に、乃《すなは》ち𧏛貝比《きさかひ》売《め》と蛤貝比《うむかひ》売《め》とを遣《つかは》して、作《つく》り活《い》けしめき。爾《しか》くして、𧏛貝比売きさげ集めて、蛤貝比売待《ま》ち承《う》けて、母《はは》の乳《ち》汁を塗《ぬ》りしかば、麗《うるは》しき壮夫《をとこ》と成《な》りて、出《い》で遊《あそ》び行《ある》きき。

結局八上比売《やかみひめ》は大穴牟遅神と結婚したので、八十神たちは彼を殺そうと企むことになる。そこで伯岐国《ほうきのくに》の手間《てま》の山のふもとに着いた時、大穴牟遅神に「赤い猪がこの山にいて、われわれが一緒に追いかけて下りるから、お前が待ち受けて捕まえよ。そうしないとお前を殺すぞ」と言って、実際には猪に似た焼けた大石を転がし落とした。そうして、大穴牟遅神がそれを捕まえたところ、たちまち焼けて死んでしまった。すると、彼の母が泣いて、神産巣日之命《かむむすひのみこと》に願い出たので、𧏛貝比《きさかひ》売《め》と蛤貝比売《うむかひひめ》とを遣わして、彼を作り生かすようにさせた。蚶貝比売が石に張り付いた大穴牟遅神の身体をこそげ集め、蛤貝比売が待っていて受け取り、母親の乳を塗ったところ、立派な青年になって、歩いた。

表向きは、こういう展開の物語である。普通に読めばなんと間抜けな大穴牟遅神だろうと思うのではないか。赤い猪と真っ赤に焼けた石くらい区別が付きそうに思うからだ。しかし、大穴牟遅神は焼けてしまった。表向きの筋では、そこで「母親」が泣いて、貝の女神の派遣をお願いし、母の乳を塗って蘇らせたということになっている。美しい母子愛ということになるだろうか。ここでの「なく」というのも、「泣く」ではなく「哭く」という金属の哭きの表記になっていることに注目すべきである。しかし、この間抜けな息子を、母性愛いっぱいの治療をほどこして、蘇らせて、それで天下の大国主になりましたというストーリーをもし作ったのだとしたら、古事記の編者は、相当愚かな話を作ったということになるだろう。本当の話はもっと別なところにあるのではないか。

事実この「母」は神産巣日之命《かむむすひのみこと》に願い出ている。この神ははじめに見てきたように、民間信仰の中で「火の神」の性質を持っていた。この「火の神」にわざわざお願いに行くということは、今起こっている事態に対して「火の神」としての対処を求めに行ったということである。そうすると、この神は、蚶貝比売《きさかひひめ》と蛤貝比売《うむかひひめ》とを遣わして、彼を「作り生かす」ようにさせた、というのである。ということは、この二柱の神も、どこかで「火の神」の性質を持っているのでなければならないだろう。もしも、母が「火の神」にお願いに行き、実際に「火の神」に関わる神を息子の処に派遣して貰ったとするなら、考えられることはただ一つである。それは焼かれて死んだ息子を、もう一度「火の神」にゆだねて、たたき直すことである。訓読文では、このたたき直しをわざわざ「作り活けしめき」と表現し、蘇らせたとは書いていないのである。つまり大穴牟遅神の再生は、単なる蘇りの過程としてではなく、一度使った鉄器具を再度火に入れて、練り直すような、そんな「修理固め」の鍛冶の過程が再現されているように書かれているのである。ある意味での、「焼きを入れる」過程が再現されているかのように、である。

しかし、そういうことを言えば、一体どうしてそんなことが言えるのか。母の乳を塗るというような母性愛いっぱいの描写が、なんでそんな鉄の焼き入れのように読めるのだといわれるかもしれない。が、ここでも勝手なことを書いているわけではない。大事なことは、そもそも神産《かむむ》巣《す》日之命《ひのみこと》に派遣された二柱の神はどういう神かということから考えなくてはならないだろう。

西宮一民も『新潮日本古典集成　古事記』の中で、「蚶貝比売《きさかひひめ》」と「蛤貝比売《うむかひひめ》」は共に『風土記』の出雲嶋根郡加賀郷に出てくる「支佐加比売《きさがひめ》」と「宇武加比売《うむがひめ》」から来ていることを指摘している。珍しい神名なので、そこにしか出自は見いだせないのである。ではそこでは、この二柱の神はどのように描かれているかというと、次のようにである。

加賀《かか》の郷《さと》。郡家《こほりのみやけ》の北西《きたにし》廿四里《さと》一百六十歩《あし》なり。佐太《さだ》の大神《おほかみ》、生《あ》れましし なり。御祖《みおや》の神魂《かむむすび》の命《みこと》の御子《みこ》、支佐加比売《きさかひめ》の命《みこと》、「闇《くら》き岩屋《いはや》なるかも」と詔《の》りたまひて、金弓《かなゆみ》以《も》て射給《いたま》ふ時《とき》に、光《ひかり》加加《かか》明《や》きぬ。故《か》れ、加加《かか》と云《い》ふ。

法吉《ほほき》の郷《さと》。郡家《こほりのみやけ》の正西《まにし》一十四里《さと》二百卅歩《あし》なり。神魂《かむむすび》の命《みこと》の御子《みこ》、宇武賀比売《うむかひめ》の命《みこと》、法吉鳥《ほほきどり》と化《な》りて飛《と》び度《わた》り、此処《ここ》に静《しづ》まり坐《ま》しき。故《か》れ、法吉《ほほき》と云《い》ふ。

『風土記』小学館　一九九七

一読してわかることは、加賀という火にかかわる地名（オロチの目は赤加賀智《あかかがち》のごとくと書かれていた）、佐田という砂鉄にかかわる地名の中にある暗い洞窟を、黄金の弓（鉄の弓）で穴を開け、それから光り輝いたという神が支佐加比売命《きさかひめのみこと》だというのである。まさに、洞穴で鉄の輝きを手に入れる「火の神」として描かれている。

宇武加比売《うむかひめ》の命は、ひたすら法吉《ほほき》にこだわった説明の中に現れている。法吉鳥《ほほきどり》は一般的にはウグイスのことだとされているのであるが、そうだというだけでは何のことかわからない。「ほほき」と呼ばれる「ほほ」はのちに「穂々手見命《ほほでみのみこと》」などといわれる「ほほ／火火」とも重なり、それは「ほおり／火遠理」の別名でもあったことを思うと、この神も「火の神」としてあったことは十分に考えられるであろう。そしてここでの「うむ」という神名に「宇武」という武器の表記が与えられていることにも注意を払う必要があるだろう。そういう意味において二神は共に武器＝鉄にかかわるイメージをもたされているのである。

こうして見てみると、古事記のこの場面は、間抜けな大穴牟遅神が母の乳を塗ってもらって、このこと蘇ったというような話ではなく、大穴牟遅神は、まず赤く焼けた石を受け止め、そして溶解し、冷えて（死んで）、再び火にかけられ、焼き直しされ、鍛え上げられて、その結果、「麗しき男」となって出て行くことができるようになった、という展開の話として読めるようになっているのである。

これで大穴牟遅神の試練＝修理固めは終わるのかというとそうではない。この後も八十神の策略と迫害は続く。それは次のようにである。

是《ここ》に、八十神《やそがみ》見て、且《また》、欺《あざむ》きて山に率《ゐ》て入《い》りて、大《おほ》き樹《き》を切り伏《ふ》せ、矢《や》を茹《は》めて其《そ》の木に打ち立て、其の中《なか》に入らしめて、即《すなは》ち其の氷目矢《ひめや》を打ち離《はな》ちて、拷《う》ち殺しき。爾《しか》くして、亦《また》、其の御祖《みおや》の命、哭《な》きつつ求めしかば、見ること得《え》て、即ち其の木を析《さ》きて取り出だして活《い》け、其《そ》の子に告《つ》げて言はく、「汝《なむち》は、此間《ここ》に有《あ》らば、遂《つひ》に八十神《やそがみ》の滅《ほろぼ》す所《ところ》と為《な》らむ」といひて、乃《すなわ》ち木《きの》国《くに》の大屋毘古神《おほやびこのかみ》の御所《みもと》に違《たが》へ遣《や》りき。爾《しか》くして、八十神覓《もと》め追ひ臻《いた》りて、矢刺《やさ》して乞《こ》ふ時に、木《き》の俣《また》より漏《く》け逃《にが》して云《い》ひしく、「須佐能男命《すさのをのみこと》の坐《いま》せる根堅州《ねのかたす》国《くに》に参《ま》ゐ向《むか》ふべし。必ず其の大神《おほかみ》、議《はか》らむ」といひき。

八十神たちは、再び大穴牟遅神をだまして山に連れてゆき、大樹を切り倒し、その木にくさびを打ち込み、その割れ目に大穴牟遅神を入らせると、そのくさびを抜いて、挟み殺してしまった。

するとまた御母の命が泣きながら大穴牟遅神の所へやってきて、その樹を裂いて取り出して生き返らせた、という展開である（ちなみに言えば、ここでの「なく」も、「泣く」ではなく「哭く」と表記されている）。

この話もふがいない話で、やすやすと八十神の策略に乗って死んでしまうところや、またまた母親に助けてもらったようにみえる話は興ざめである。しかし、表向きの話とは違って、ここでの話も、これまで鍛えて出来た鉄の実践的な試しの話ではないかと思われるのである。というのも鉄は、大木の割れ目に打ち込まれて、さまざまな木の加工に活かされなくてはならない。しかし木にはさまれたまま死んでしまったというのは、まだ鉄の強度が足りなかったということなのだろう。ここでの「木の割れ目」に大穴牟遅神を入れるというのは、女性の性器に男根を挟み込むというイメージともちろん重ねられている。しかし、男根に「強度」や「固さ」がないと、役目を果たせない。ここでの「鉄」はまだ実践には弱いものだったのである。まだ鉄としての大穴牟遅神の試練が必要なのだ。

こうして母は八十神からさらに大穴牟遅神を逃がして、「根之堅州国《ねのかたすくに》」へ行くように仕向ける。仲介として母は紀国大屋毘古神《きのくにおほやびこのかみ》に頼むのであるが、さらに鉄を作るに大量の木（炭）が必要だからであろうか。そうして須佐之男命のところにたどり着く。「根《ね》」の国は「音《ね》」の国であるとすでに指摘したことも思い出してもらいたい。

二　「根《ね》之《の》堅州《かたす》国《くに》」の試練へ

1　須佐之男命と須勢理毘売《すせりびめ》

故《かれ》、詔命《みことのり》の随《まにま》に、須佐之男命の御所《みもと》に参《ま》ゐ到《いた》りしかば、其の女《むすめ》須勢理毘売《すせりびめ》出で見《み》て、目合為《めくはせし》て、相婚《あひあ》ひき。還《かへ》り入《い》りて、其の父に白《まを》して言ひしく、「甚麗《いとうるは》しき神、来《き》たり」といひき。爾《しか》くして、其の大神、出で見て告《の》らししく、「此《これ》は、葦原色許男命《あしはらしこをのみこと》と謂《い》ふぞ」とのらして、即《すなわ》ち喚《め》し入れて、其の蛇《へみ》の室《むろ》に寝《い》ねしめき。是《ここ》に、其の妻《め》須勢理毘売命、蛇《へみ》のひれを以《もち》て其の夫《を》に授《さづ》けて云ひしく、「其の蛇咋《く》はむとせば、此のひれを以《もち》て三たび挙《ふ》りて打ち撥《はら》へ」といひき。故《かれ》、教《をしへ》の如《ごと》くせしかば、蛇、自《おのづか》ら静まりき。故《かれ》、平《たひ》らけく寝《い》ねて出でき。亦《また》、来《こ》し日の夜《よ》は、呉公《むかで》と蜂《はち》との室《むろ》に入れき。亦《また》、呉公と蜂とのひれを授《さづ》けて教《をし》ふること、先《さき》の如《ごと》し。故《かれ》、平《たひ》らけく出《い》でき。

「根之堅州国」に着いた時、須佐之男命の娘の、須勢理毘売《すせりびめ》が出てきて大穴牟遅神を見て、一目で好きになり結婚してしまう。そして、父に「いと麗しき神が来られた」というと、父は「これは葦原色許男命《あしはらしこをのみこと》という者だ」という。少しちぐはぐなやりとりに見える。娘は「いと麗しき神」というのに、父は「葦原色許男命《あしはらしこをのみこと》」というからである。娘が「いと麗しき神」というのは、先に、焼けた石に焼かれて大穴牟遅神が死んだ後、「麗しき男」になって出歩いたと語られていたのを受けてのことである。しかし、その男を見て須佐之男命が「葦原色許男命《あしはらしこをのみこと》」というのは、決して娘に意地悪をするためではない。須佐之男命から見たら、この時の大穴牟遅神は、まだまだ十分な鉄の神には見えなかったからである。事実、大樹にはさまれて耐えるほどの強度はなかったのだかが。それを克服するために、須佐之男命の元に来たのであるから、「麗しき男」であるはずがないのである。

そこでさっそく須佐之男命は葦原色許男命を試すことになる。まず「蛇のむろ室」に寝させた。このときは須勢理毘売命が、特別な「領巾《ひれ》」を夫に授けて、それを振らせて蛇を静めた。次に須佐之男命は「百足《むかで》と蜂の室」に入れた。これも同じように、須勢理毘売が特別な「領巾」を授けて、難を逃れさせた。ここには、困ったときにはいつも女性に助けてもらう、頼りない男の姿が描かれているようにみえる。しかし常に女神の支えがなくては国作りは進まないことを描いているとしたら、そこは大事なことを描いていると見るべきであろう。

しかし、そういうふうに理解したとしても、なぜここで葦原色許男命が蛇や百足と蜂の室に入れられたのか、理解できるわけではない。なぜ須佐之男命はそんなことを命じたのか。

鉱山の用語に「百足穴《むかであな》」がある。鉱山を掘り進める時に、本道の穴の脇に、百足の足のように横に掘り進む洞穴のことである。そういう横穴のある鉱山が「百足穴」と呼ばれたりしてきた。この時、須佐之男命は、こういう鉱山を支配する神のような位置にいたのではないか。須佐之男命は、そういう意味での産鉄の神なのである。そういう、須佐之男命の支配下の鉱山に、大穴牟遅神は入れられ、須勢理毘売に助けられた。「ヘビ」も「ムカデ」も「ハチ」も、ここでは須佐之男命の支配下にある異形の産鉄場、あるいは産鉄族と考えておくのがいいと思われる。

ちなみにこの時、比売が大穴牟遅神を助けるために渡した「領巾《ひれ》」は何だったのだろうか。それは邪悪を祓う細長い布のことであるが、「ひれ」というのは「ひら／枚」「ひら／平」と同根であり、「黄泉平坂《よもつひらさか》」の「ひら／平」とも通じるものがあると白川静『字訓』は書いていた。つまり、それを振ることで、そこに境目＝坂ができるものであった。そういう境目を作る呪術的な力をもったものが「ひれ／領巾」なのである。つまり、異形の産鉄族と一線を引くことのできたのがこの「ひれ／領巾」だったのである。ちなみに、先回りして言えば、後の猿田彦のところで出てくる「比良夫貝《ひらぶかい》」の「ひら」にも、実はこの「ひら／平」の意味がある。

2　鳴鏑《かぶら》を取りに

亦《また》、鳴鏑《かぶら》を大《おほ》き野《の》の中《なか》に射入《いい》れて、其《そ》の矢《や》を採《と》らしめき。故、其《その》野《の》に入《い》りし時《とき》に、即《すなは》ち火を以《もち》て其の野を廻《めぐ》り焼《や》きき。是《ここ》に、出《い》でむ所を知らずありし間《あいだ》に、鼠《ねずみ》、来て云《い》ひしく、「内《うち》はほらほら、外《と》はすぶすぶ」と、如此《かく》言ひき。故《かれ》、其処《そこ》を蹈《ふ》みしかば、落ちて隠《こも》り入りし間《あひだ》に、火は焼《も》え過《す》ぎにき。爾《しか》くして、其の鼠《ねずみ》、其の鳴鏑《かぶら》を咋《く》ひ持ちて出《い》で来《き》て、奉《まつ》りき。其の矢の羽《は》は、其の鼠《ねずみ》の子等《こら》、皆《みな》喫《く》へり。

さらにこの後、須佐之男命は鳴鏑《かぶら》を野原に射込んで、その矢を大穴牟遲神に取りに行かせている。そして、野原に大穴牟遲神が入ると、そこに火をつけた。大穴牟遲神が逃げ道を失っていると、鼠が来て、「内はほらほら、外はすぶすぶ」と言ったので、そこを踏むと穴に落ちて、その中にいると火が上を燃えて通り過ぎ、助かったという。さらに、大穴牟遲神が探していた鳴鏑を鼠がくわえ持って出てきてくれたので、それを差し出して須佐之男命の試練は乗り越えることができた。ついでにいえば、矢の羽は、鼠の子たちが食べてしまっていた、という。

情景としては目に見えるように語られているので、そのまま受け取って、特別に何かを考える必要のない場面のように見える。しかし、この試練も奇妙な場面である。なぜこのような試練を大穴牟遲神に課す必要があったのかを考えようとすると、決してわかりやすいわけではないからだ。まず、須佐之男命が、「鳴―鏑」という「音」を鳴らす矢を野に放って、それを大穴牟遲神に探させることについて考えてみる。そもそも、音を鳴らして飛ぶ矢をわざわざ放つというのは、どういうことなのか。音が鳴る矢というのは、丸い蕪《かぶら》形の矢の中をくり抜いて作っているので、それが飛ぶと音が出るのである。須佐之男命はその本性からして「哭く神」であった。それはすでに見てきている通りである。ぽろぽろ涙を流して泣くというイメージではなく、金属を鳴らすという意味での「哭く」であった。そもそも「なく」には「泣・哭・鳴」の三つの表記があり、その「な」は「ね／根」と同根であるという重要な指摘を白川静は『字訓』でしていた。そういう意味を考えると、繰り返して言うことになるのだが、「根之堅州国」というのは「根の国」でありつつも同時に「音の国」でもあったのである。だから、この「ね／音・根」を鳴らす須佐之男命は、鉄であり、金属の神なのである。すでに指摘してきたように、須佐之男命の神名も古事記では「建速須佐之男命」であるが、日本書紀では「素戔嗚尊」という「嗚」の表記が入っていた。

大穴牟遅神の試練は、だからここではただ野に放たれた矢を取ってくる、というような試練ではなく、音の鳴る矢を取ってくるという試練なのである。しかし、それを取りに行くと、須佐之男に火を放たれることになる。そんな火に巻かれた大穴牟遅神は、鼠に助けられて、「内は富良々々《ほらほら》」と呼ばれる、まさに「ほら／洞」と呼ばれる奇妙な、特別な穴に入り助かる。この穴はどういう穴なのか。おそらく意味は「内」は「ほら／洞」と呼ばれる穴で、「鐸」のようなものである。

一般には、「鐸」というと古代の銅鐸のようなイメージでしかみないものだが、私は、この論考を通して、それは「鉄の子宮」なのだと一貫して考えてきていた。古代でも、銅鐸は地中に埋められて使われてきているのであるが、それは埋められて「種」のようにその内部から新たな「生命」を出現させてくれるものとして祭られてきたからである。

こうした特別な穴としての鉄の子宮の所在を教えたのは、「ね／根」ならぬ「ね／音」としての

「ね／鼠」だった。その「鼠《ね》」が「音《ね》」の出る鏑矢を探してきてくれた。そして大穴牟遲神は「穴＝鐸」から出て、「鳴る鏑矢＝小さな鐸」をもって須佐之男命の処に戻るのである。ご丁寧に、その時の鏑矢の羽は鼠の子が食べてしまっていたと古事記は書いている。きっとほとんどの読者はどうでも良いようなことを古事記は書いていると思われるかも知れないが、そういうことではない。意味のないことは古事記には書かれていないからである。ここで「鼠の子」と言っているのは「ね／鼠」と「ね／子」を重ねてあるのだ。その「子鼠」が鏑矢の羽を食べてしまったというのは、羽はどうでも良かったということなのである。大事なのは、音の出る鏑矢の形状の方であり、その中が空洞の鏑は、音の鳴る楽器・鐸の形のミニチュアになっていたからである。

繰り返していえば、古代の「鐸」の使い方は地中に埋めて使われてきた。鼠が見つけた「地面の穴」は、そういう意味では、ただの地面ではなく、「鐸」を埋めた穴であり、その場所を知っているのは特別なものでなくてはならない。根と音と鼠（子）が重ねられるようにして語られているのはそのためである。

ちなみにいえば、大穴牟遲神も「穴」のつく神であった。この「穴」は「袋」と共に「子宮」のイメージを内包していた。「生む」という根源の活動場所が「子宮」なのであるが、大穴牟遲神は「国」を生む大国主として再出発しなければならない。その国を生む「穴」に入り、再び出てくるという、疑似出産の姿をここで描いているわけであるが、それは生命の出産を真似ているにしても、実際には「国」を生むためには「鉄を生む」過程を手に入れなければ始まらなかったのである。

3　最後の試練――須佐之男命との別れ

是《ここ》に、其《そ》の妻《め》須《す》世《せ》理《り》毘《び》売《め》は、喪《も》の具《そなへ》を持ちて哭《な》き来るに、其の父の大神《おほかみ》は、已《すで》に死《し》に訖《をは》りぬと思ひて、其の野に出で立ちき。爾《しか》くして、其《そ》の矢を持ちて奉《まつ》りし時に、家に率《ゐ》て入りて、八《や》田《た》間《ま》の大室《おほむろ》に喚《め》し入《い》れて、其の頭《かしら》の虱《しらみ》を取らしめき。故爾《かれしか》くして、其の頭を見れば、呉公《むかで》、多《あま》た在《あ》り。是《ここ》に、其の妻《め》、むくの木《こ》の実《み》と赤《あか》き土《つち》とを取りて、其の夫《を》に授けき。故、其の木の実を咋《く》ひ破《やぶ》り赤《あか》き土《つち》を含《ふふ》み、唾《は》き出《いだ》ししかば、其の大神、呉公《むかで》を咋《く》ひ破り唾《は》き出《いだ》すと以為《おも》ひて、心に愛《うつく》しと思ひて、寝《い》ねき。爾《しか》くして、其の神の髪《かみ》を握《と》り、其の室《むろ》に椽《たりき》ごとに結《ゆ》ひ著《つ》けて、五百《いほ》引《びき》の石《いは》を其の室の戸に取り塞《ふさ》ぎ、其の妻《め》須世理毘売を負《お》ひて、即ち其の大神の生大刀《いくたち》と生弓矢《いくゆみや》と、其《そ》の天《あめ》の沼琴《ぬこと》を取り持ちて、逃げ出でし時に、其の天《あめ》の沼琴《ぬこと》、樹《き》に払《ふ》れて、地《つち》、動《とよ》み鳴りき。故《かれ》、其《そ》の寝《い》ねたる大神《おほかみ》、聞き驚きて、其の室《むろ》を引き仆《たふ》しき。然《しか》れども、椽《たりき》に結《ゆ》へる髪を解く間《あひだ》に、遠《とほ》く逃げき。

大穴牟遅神は死んだものと思っていたのに戻って来たので、比売は大喜び。しかし須佐之男命はまた難題を持ちかける。田ほどの広い室に呼び入れて、頭にいる百足《むかで》を取らせたのである。しかし、比売は機転を利かし、椋《むく》の木の実と赤土とを取って夫に与えて、それらを口に含み、かみ砕き、吐きだすように勧めたところ、それを見た大神は百足を噛み砕き吐き出しているものと思い、いとしいやつだと思って寝たという。大穴牟遅神はその間に、須佐之男命の髪を室の椽《たるき》に結びつけて、そして五百人かかって動かせるほどの巨大な岩でその室の入り口を塞ぎ、妻、須世理毘売を背負い、大神の生大刀《いくたち》と生弓矢《いくゆみや》と、天の沼琴《ぬこと》とを取って持って逃げ出したのである。するとその時、天の沼琴が樹に触れて、大地が揺れ鳴りわたった。それで、寝ていた須佐之男命がこれを聞き驚いて、その室を引き倒した。けれども、髪が椽に結びつけられているのでそれをほどいている間に、大穴牟遅神は遠くへ逃げた、と物語はなっている。

「百足」の話がまたここでも出てくる。「百足」を取るということが、古事記の編者には大事なのである。これは鉄を採掘する場の形状と関わることはすでに見てきたとおりである。ここで、赤い実や赤土をかみつぶして吐き出すという妙な行為が出てくるが、これも砂鉄を採掘するときの赤土を砕くようなイメージと重ねられているのであろう。天照御大神と須佐之男命が、「うけひ」の時に、互いの「物実《ものざね》」を口に含んでかみ砕き、神々を作ったという記述があり、そのことの意味は当該の場所で説明をしてきた。「口に含んで、かみ砕いて……」というのは、鍛冶場の光景の比喩になっているのである。こういう行為によって、大穴牟遅神が鉄の採掘者でもあることが須佐之男命に認められたのであろう。大穴牟遅神がそういう鍛冶場的なことができる男だと須佐之男命に認められたのである。しかし、欺してそんなことをしているので、逃げ出すことになる。その時に、須佐之男命の髪の毛を「椽《たるき》」に結びつけたと書かれている。なぜ柱にではなく椽なのか。

柱は垂直に立っているものだが、椽は横にわたされている木である。須佐之男命自身が音の出る金属なので、垂直の柱にくくりつけるのではなく、横に張られた椽にぶら下げるように結びつけるしかなかったからである。そこまでは、よかった。しかし、比売を背負い、生大刀《いくたち》と生弓矢《いくゆみや》と、天の沼琴《ぬこと》とを取って持って逃げ出したときにトラブルが起こった。天の沼琴が、樹に触れて、大地が揺れ鳴りわたったからである。何でまたこんな時に琴が鳴るのかとハラハラするような場面であるが、今まで何度も触れてきたように、須佐之男命は「鳴りものとしての鉄の神」「哭く神」の本性を持っていたので、彼の持物の「沼琴」も鳴るのである。こうして最後の最後になっても須佐之男命は、この「鳴り物」「哭く者」としての存在感を示すことを忘れなかったのである。

故爾《かれしか》くして、黄泉《よもつ》ひら坂《さか》に追ひ至りて、遥《はる》かに望《のぞ》みて、呼びて大穴牟遅神《おほあなむぢのかみ》に謂《い》ひて曰《い》ひしく、「其の、汝《なむち》が持てる生大刀《いくたち》・生弓矢《いくゆみや》以《もち》て、汝が庶兄弟《ままはらから》をば坂の御尾《みを》に追ひ伏せ、亦《また》、河の瀬に追ひ撥《はら》ひて、おれ、大国主神《おほくにぬしのかみ》と為《な》り、亦、宇都志国玉神《うつしくにたまのかみ》と為《な》りて、其の我《あ》が女《むすめ》須世理毘売《せりびめ》を適妻《むかひめ》と為《し》て、宇迦能山《うかのやま》の山本《やまもと》にして、底津石根《そこついはね》に宮柱《みやばしら》ふとしり、高天原《たかあまのはら》に氷椽《ひぎ》たかしりて居《を》れ。是《こ》の奴《やつこ》や」といひき。故《かれ》、其の大刀・弓を持ちて、其の八十神《やそがみ》を追ひ避《さ》りし時に、坂の御尾《みを》ごとに追ひ伏せ、河の瀬ごとに追ひ撥《はら》ひて、始《はじ》めて国を作りき。

故、其の八上比売《やかみひめ》は、先《さき》の期《ちぎり》の如《ごと》くみとあたはしつ。故、其の八上比売は、率《ゐ》て来つれども、其の適妻《むかひめ》須世理毘売を畏《かしこ》みて、其の生《う》める子をば木の俣《また》に刺し挟《はさ》みて返りき。故、其の子を名《な》づけて木《き》俣神《またのかみ》と云ふ、亦《また》の名は、御井神《みゐのかみ》と謂《い》ふ。

しかし、それで須佐之男命とはお別れである。須佐之男命が持っていた「力」を大穴牟遅神は手に入れたのである。それでも須佐之男命は追いかけてくる。そして、大岩で塞がれた黄泉ひら坂から大穴牟遅神に「お前が持っているその生大刀・生弓矢で、八十神を追い払い、お前は大国主神《おほくにぬしのかみ》となり、また宇都志国玉神《うつしくにたまのかみ》となって、須世理毘売を正妻として、宇迦《うか》の山のふもとで、大磐石の上に宮柱を太く立てて住め。こいつめ」と言ったのである。

この場面は、多くの人が感じるように、黄泉国から逃げ帰る伊耶那岐命の情景に似ている。しかし片や、死者の国から逃げる場面であり、片や、嫁の親から逃げる場面なので、似ているように見えるのは、表面的なものだとみなされ、その類似性はほとんど考察されてこなかったのである。しかし、私はすでに「黄泉国」は死者の国なのではなく、異族の鍛冶場を象徴する場所であることを指摘してきた。もし「黄泉国」と「根之堅州国」が似ている感じを読み手に持たせているとしたら、この「根之堅州国」もまた異族の鍛冶場のイメージを内包させていると考えなくてはならないはずである。そして実際には見てきたように、「根之堅州国」で繰り広げられたさまざまな物語の数々は、それが鍛冶場のイメージ抜きには理解し得ないものばかりであった。そのことを考え合わせると、「黄泉国」と「根之堅州国」は相似なものだと考えることは決して不当なものではないのである。

三　八千矛神《やちほこのかみ》の歌

この後、不思議な歌謡が挿入されている。八千矛神の神が「越《こし》」の沼河比売《ぬなかはひめ》と結婚しようとやってきた時の歌である。ここでいきなり説明もなく、八千矛神の神が登場する。もちろん、すでに八千矛神は大穴牟遅神の別名であることは書かれてはいたが、それにしても唐突にここで歌謡が入ってくる。物語とは別なところで歌われていた古代の歌謡が、ここで手を加えられて挿入されたのであろうというのが大方の研究者の見解である。私もそうだと思うが、それだけでは、なぜそのような古代歌謡がここに挿入されているのかの理解には至らない。

歌謡の展開の訓読は次のようになっている。

此《こ》の八千矛神《やちほこのかみ》、高志国《こしのくに》の沼河比売《ぬなかはひめ》に婚《あ》はむとして幸行《いでま》しし時に、其の沼河比売の家《いへ》に到《いた》りて、歌ひて曰《い》はく、

八千矛の　神の命《みこと》は　八島国《やしまくに》　妻娶《つまま》きかねて　遠々《とほとほ》し　高志《こし》の国に　賢《さか》し女《め》を　有《あ》りと聞
かして　麗《くは》し女《め》を　有りと聞こして　さ呼《よ》ばひに　有り立たし　呼ばひに　有り通《かよ》はせ
大刀《たち》が緒《を》も　未《いま》だ解かずて　襲衣《おすひ》をも　未《いま》だ解かねば　嬢子《をとめ》の　寝《な》すや板戸《いたと》を　押《お》そぶらひ
我《わ》が立たせれば　引《ひ》こづらひ　我《わ》が立たせれば　青山《あおやま》に　鵼《ぬえ》は鳴きぬ　さ野《の》つ鳥《とり》　雉《きぎし》は響《とよ》む

庭《には》つ鳥《とり》　鶏《かけ》は鳴く　心痛《うれた》くも　鳴くなる鳥か　此《こ》の鳥も　打ち止《や》めこせね　いしたふや　天《あま》馳使《はせづかひ》　事《こと》の　語《かた》り言《ごと》も　此《こ》をば

爾《しか》くして、其《そ》の沼河日売《ぬなかはひめ》、未《いま》だ戸を開《ひら》かずして、内より歌ひて曰《い》はく、

八千矛《やちほこ》の　神の命《みこと》　萎《ぬ》え草《くさ》の　女《め》にしあれば　我《わ》が心　浦渚《うらす》の鳥ぞ　今こそば　我鳥《わどり》にあらめ　後《のち》は　汝鳥《などり》にあらむを　命《いのち》は　な殺《し》せたまひそ　いしたふや　天馳使《あまはせづかひ》　事の　語《かた》り言《ごと》も　此《こ》をば　青山《あをやま》に　日が隠《かく》らば　ぬばたまの　夜《よる》は出でなむ　朝日の　笑《え》み栄《さか》え来《き》て　拷綱《たくづの》の　白き腕《ただむき》　沫雪《あわゆき》の　若《わか》やる胸を　そ叩《だた》き　叩《たた》き愛《まな》がり　真玉手《またまで》　玉手《たまで》差《さ》し枕《ま》き　股長《ももなが》に　寝《い》は寝《な》さむを　あやに　な恋ひ聞こし　八千矛《やちほこ》の　神の命《みこと》　事《こと》の　語《かた》り言《ごと》も　此《こ》をば

故《かれ》、其《そ》の夜《よ》は合はずして、明《あ》くる日の夜《よ》に御合《みあひ》為き。

歌の概略はこうである。八千矛神は、八《や》島国《しまくに》のうちに妻を探していたのだが見つからないので、遠い越の国に、賢い女、美しい女がいると聞いて、求婚にやってきた。そこで大刀の緒もまだ解かないで、上着もまだ脱がないでいるのに、乙女の寝ている家の板戸を何度も押し揺さぶっている。乙女が立っていると、何度も戸を引っ張っている。そうしているうちに、青山では鵼《ぬえ》が鳴いてしまった。「さ野つ鳥」の雉《きじ》も鳴き騒ぐし、「庭つ鳥」の鶏は鳴いている。いまいましくも鳴くのが聞こえる鳥のやつめ。こんな鳥は、打ち殺して鳴くのをやめさせてくれ。そう伝えてくれ、随従している空飛ぶ鳥の使いよ。

これに対し、その沼河比売《ぬなかはひめ》がまだ戸を開かずに、家の内から次のように歌う。

八千矛の神よ。私は「萎《ぬ》え草」の女ですから、私の心は入江の中の砂地の鳥です。今は我がものでしょうが、後にはあなたのものになりましょうに、その鳥の命はお殺しなさいますな。随従している空飛ぶ鳥の使いよ。そう伝えておくれ。

青山《あをやま》に日が隠れたら、「ぬばたまの」夜になるでしょう。朝日のようににこやかな笑みをたたえて、「栲綱《たくづの》の」白い腕を、「沫雪《あわゆき》の」若々しく柔らかな胸を、そっと叩き、愛し、玉のような手を枕にし、脚を伸ばして、休んで下さい。八千矛の神の命よ。それで、その夜は結婚しないで、明くる日の夜に結婚された。


以上は歌謡の全部ではないが、大事なはじまりの部分である。この歌謡の構成で注目すべきことがある。それは、主人公が「八千矛神」という「矛」の名の付く神として登場しているというところである。それもただの「矛」ではなく「八千矛」というたくさんの武器の矛を保持する神の名をもって現れているところである。この矛神は、大穴牟遅神という神名とは随分異なっている。「八千矛神」は、鉄を産出する「鉄穴《かんな》」の「穴」をとった「大穴牟遅神」という神名とは違って、すでに鉄でできた武器である矛を神名にもっているからである。

ここでは、その八千矛神が「八島国」の中には自分の妻となるものが見つからなかったというところから始まっている。それで「高志《こし》」へ出かけたというのである。つまり、「八千矛」なる鉄器の妻になるものが「八島国」にはいないので、余所の国へいって、「妻」を娶ろうとしたというのである。ということは、ここでの「妻」とは、もちろん「鉄の武器を生むもの」という意味である。その「妻」が「高志」に求められたという。そのことは、決して偶然ではない。「こし」とはすでに、須佐之男命の物語のところで見た「八俣のをろち」のいたところである。そこは「こし／高志」と呼ばれていた。それで「高志の八俣のをろち」と呼ばれていた。この「をろち」もすでに見てきたように尾に剣を秘めた鉄の神であった。

八千矛神も「鉄」の産出する「高志」へいって、「武器」を手に入れようというのである。その時の相手が「沼河比売《ぬなかはひめ》」であった。「ぬま／沼」というのは、伊耶那岐命と伊耶那美命が「天の沼矛」を使って「島」を作ったという場面でも見たように、「溶けた鉄」が「沼」とみなされているものである。「天之日矛」伝説のところでも「沼」は決定的に重要な役割を果たしていたのだが、それは「沼」がまさに溶けた鉄の生まれる場所だったからである。

その「沼」のつく比売のところへ「八千矛神」がやってくる。そしてそこで奇妙な光景が描写される。訓読文で示せばこういうふうになっている。

嬢子《をとめ》の　寝《な》すや板戸《いたと》を　押《お》そぶらひ　我《わ》が立たせれば　引《ひ》こづらひ　我《わ》が立たせれば　青《あを》山《やま》に　鵼《ぬえ》は鳴きぬ

つまり「妻」になるものが寝ているところの「板戸」を「押したり」「引いたり」していて、その間私は立っていて、そのうちに「鳥」が鳴きだしたというのである。普通に読めば、娘の寝ているところにやってきた男が、入り口の戸を押したり引いたり、ガタガタやっている内に、朝が来て、鳥が鳴いて……というような光景に解釈されるのであろう。が、そんな叙情的なことがここで歌われているわけではない。ここでの「押したり—引いたり」は鍛冶の鞴《ふいご》の光景である。その鞴の向こうに「乙女」がいる。八千矛神の勢いで、「乙女」の「鉄」が「立ち」始めている。そこで「鳥」が「鳴く」。この「なく」という表記についてはすでに見てきたように、「金属の立てる音」のことである。そしてこの場面では「なく」という表記が、何度も何度も出てくる（ちなみ言えば、訓読文では、この「なく」という字は「鳴く」で統一しているが、原文では「那久」となっているので、訓読する者が、そこに「哭く」を当てることも可能であることは指摘しておきたい）。書き手は、この「なく」という表記を何度も使う以上は、そこに特別なイメージを持たせようとしているのである。そのことを考えると、「鳥」は「鉄」を運ぶ使いであると考えるのがわかりやすい。「鉄」は「鳥」になって飛んできたという金屋子伝説を思い出してもらってもいいだろう。その「鉄」が「なく」、つまり音を立て鳴り始めているのである。「鳥」の中でも、違う鳴き方の表記をされている鳥がいる。「雉《きぎし》は響《とよ》む」という表記である。ここで「鳴く」かわりに「響《とよ》く」いう表記が使われているのであるが、「響《とよ》む」という表現などは、まさに鳥らしくない金属の鳴り響く音をイメージさせるはずである。

八千矛神は、そんなにやかましく「鳴く鳥」は、打ち殺して鳴くのをやめさせてくれと願い、その思いを「随従している空飛ぶ鳥の使い」に哀願している。これも普通に考えると奇妙な光景である。「乙女」の家にやってきた男が、入り口の戸をガタガタさせながら、「鳥の使い」にわざわざ「鳥を打ち殺して鳴くのをやめさせて欲しい」という気持ちを伝えてくれと言っているのである。ちょっと考えれば、戸の向こうには乙女がいるのであるから、なにもわざわざ「鳥の使い」に思いを託して伝えてもらわなくても、直接に語りかければいいのである。「押したり――引いたり」朝までガタガタやっていないで、直接に「開けておくれ」と声を掛ければすんだはずなのである。それなのに、とても奇妙な、回りくどいことをこの場面でしているのである。

こういう八千矛神の振る舞いに対して、「乙女」の方も「その鳥の命はお殺しなさいますな」と「鳥の使い」に伝えてくれるように頼んでいる。いったいこの「鳥」や「鳥の使い」というのは何者なのか、ということになるはずである。そしてその「鳥」はなぜうるさいように「鳴いている」のか、と。こういう疑問も、「鳥」や「なく」ことを、「金属」に関係させて考えると、決して訳のわからない問答をしているようには見えてこないはずである。この場面には、「金属の音」を立てながら、沼＝溶炉の中で鉄ができあがってゆく様子が隠されているからである。だから、ここでは、うるさい鳥を打ち殺して鳴くのをやめさせようとする八千矛神に対して、そういうことはおやめくださいと乙女の方は答えているのである。

これは、須佐之男命が「高志のをろち」を殺そうとしたことに似ている。しかしここでは、そういうことはさないますなと乙女がとがめて、「今は、そのときではないけれど、もうすぐ私はあなたのものなるでしょう」と答えている。そして、また夜が来たら、あなたは「朝日」のような笑みをもってやってきて、わたしの「白い腕」や「柔らかい胸」を叩いて、「玉のような手で腕枕をして、足を伸ばして休んでください」と言っている。ここでの訓読にも注意が必要である。そこには「乙女」の白い腕や胸を「叩く」という表記が何度も出てくるからである。なぜ「乙女」を「叩く」必要があるのか。それは「乙女」が「鉄」であるということによってしか理解できないことである。

ここで唐突に持ちだされる「朝日」というのも、のちに「朝日長者」として民話で有名になるもので、それは「鉄」を手に入れて長者になる話であった。そこに「朝日＝鉄」のイメージがある。そうした「鉄」を手に入れるのに、「妻」になる人を「叩いたり―伸ばしたり」「腕枕」にしたりして夜を過ごすけれど、まだ「合う」には至らず、次の日にようやく「合う」ことになったと歌われている。つまり、溶炉の鉄は、鍛冶の工程を経てはじめて「鉄」になるのであって、「やりとり」なくしてでき上がるというものではなかったのである。

そんなふうにして八千矛神が「高志の鉄」を手に入れる話が、「沼河比売《ねなかはひめ》」への求婚の話としてここに挿入されているのである。

四　国作り

少名毘古那神《すくなびこなのかみ》との出会い

須佐之男命の後を去ってから、大国主は少名毘古那神《すくなびこなのかみ》と出会って一緒に国作りをすることになる。

故《かれ》、大国主神《おほくにぬしのかみ》、出雲《いづも》の御大《みほ》の御前《みさき》に坐《いま》す時《とき》に、波の穂《ほ》より、天《あめ》の羅摩《かがみ》の船《ふね》に乗りて、鵝《かり》の皮《かは》を内剥《うつは》ぎに剥《は》ぎて、衣服《ころも》と為《し》て、帰《よ》り来る神有り。爾《しか》くして、其《そ》の名《な》を問へども、答《こた》へず。且《また》、従へる諸《もろもろ》の神に問へども、皆、「知らず」と白《まを》しき。爾《しか》くして、たにぐくが白《まを》して言はく、「此《これ》は、久延毘古《くえびこ》、必ず知りたらむ」といふに、即《すなわ》ち久延毘古を召して問ひし時に、答へて白《まを》しく、「此《これ》は、神産巣日神《かむむすひのかみ》の御子《みこ》、少名毘古那神《すくなびこなのかみ》ぞ」とまをしき。故爾《かれしか》くして、神産巣日御祖命《かむむすひのみおやのみこと》に白し上げしかば、答へて告《の》らししく、「此《これ》は、実《まこと》に我《あ》が子ぞ。子の中《なか》に、我《あ》が手俣《たなまた》よりくきし子ぞ。故《かれ》、汝《なむち》葦原色許男命《あしはらしこをのみこと》と兄弟《はらから》と為《な》りて、其の国を作《つく》り堅《かた》めむ」とのらしき。故爾《かれそれ》より、大穴《おほあな》牟遅《むぢ》と少名毘古那《すくなびこな》と二柱の神、相並《あひとも》に此《こ》の国を作り堅めき。然《しか》くして後《のち》は、其《そ》の少名毘古那神は、常世国《とこよのくに》に度《わた》りき。故、其の少名毘古那神を顕《あらは》し白《まを》し所謂《いはゆ》る久延毘古《くえびこ》は、今には山田のそほどぞ。此の神は、足は行かねども、尽《ことごと》く天《あめ》の下《した》の事を知れる神ぞ。

物語はこうである。大国主神が出雲の御大《みぼ》の岬にいた時に、天の羅摩船《かがみのふね》に乗り、鵝《かり》の皮を丸ごと剝いで着物にして、近づいて来る神がいた。名を尋ねたが答えない。それで周りの神に問うてみたが、皆「知らない」という。そこで「多邇具久《たにぐく》」と表記されるヒキガエルが「久延毘古《くえびこ》なら知っているでしょう」と言うので、久延毘古を呼んで尋ねてみると、「これは、神産巣日神《かむむすひのかみ》の御子、少名毘古那神《すくなびこなのかみ》です」といった。それで、大国主神が高天原に連れて行くと、神産巣日神は「これは本当にわが子である。子のなかで、私の手の指の間からくぐり抜けていった子だ。この子は汝《なんじ》葦原色許男命《あしはらしこをのみこと》と兄弟となって、その国を作り堅めるであろう」といわれた。この時から、大穴牟遅と少名毘古那《すくなびこな》の二柱の神は、一緒にこの国を作り堅めた。そうして後に、この少名毘古那神は、常世国《とこよのくに》へ渡っていった。さて、この少名毘古那神の正体を明かした久延毘古は、今にいう山の田の案山子《かかし》である。この神は、足で歩きはしないけれども、天下のことならなんでも知っている神である。

物語の中身は、大穴牟遅が海からやってきた少名毘古那神《すくなびこなのかみ》という小さな神と国作りをするという展開である。そして、この小さな神は、従来から稲の種の神であろうと言われてきた。もちろん、そういうイメージもありうるが、複合的に考えて、この小さな神は「砂鉄」である。吉野裕は『風土記世界と鉄王神話』で、早くからそのことを指摘していた。まず、「国作り」は「鉄作り」であるというところから見てみれば、この少名毘古那神が鉄のイメージを持たない方がおかしいからである。このことを考えるためには、この神の動きを少し丁寧に見る必要があるだろう。

まず海の向こうから、「羅摩船《かがみのふね》」に乗り、「鵝《かり》の皮」を剝いで着物にしてやってきたとされている。「かがみ／羅摩」というのは「ガガイモ」の古名だという。しかし「かがみ」と読むときには、どこかしら「か／火」や「かが／加賀」や「かがみ／鏡」などの金属のイメージが喚起される。もし仮に、「かがみ／羅摩」が「ガガイモ」という「イモ」の古名なのだ解釈するにしても（『小学館版 古事記』ではそう注釈しているのだが）、従来から鍛冶用語で「イモ」は「イモ／芋」という溶けた溶鉱の鉱山用語で表現されることもあったし、さらに溶けた鉄を入れるものは「船」と呼ばれることは再三見てきたとおりである。

また「鵝《かり》の皮」を剝いで着物にして、という描写の「鵝《かり》」も、『小学館版 古事記』の注釈が示すような「雁の家畜化したもの」と考えるのかははっきりしないが、何か皮を被ってやってくるのである。この海から皮の着物を被ってやってくる少名毘古那神にイメージは、どこからか海を渡ってやってきた「いなばのうさぎ」の説話を思い出す。この「うさぎ」も何かしら着ていたようで、最後の「和邇」に「衣服《ころも》を剝《は》ぎき」と書かれていたからである。考えられることは、海から渡ってくる「鉄材」は、何かを身にまとっていて、それを剝ぐことで、次に何かしら「作り堅め」る作業ができていったということである。「鉄材」は、何度も「衣服を剝ぐ」ようなことをしないと、「いい鉄」にはならないことをいっているところもある。

ところで、この神の正体が、大穴牟遅にはわからなかったので、「多邇具久《たにぐく》」に聞くと、「久延毘古《くえびこ》なら知っているでしょう」と答えたという。「多邇具久《たにぐく》」は「たに」を「くぐる」というので、ヒキガエルのことだとされてきたのだが、「たに／谷」とは、繰り返し見てきたように、鉄の採れる特別な谷のことであり、そこをくぐってやってくる「多邇具久《たにぐく》」とは、単なるヒキガエルの理解では済まないだろう。その「多邇具久《たにぐく》」が「久延毘古《くえびこ》」のことを教えてくれたという。「久延毘古《くえびこ》」とは「山田のそほど」で、今で言う「一本足の山田のカガシ」のことだという。そして、この神は、「足」はないけれど天下のことは何でも知っているのだという。しかし、「久延毘古《くえびこ》」の「くえ」とは「崩え」のことだというので、ここでは、できあがった溶炉の壊される光景、つまり「崩える溶炉」の状態を知っている神だということになる。要するに鉄のできあがりを見届けるところにいる神ということになる。だから、「天下《あめした》」のことを知っているというふうにいわれることになるのだろう。この神の別名は「山田のそほど」といわれるのであるが、「そほ」とは「朱」という「赤土」のことであり、「赤い鉄の神」のように考えるといいと思う。もしもこの神を、どうしても「一本足の山田の案山子《かかし》」のように考えたければ、その「一本足」と対になる「一つ目」のことを考えるべきであると私は思う。そうすると「一つ目」は、鍛冶の火で片目を失うことで生まれた伝説の「一つ目小僧」と連動してくることになり、そこからしても「一本足の案山子」が鍛冶と無縁ではないことも見えてくると思われる。

さらにいえば、この少名毘古那神が何者かわからない時に、大国主は「久延毘古」に名前を教えてもらい、わざわざ神産巣日神に聞きに行っている。すると、神産巣日神は、「この神は、私の子どもで、私の手からくぐり抜けて行った子だ」というのである。神産巣日神は、すでに見てきたように、火の神、鉄の神であるので、その手からくぐり抜けてきた少名毘古那神が、小さな鉄の神＝砂鉄の神であるという理解はゆるがないものになるはずである。

こうしてみると、新たな国作りのはじめに、少名毘古那が砂鉄の神として大国主に協力する形で登場したということなら、良く理解できる話であることがわかる。ここで、少名毘古那神とペアとなるのは、大国主ではなく大穴牟遲神となっていることには注意をしておく必要があるだろう。物語では、ここは大国主の神名を使って話を進めているのに、少名毘古那とはその神名でペアを組まないで、あえて大穴牟遲神の神名でペアを組むように表記されているのである。それは大穴牟遲神の神名の方が、より鉄に関わる神としてのイメージが強いからである。「大穴」という産鉄の場のイメージと、少名毘古那の「少名＝小さな砂鉄」のイメージが相同性を帯びるようにするためであろう。そしてこの二神は一緒になって「国を作り堅めた」と書かれている。この「作り堅め」というのは、鉄の制作のイメージそのものである。

ところで、物語はこのあと、一緒に国作りを続けるはずだった少名毘古那が、常世国《とこよのくに》へ渡っていったと書いている。多くの注釈書は、海の彼方の永遠の国のようなところに帰って行ったのだとしている。しかし、「とこよ」の「とこ」とは、すでに見てきたように、「火床」の「床」のことである。鍛冶の炉を作る上でも最も大事なところが、この「床」である。溶炉のそのものは壊しても、「床」は残る。こういう「床」の上で「砂鉄」は消えてしまうのである。いつまでも「砂鉄」は「砂鉄」として残り続けるわけではなく、消えてゆくのである。

そこで、大国主神は嘆いて、「私ひとりでどうしてこの国を作ることができようか。どの神が私と一緒にこの国を作ってくれるだろうか」といった。この時、海面を光り輝かせて近づいて来る神がいた。またしても海の向こうからである。そして、その神が、「私を祭るなら一緒に国を作り完成させよう。そうしなければ、国作りは難しいだろう」と言った。そこで、大国主神が、「それならば、あなたを祭りたいがどうしたらいいだろうか」と言ったところ、「私を、大和の東の山の上に祭り仕えよ」と言った。これが御諸山《みもろのやま》の上に鎮座されている神で、大年神《おほとしのかみ》といわれる神になる。このあと、物語では、大年神《おほとしのかみ》が生んだ神々がたくさん列挙される。そういう神々の中に「韓神《からのかみ》」というような「韓《から》の国」から名づけられた神名や、「竈の神」や「鳴鏑《なるかぶら》の神」という神名があるのは興味深い、ということだけを指摘して、先に進みたいと思う。

第五章

天降り

忍穂耳命《おしほみみのみこと》と邇々芸命《ににぎのみこと》

一　高天原の相談

ここまでは、須佐之男命と大国主という、いわば「地上」にいる神々の話であったのが、ここからは一転して、高天原の神々の話に移ってゆく。特に天照大御神を中心に話が展開する。

1　天忍穂耳命《あめのおしほみみのみこと》

天照大御神《あまてらすおほみかみ》の命以《みこともち》て、「豊葦原千秋長五百秋水穂国《とよあしはらのちあきのながいほあきのみづほのくに》は、我《あ》が御子《みこ》、正勝吾勝々速日《まさかつあかつかちはやひ》天忍穂耳命《あめのおしほみみのみこと》の知《し》らさむ国ぞ」と、言因《ことよ》し賜《たま》ひて、天降《あまくだ》しき。是《ここ》に、天忍穂耳命《あめのおしほみみのみこと》、天《あめ》の浮橋《うきはし》にたたして、詔《のりたま》はく、「豊葦原千秋長五百秋水穂国《とよあしはらのちあきのながいほあきのみづほのくに》は、いたくさやぎて有りなり」と、告《の》らして、更に還《かへ》り上りて、天照大神に請《まを》しき。爾《しか》くして、高御産巣日神《たかみむすひのかみ》・天照大御神の命以《みこともち》て、天の安の河の河原に八百万《やほよろづ》の神を神集《かむつど》へ集《つど》へて、思金神《おもひかねのかみ》に思はしめて、詔《のりたま》ひしく、「此《こ》の葦原中国《あしはらのなかつくに》は、我が御子の知らさむ国と、言依《ことよ》して賜へる国ぞ。故《かれ》、此の国に道速振《ちはやぶ》る荒振《あらぶ》る国《くに》つ神等《かみども》が多《あま》た在《あ》るを以為《おも》ふに、是《これ》、何《いづ》れの神を使《つか》はしてか言趣《ことむ》けむ」とのりたまひき。爾《しか》くして、思金神《おもひかねのかみ》と八百万《やほよろづ》の神と、議《はか》りて白《まを》ししく、「天菩比神《あめのほひのかみ》、是遣《これつかは》すべし」とまをしき。故《かれ》、天菩比神を遣せば、乃《すなわ》ち大国主神《おほくにぬしのかみ》に媚《こ》び附《つ》きて、三年《みとせ》に至るまで復奏《かへりことまを》さず。

大国主の活躍を見据えてのことだろうが、天照大御神は「豊葦原千秋長五百秋水穂国《とよあしはらのちあきのながいほあきのみずほのくに》は、御子《わがみこ》、正勝吾勝々速日天忍穂耳命《まさかつあかつかちはやひあめのおしほみみのみこと》の統治する国だ」と言って、この神を天から降そうとする。「天忍穂耳命《あめのおしほみみのみこと》」は、天の浮橋の上に立って見ると、豊葦原千秋長五百秋水穂国《とよあしはらのちあきのながいほあきのみずほのくに》は、大変騒がしい状態だとわかって、ふたたび天へ帰って、天照大御神にそう伝えた。そこで、高御産巣日神《たかみむすひのかみ》と天照大御神の要請で、天の安の河の河原にすべての神々が集められた。そして「この葦原中国《あしはらのなかつくに》は、わが御子の統治する国であるがこの国には、荒ぶる国つ神たちが大勢いる。この国を治めるには、どの神を遣わせばよいだろうか」と相談すると、思金神《おもいかねのかみ》たちは、「天菩比神《あめのほひのかみ》」がいいでしょうということになる。しかしこの神は、大国主に媚びて、三年たっても帰って返事もよこさなかったという。

ここではじめて「豊葦原千秋長五百秋水穂国《とよあしはらのちあきのながいほあきのみずほのくに》」という長い国の名が出てくる。この国名には「葦—秋—秋—水穂国」というように、葦と秋とで長くつなげられた水穂国のイメージが際立っているので、従来からは、ほとんど異論もなく、これは、秋の実り豊かな水穂国ということを、形容詞をいっぱいつけて讃えている表現なのだと解釈されてきた。しかし、すでに「葦原」は金属武器を持つ異族の住む場所であることはみてきているし、秋という赤い色は、五行の思想でも金となる秋を意味しているところもあるし、その秋＝赤がいくつも重ねてあるのを見ると、葦の原で金（鉄）が豊かにある「みづほのくに」、というイメージをそこに見ないわけにはゆかない。しかし最後は「水穂国」になっているではないかと言われるかも知れない。しかし「みづほ」の「ほ」

は「ほ／火」である可能性も大きくて、それは後に、火をつけた殿の中で生まれた「火《ほ》遠理命《をりのみこと》」が又の名を「天津《あまつ》日《ひ》高日《たかひ》子《こ》穂《ほ》々《ほ》手《で》見命《みのみこと》」と呼ばれるように、「ほ／火」と「ほ／穂」は古事記では意図的に連動させられているのである。そういうふうに見れば、「葦―秋―秋―水穂国」と続く神名は、「葦（鉄）―秋（鉄）―秋（鉄）―穂（火）の国」と読むことも、間違いではないことも見えてくる。

その「葦（鉄）―秋（鉄）―秋（鉄）―穂（火）の国」は、「正勝吾《まさかつあ》勝々速日《かつかちはやひ》天忍穂耳命《あめのおしほみみのみこと》」の治める国だとされるのである。ここに、改めて「日と耳の名のつく神」が、「葦原」を治める神として登場する。この神は、須佐之男命が天照大御神の髪飾りをかみ砕いて生んだ子どもだった。その時の場面を思い出していただかなくてはならないが、そこでは「うけひ」と称して新たな鉄を生む儀式をしていたことを見てきたはずである。「正勝吾《まさかつあ》勝々速日《かつかちはやひ》天忍穂耳命《あめのおしほみみのみこと》」はその時鉄器の神として生まれていたのである。だからこの神の「速日」や「忍穂」というのは、どう見ても「速火」や「忍火」と読まざるを得ないのである。その神に、さらに外来の神のインデックスになる「耳」がつくのである。そんな忍穂耳命ですら、「豊葦原千秋長五百秋水穂国」は騒がしく、荒ぶる神がいると高天原の神に訴える。もしも「豊葦原千秋長五百秋水穂国」が、ただ秋の実りを最大級に褒め称えた稲穂の国であったなら、そんな荒ぶる神々のいるイメージは出てこないはずである。しかし忍穂耳命は、そういう「稲穂の国」とは違う、荒ぶる神々、つまり鉄を持つ荒ぶる神々のいることを訴えるのである。それでは、どうすればいいのか。

天の安の河の河原に集められた神々の中で、天照大御神が相談したのは、「思金神《おもいかねのかみ》」という金属の神であった。鉄には鉄を、というわけであろうか。そして「天菩比神《あめのほひのかみ》」を派遣することになる。しかしこの神は、大国主に媚びて、三年たっても帰って来て返事もよこさなかったという。なぜ、そんなふうになったのだろうか。考えられることは、この「天菩比神《あめのほひのかみ》」の「ほひ」が「ほ／火」「ひ／火」と読めるからだ。つまり、火の神としての特性を持って大国主のところへ行ったので、当然、葦原中国の鍛冶に融合してしまったのであろう。

むろん、私などが「天菩比神《あめのほひのかみ》」の「ほひ」が「ほひ／火火」などだというと、国文学からはきっとそれは恣意的な読み方だと批判されるのだろうが、西郷信綱が「天菩比神《あめのほひのかみ》」を説明するところで「天忍穂耳命に次いで生まれた神、ホヒは穂日であることを忘れないでおこう」とわざわざ傍線をつけて強調している件などを、誰も批判してこなかったことを指摘しておかなくてはならないだろう。なぜ「ほひ／菩比」の「ほひ」を「穂日」と国文学的に読めるのか、読まなくてはいけないのかは、私が「ほひ／菩比」を「ほひ／火火」と読むのと同じくらい、「おかしなこと」をしているはずなのだからである。

ともあれ、物語のこの段では、天照御大神が、葦原中国は正勝吾勝々速日天忍穂耳命という「耳」のつく神が治める国だと言ったにもかかわらず、「耳のつく神」の力だけでは、葦原中国のもつ鉄の力に立ち向かえないことを物語り、さらに、その代わりにつかわした神も、葦原中国から帰ってこなかったという展開の話なのである。問題は、なぜ古事記がこういう展開の話を書き記すのかということであろう。強大な武力を持っているはずの高天原が、葦原中国の武力を簡単に押さえ込めないことを、どうしても書いておく必要があったからである。その厳しい認識は、さらに形を変えた物語として、次に語られることになる。

2　天若日子《あめわかひこ》

そこでまた神々が相談して「天津国玉神《あまつくにたまのかみ》の子、天若日子《あめわかひこ》」を葦原中国に送ることになる。物語の展開は次のようになっている。

神々は、天若日子に「天の麻迦古弓《まかこゆみ》」「天の羽羽矢《ははや》」を持たせて遣わした。「麻迦古弓《まかこゆみ》」とは輝く弓の意味らしい。しかし天若日子も、大国主神の娘、下照比売《したでるひめ》を妻にし、この国を自分のものにしようと企んで、八年になるまで返事をしなかった。

それで、天照大御神・高御産巣日神は、またどうしたものかと思案し、諸々の神々に、「天若日子に、なぜ長い間葦原中国にとどまっているのか、そのわけを問いただそうか」と尋ねた。これに対し、諸々の神々と思金神は、それなら雉《きじ》の、名は鳴女《なきめ》という者を遣わすがよろしいでしょう、と進言した。

しかし、その鳴女《なきめ》は、鳴き声がうるさいとして、葦原中国にいる天佐具売《あめのさぐめ》の進言に従って、天若日子が天から与えられた矢で射殺してしまった。そしてその矢は、雉の胸を貫いて天へ向かい、天の安の河の河原にいる天照大御神・高木神《たかぎのかみ》の元まで届いた。そこで血の付いた矢を見て高木神は、「もしも天若日子が、命令に背かず、悪い神を射ようとしたのであれば、天若日子に当るな。もしも邪心があるならば、天若日子はこの矢によって災いを受けよ」と言って、その矢を突き返すと、天若日子に当って死んだ。

雉の鳴き声がうるさいので射殺した、という説話は、八千矛神が高志の沼河比売に会いにいったときに、鳥の鳴き声がうるさいので殺してしまいたいというと、沼河比売は、それはなりませぬといった説話を思い出す。「鳥を使者としてつかわす」とか「鳥が鳴く」という設定は、ここでも重要な役割を果たしている。

「雉が鳴く」というのは、前にも触れたように、金属の鳴る音のことである。高天原にいる、金属の神＝「思金神《おもいかねのかみ》」が、地上に使わした神（「天菩比神《あめのほひのかみ》」と「天若日子《あめわかひこ》」）が戻ってこないので、この「雉（またの名を鳴女）」を差し向けることになったのであるが、この金属の音を立て飛ぶ鳥に向けても、葦原中国から「矢」が放たれる。そうすると雉の胸を貫いて、その矢が高天原の天の安河へ届いたという。金属と金属の応酬である。しかし、この場面には特徴がある。高天原から授かっていった弓矢（「天の麻迦古弓《まかこゆみ》」「天の羽羽矢《ははや》」）でもって、高天原の使者の雉を撃ち抜くという展開になっているところである。高天原の神同士の、同士討ちの展開がここで見られるからである。さらに、その高天原に届いた血の付いた矢を、再び投げ返すと、今度は「天若日子《あめわかひこ》」に当たったというのである。さらなる同士討ちの展開である。しかし、「天若日子」の撃った弓は、確かに高天原から授かったものであったはずなのに、地上から撃ったときは「天つ神の賜へりし天の波士弓《はじゆみ》、あまの加久矢《かくや》を持ちて、この雉を射殺しき」となっていて、弓矢の名前が違っていた。同じ弓矢なのに、名前が違う。古事記は使い分けているのである。

事態の深刻さもあって、このあと「天若日子《あめわかひこ》」の妻、下照比売が嘆き悲しむので、天上の父と、天上の妻子が、地上に駆けつけることになる。しかしなぜ古事記の編者は、このような同士討ちに見える話の展開を描くことになったのだろうか。高天原の意向にそえず、葦原中国の味方になるものは、もはや味方ではないということなのであろうか。たとえ、元は高天原に所属していて、高天原の武器を使っていても、その武器が高天原に刃向かってくるときには、その武器はもはや高天原にあったときのものとは同じではなくなり、それを使えば刃向かってくるものに返される、ということをこの物語は示しているのだろうか。

はっきりとわかることは、かつては高天原の所有する「金属の武器」であったものでも、それは高天原の神を撃つ武器にとって変わる、ということを物語っていることは確かである。そのときには、武器の名前は変わってしまうのである。おそらく、ここには高天原と葦原中国との間の、武器の応酬を読み取るべき物語があるはずである。

このことを考えるために、天若日子の亡くなった時の描写を少し顧みておきたい。そこは次のようになっていた。

> 故《かれ》、天若日子《あめわかひこ》が妻《め》、下照比売《したでるひめ》が哭《な》く声、風と響《ひび》きて天に到りき。是《ここ》に、天に在《あ》る、天若日子が父天津国玉神《あまつくにたまのかみ》と其の妻子《めこ》と、聞きて、降《くだ》り来《き》て、哭《な》き悲《かな》しびて、乃《すなわ》ち其処《そこ》に喪屋《もや》を作りて、河雁《かはかり》をきさり持《もち》と為《し》、鷺《さぎ》を掃持《ははきもち》と為《し》、翠鳥《そにどり》を御食人《みけびと》と為《し》、雀《すずめ》を碓女《うすめ》と為《し》、雉《きぎし》を哭女《なきめ》と為《し》、如此《かく》行《おこな》ひ定めて、日《ひ》八日《やうか》夜《よ》八《や》夜《よ》以《もち》て、遊びき。

ここの描写は、よく見ると、地上の妻、下照比売はめそめそ泣いたのではなく、まさに金属音を鳴らすようにして「哭いた」ので、その「音」は風に乗って天まで届いたとなっている。さらに、天の父や妻子が、下ったときも「哭く」という表記が使われている。そして、ここで大事なことは、「喪屋《もや》」を作ったとされているところである。「喪屋《もや》」とは何か。「喪」については、「喪の金文の字形は哭《こく》と亡《ぼう》に従う」と『字訓』で白川静は書いていた。「喪」は「哭く」に近い字なのである。ということは、ここでの「喪屋《もや》」とは金属の音をたてて「哭く」ものたちで作る「溶炉」と考えるのが、最も自然である。そこで、天若日子《あめわかひこ》の身体を「修理固め」するのである。私は国文学者が誰も言わないいい加減なことを、勝手な思いつきで言っているわけではない。その証拠に、この後、たくさんの「鳥」が、それぞれの役割を担って、「喪屋」に働きかけている。「鳥」たちが鉄の神の姿を変えたものであることは繰り返し見てきたとおりである。そしてこの「鳥」たちが、「きさり持《もち》」とか「掃持《ははきもち》」とか「御食人《みけびと》」とか、「碓女《うすめ》」とか「哭女《なきめ》」とか呼ばれるのは、それらは鉄具の別様の姿なのであろう。「何々持ち」というのは、「佐比持ち」の「さひ／佐比」が

「刀」のことであったように、何らかの鉄の武具なのであろうし、「御食人《みけびと》」の「け／食」は溶炉の食べ物のことで鉄材を表していたし、「碓女《うすめ》」の「うす／臼」は銅鐸画に描かれる呪的な意味を持つ（『字訓』による）というのであれば、金属のイメージを含むし、「哭女《なきめ》」の「哭く」は金属音だとしたら、まさにここでの「鳥」たちの見せるものは鉄具にまつわるものばかりなのである。そして物語は、「日八日夜八夜《ひやうかよやよ》」音を奏でたというのである。この件を読めば、まさに鍛冶場は、一度火を入れたら幾日も昼夜ぶっ通しで、鉄を溶かし続けなくてはならない情景が思い浮かぶはずである。

こうした葦原中国で修理固めされる金属は、元の金属が高天原製であっても、性質が変わり、呼び名が変わるのである。それは高天原からもちこまれた弓矢の名称が、「天の麻迦古弓《まかこゆみ》」「天の羽羽矢《ははや》」から「天の波士弓《はじゆみ》」、「天の加久矢《かくや》」になるのは、おそらくそのためであろう。「なきめ」も「鳴女」から「哭女」になるのもそのためであろうと考えることができる。

3　阿遅志貴高日子根神《あぢしきたかひこねのかみ》

物語は、この後、阿遅志貴高日子根神《あぢしきたかひこねのかみ》がやって来て、天若日子《あめわかひこ》の喪を弔う場面に移る。ここも大変奇妙な話なので、国文学的には、ほとんど字面の解釈だけですまされてきた場面である。国文学的には理解のしようのない場面なのである。

話の展開はこうである。

此《こ》の時《とき》に、阿遅志貴高日子根神《あぢしきたかひこねのかみ》到《いた》りて、天若日子《あめわかひこ》が喪《も》を弔《とぶら》ひし時《とき》に、天《あめ》より降《くだ》り到《いた》れる、天若日子が父《ちち》、亦《また》、其《そ》の妻《め》、皆哭《な》きて云《い》はく、「我《あ》が子は、死なず有《あ》りけり。我《あ》が君は、死なず坐《いま》しけり」と、云《い》ひて、手足《てあし》に取り懸《かか》りて哭き悲しびき。其の過《あやま》ちし所以《ゆゑ》は、此の二柱《ふたはしら》の神の容《かた》姿《ち》、甚能《いとよ》く相似《あひに》たり。故是《かれここ》を以《もち》て、過《あやま》ちしぞ。是《ここ》に、阿遅志貴高日子根神は、大《おほ》きに怒《いか》りて曰《い》はく、「我《あれ》は、愛《うるは》しき友に有るが故《ゆゑ》に、弔《とぶら》ひ来《き》つらくのみ。何《なに》とかも吾《あれ》を穢《きたな》き死人《しにびと》に比《なぞ》ふる」と、云ふて、御佩《みは》かしせる十掬《とつか》の剣《つるぎ》を抜き、其の喪屋《もや》を切り伏せ、足を以《もち》て蹶《く》ゑ離《はな》ち遣《や》りき。此《これ》は、美濃国《みののくに》の藍見河《あゐみのかは》の河上《かはかみ》に在《あ》る喪山《もやま》ぞ。其の、持ちて切れる大刀《たち》の名《な》は、大量《おほはかり》と謂《い》ひ、亦《また》の名は、神度剣《かむどのつるぎ》と謂ふ。

この話も奇妙な話である。話の筋としては、どうでも良いような話に見える。あってもなくても良いような話に見える。そもそも阿遅志貴高日子根神《あぢしきたかひこねのかみ》と呼ばれるような神が、かつて、天若日《あめわかひ》子《こ》の友人として、高天原にいたんだっけ？　というような疑問も出てくるくらいの神である。彼が本当に友人であったなら、他の神々もそのことは知っていたはずである。しかしここでの物語は、その友人が葬儀にやってきたときに、亡くなった天若日子とそっくりだったので間違えてしまったというのである。それはないだろうというような話である。そっくりな友人がいたのなら、みんなは「そっくりさん」としてすでに知っていなければならないはずである。それなのに、ここではじめてその「そっくりさん」を見て、天若日子と間違えてしまったかのような書き方になっている。これはどう考えるといいのだろうか。

また阿遅志貴高日子根神も、友人の天若日子と間違えられたことで、死人と間違えられたといって腹を立てるのである。何もそんなことで怒る必要もないのではないかと普通なら思うだろう。大人げない神である。さらにこの神は、腹を立てるだけではなく、喪山を切って蹴飛ばしてしまうのである。そんなむちゃくちゃなことをしてもいいのかと思うし、そんなことを友人がするのだろうかとも思う。疑問や疑念がいっぱい残る話の展開である。

しかし、おそらくはそんなふうに読んではいけない物語なのだと私は思う。ここでの物語の主人公は、阿遅志貴高日子根神《あぢしきたかひこねのかみ》であるが、大国主の系譜に多紀理比売命と結婚して産んだ子どもに「阿遅鉏高日子根神《あぢすきたかひこねのかみ》」がいたことになっていて、その神と同一であろうといわれてきた。下照比売は系譜の上では彼の妹である。だから妹の夫が亡くなったので弔いにやってきたという筋書きにはなっている。ただ神名の中の「鉏《すき》」がここでは「志貴《しき》」に変わっている。しかし、もとは「鉏《すき》」という鉄の農具の意味を持つ神だとすれば、この阿遅志貴高日子根神も鉄の神であることは、まず理解されなくてはならないであろう。この神が、天若日子の喪に合わせてやってきた。

ところで、この「喪」というのも実に奇妙な光景になっているところは先に見たとおりである。そこでは、たくさんの「鳥」が集められ、それぞれの役目を負わせながら、八日八晩の間過ごしたというのである。ここでの「鳥」は何度も述べてきているように「鉄の霊」と理解すると、さまざまな「鉄の霊」を組み合わせて、ここで新しい鍛冶を行なおうとしていたと読み取るべきであろう。「喪屋」を作るとは鍛冶場を作るという意味である。そこでの「調理」とは製鉄のことである。その鍛冶の過程が「八日八晩」続いたというのである。

そこへ阿遅志貴高日子根神がやってきた。そして、天若日子と間違えられる。ここをどう考えるといいのかということである。考えられることは一つであるように思われる。それは天若日子という鉄の神が死に、その鉄を高炉の中で八日八晩「調理」することで、再び新たな鉄として「修理」することができたというのである。しかし、それは「修理」であるので、本の形とよく似ているのである。そこに阿遅志貴高日子根神という鉄の神が現れた。鉄器など、どれも似ていると言えば似ているのである。農耕具がどれも似ているのと同じである。それで、みんなは見間違えた。しかし、阿遅志貴高日子根神は怒って、「どういうわけで私を穢き死人に見立てるのか」と言って、「腰に下げた剣」で、「喪屋」を切り倒し、足で蹴飛ばしたというのである。

こういう場面は、須佐之男命の高天原での「狼藉」を思い浮かべてもらえばいいと私は思う。いったん作られた「喪屋＝溶炉」は、鉄の再生の後は壊されなくてはならなかったからである。彼が「吾を穢き死人に見立てるのか」と怒るのは、かつて伊耶那美に会いに行った伊耶那岐命を思い起こしてもらってもいいと思う。そこには「穢き死人」が見えていたからである。しかしこの時の伊耶那美も、雷神のとりつく「溶炉」の状態であることはすでに見てきているところである。ゆえにここでは、溶炉で新たに生まれた天若日子にそっくりな阿遅志貴高日子根神が、鍛冶師たちのするように、溶炉を壊していたと理解をするのが自然なのである。

そしてその蹴飛ばした「喪屋」の落ちたところが「美濃国《みののくに》の藍見河《あいみのかわ》の河上にある喪山《もやま》」だというのである。そこは、美濃国でも鉄の採れる山だと谷川健一は指摘していた（『青銅の神の足跡』）。おそらく、阿遅志貴高日子根神の足蹴りは、製鉄の場所を次に繋げる行為になっていたのであろう。

4　伊都之尾羽張神《いつのをはばりのかみ》

この後の話は次のようになっている。

是《ここ》に、天照大御神《あまてらすおほみかみ》の詔《のりたま》ひしく、「亦《また》、曷《いづ》れの神を遣《つかは》さば、吉《よ》けむ」とのりたまひき。爾《しか》しくて、思金神《おもひかねのかみ》と諸《もろもろ》の神と白《まを》ししく、「天《あめ》の安《やす》の河《かは》の河上《かはかみ》の天《あめ》の石屋《いはや》に坐《いま》す、名《な》は伊都之尾羽張神《いつのをはばりのかみ》、是《これ》、遣すべし。若《も》し亦《また》、此《こ》の神に非《あら》ずは、其《そ》の神の子、建御雷之男神《たけみかづちのをのかみ》、此《これ》遣すべし。且《また》、其の天尾羽張神《あめのをはばりのかみ》は、逆《さかし》まに天《あめ》の安《やす》の河《かは》の水《みづ》を塞《せ》き上《あ》げて、道を塞《ふさ》ぎ居《を》るが故《ゆゑ》に、他《あた》し神は、行《ゆ》くこと得《え》じ。故《かれ》、別《こと》に天迦久神《あめのかくのかみ》を遣して問ふべし」とまをしき。故爾《かれしか》くして、天迦久神を使《つか》はして天尾羽張神を問ひし時に、答へて白《まを》さく、「恐《かしこ》し。仕《つか》へ奉《まつ》らむ。然《しか》れども、此の道には、僕《やつかれ》が子、建御雷神《たけみかづちのかみ》を遣すべし」とまをして、乃《すなは》ち貢進《たてまつ》りき。爾《しか》くして、天鳥船神《あめのとりふねのかみ》を建御雷神に副《そ》へて遣しき。

物語なのだからといっても、よくわからない話の展開がここでも綴られている。騒がしい葦原中国に、次に誰を差し向けるかを決めるのに、以上のようなややこしい手続きの話を書いているのである。さっさと誰かを決めれば良いのにと誰でも思うのではないか。確かにそうなのではあるが、それでも、ここにはどうでもいいことが書いてあるわけではない。

ここで重要なのは「伊都之尾羽張神《いつのをはばりのかみ》」という神が出てきていることである。この神名の「伊都之尾羽張」というのは、かつて伊耶那岐命が迦具土神を切ったときの刀に付けられた名前であった。そんな名前を忘れずに、こんなところで持ち出してくると言うのは、よほど思い入れがあるのだと考えるべきであろう。その神は「天の河上の天の石屋にいる」というのである。この「天の岩屋」とはどういう場所なのか。

すでに天照大御神のところで見たのは、この神が「天の岩屋」に閉じこもったという光景であった。あの時の「天の岩屋」と、ここでの「天の岩屋」は同じ表現である。ということは、この「伊都之尾羽張」は天照御大神がいたところにいたということになるのだろうか。

さらに、大事なことは、この神が「天の安の河」の水をせき止めて道を塞いでいるというのである。そのために道が通れないのだが、その河を止めている「伊都之尾羽張神」のまたの名を「天尾羽張神」だとわざわざここで説明している（ちなみに言えば、迦具土を切った剣の名は、「伊都之尾羽張」であるが、またの名は「天之尾羽張神」として「之」が入っているだけの違いがある）。ここも奇妙な場面である。川を塞き止めるなどというのは、ある意味ではどうでも良いような描写に見えるからである。むしろ、そんな出来事が高天原の中でなされていることに驚かされるのではないか。こういうことはどのように考えるといいのだろうか。考えられることは、この「天の安河」が、ただの河ではなく、砂鉄を取る河のイメージを複合させているということである。砂鉄を取るときは、鉄穴流しをし、途中で川を何度も塞き止め、砂鉄を沈殿させながら流してゆくからである。そしてこの堰止《せきどめ》をするのが鉄剣の名を持つ神であるというのなら、この河を鉄の取れる河だと考えない方が難しいはずである。さらに極めつきは、この神に会いに行くには、「特別に天迦久神《あめのかくのかみ》を遣わして、行くかどうか尋ねるがよろしい」と進言しているところである。天迦久神の「かく／迦久」とは「火之炫毘古《ひのかがびこ》」の「かが／炫」と同じとされたり（西宮一民校注『古事記』新潮社日本古典集成二）、「カクは鹿児で鍛冶に使う鞴《ふいご》が鹿の皮で作られたために鹿神が特別に使われている」（西郷信綱『古事記注釈』）という説が紹介されたりしているので、火の神であることは間違いないだろう。その火の神にわざわざ会いに行って、それから「天尾羽張神」に会いに行くようにと言っているのである。ここにはすべて火に関わる神が関係しているのがわかるだろう。

以上のことを、総合的に考えると、ここで言われる「天の岩屋」とは「鉄の産出する岩屋」ということになる。そこに「伊都之尾羽張神《いつのおはばりのかみ》」またの名の「天尾羽張神《あめのをはばりのかみ》」がいたということである。そうすると、遡って天照御大神の隠った「天の岩屋」も同じように考えることができることに気がつく。天照大御神の隠った「天の岩屋」も実は「鉄の採れる岩屋」のことであったことに。そうすると、天照大御神を岩屋から導き出すということは、岩屋から鉄を取り出すという作業であったことにも気がつく。それが「鏡」の力によって導き出されたということは、「鏡」が「鉄」を引き寄せる呪具にもなっていたことになる。そういう意味でも、「天の岩屋」は鉄を生む子宮であり、ここでも、そうした鉄の産出する岩屋にいる「伊都之尾羽張神《いつのおはばりのかみ》」に会いに行って、「鉄の力」を授かって、地上に向かうという筋道を古事記の編者は描こうとしていたのである。

こうしてみてみると、今まで見てきた天照大御神と須佐之男命がうけいをした天の安河の河原の場面、須佐之男命が狼藉をはかる場面、天の岩屋の場面、そして地上派遣の相談する天の河の河原の場面など、これら一連の場面は、ことごとく見てきたように、鉄に関わる神が活躍する場面になっていたことがわかるのである。

二　建御雷　神《たけみかづちのかみ》

1　伊耶佐《いざさ》の小浜にて

こうしていよいよ最後の使者が、地上に派遣されることになる。その場面は次のように描かれている。

是《ここ》を以《もち》て、此の二はしらの神、出雲国《いづものくに》の伊耶佐《いざさ》の小浜《をはま》に降《くだ》り到《いた》りて、十掬《とつか》の剣《つるぎ》を抜き、逆《さかし》まに浪《なみ》の穂《ほ》に刺《さ》し立《た》て、其の剣の前《さき》に趺《あぐ》み坐《ゐ》て、其の大国主　神《おほくにぬしのかみ》を問ひて言ひしく、「天照　大御《あまてらすおほみ》神《かみ》・高木神《たかぎのかみ》の命《みこともち》以て、問ひに使《つか》はせり。汝《なむち》がうしはける葦原　中国《あしはらのなかつくに》は、我《あ》が御子《みこ》の知《し》らさむ国と言依《ことよ》し賜《たま》ひき。故《かれ》、汝《なむち》が心は、奈何《いか》に」といひき。爾《しか》くして、答へて白《まを》ししく、「僕《やつかれ》や、白《まを》すこと得《え》ず。我《あ》が子八重《やへ》言代主　神《ことしろぬしのかみ》、是白《これまを》すべし。然《しか》れども、鳥《とり》の遊《あそび》・取魚《すなどり》の為《ため》に、御大之前《みほのさき》に往《ゆ》きて、未《いま》だ還《かへ》り来《こ》ず」とまをしき。故爾《かれしか》くして、天　鳥船　神《あめのとりふねのかみ》を遣《つかは》して、八重《やへ》事代主　神《ことしろぬしのかみ》を徴《め》し来《き》て、問《と》ひ賜《たま》ひし時《とき》に、其《そ》の父《ちち》の大神《おほかみ》に語りて言はく、「恐《かし》こし。此《こ》の国は、天《あま》つ神《かみ》の御子《みこ》に立《た》て奉《まつ》らむ」といひて、即《すなは》ち其の船を蹈《ふ》み傾《かたぶ》けて、天《あめ》の逆手《さかて》を青柴垣《あをふしかき》に打《う》ち成《な》して隠《かく》りき。

結局、最後に派遣された「建御雷　神《たけみかづちのかみ》」は、十拳の剣を波間に逆さに立ててその上にあぐらをかくようなアクロバットさながらの姿で、大国主に国を譲るように迫るのである。確かにアクロバットふうな、不思議な光景に見えるので、印象に残る場面ではあるが、ここで主役になっているのは波間に逆立ちしている「鉄＝剣」なのである。ここで大事なことは、「建御雷神《たけみかづちのかみ》」が、かつて伊耶那岐命が迦具土を切った時に、その刀のつばについた血が岩にほとばしりついて生まれた神だということである。その神が、ここでは、「天尾羽張神《あめのをはばりのかみ》」の子というような設定をされている。「伊都之尾羽張神《いつのをはばりのかみ》」は、すでに見たように、伊耶那岐命が迦具土神を切ったときの刀に付けられた神名であったので、ここでは迦具土を切った刀と、そこからほとばしった血から生まれた二柱の神が、共に選ばれて葦原中国にやってきたことになる。ということは、あらためてこの二神の生まれた状況を振り返ると、それがまさに鍛冶の製鉄の最中であったことがわかる。その二神が、再び天鳥船神《あめのとりふねのかみ》とともに、選ばれて「伊耶佐《いざさ》の小浜」に降りてきたというのであるから、この「伊耶佐」というのも、何かしらの「鍛冶場」の設定であることを考えないわけにはゆかない。西郷信綱も「少なくとも、イナサをたんなる地名としてやりすごしてはなるまい（西郷は伊耶佐をイナサと読んでいる。村瀬注）」と述べていた。「伊耶」は「伊耶奈岐《いざなき》」の「伊耶」でもあり、「さ」は「須佐之男」の「さ」、砂鉄の「さ」でもあったのだから、単純に地名というわけにはゆかないのである。もしその「伊耶」を新しくつくられた鍛冶場だとすれば、その溶炉の波頭に刀を立てて、その上にあぐらをかいて座るというイメージも、さほど不思議には見えなくなる。そしてその「鍛冶の力」を見せつけて、大国主に国の譲渡を迫ったのであるが、ここで大国主は妙な受け答えをしている。訓読では「僕《やつかれ》や、白《まを》すこと得《え》ず。我《あ》が子八重言代主神《やへことしろぬしのかみ》、是白《これまを》すべし。然《しか》れども、鳥《とり》の遊《あそび》・取魚《すなどり》の為《ため》に、御大之前《みほのさき》に往《ゆ》きて、未《いま》だ還《かへ》り来《こ》ず」となっていて、息子が、遊びに行っていて還ってこないので……と通常は解釈されてきた。しかしすでに見てきたように、「鳥」や「遊び」は、金属とその音を奏でることであり、取魚《すなどり》も砂鉄を採ることであるので、「事代主」はそういう、産鉄の作業に行っていたということになる。そして、戻ってくると、この「伊耶佐」の鍛冶場の力を見て驚き、この国は天つ神の御子に差し上げます」と言うことになる。そこのところを、訓読では、「船を踏み傾けて、天の逆手を青柴垣《あをふしかき》に打ち成して隠りき」となっている。つまり「伊耶佐の鍛冶場」の立派さをみて驚き、自分の「船＝自分の溶炉」の些少さを知り、その船を踏んで傾け、その船を青柴垣（青は金属）に変えて打ち鳴らして、隠れたというのである。

2　建御名方神《たけみなかたのかみ》

物語は続いて次のようになっている。

故爾《かれしか》くして、其の大国主神《おほくにぬしのかみ》を問ひしく、「今、汝《なむち》が子《こ》事代主神、如此白《かくまを》し訖《をは》りぬ。亦《また》、白《まを》すべき子有《あ》りや」ととひき。是《ここ》に亦《また》、白《まを》さく、「亦、我《あ》が子に建御名方神《たけみなかたのかみ》有り。此《これ》を除《お》きては無《な》し」と、如此《かく》白《まを》す間《あひだ》に、其の建御名方神《たけみなかたのかみ》、千引《ちびき》の石《いは》を手末《たなすゑ》に擎《ささ》げて来て、言ひしく、「誰《たれ》ぞ我《あ》が国に来て、忍《しの》ぶ忍《しの》ぶ如此《かく》物言ふ。然《しか》らば、力競《ちからくら》べを為《せ》むと欲《おも》ふ。故、我《あれ》、先《ま》づ其の御手《みて》を取らむと欲《おも》ふ」といひき。故、其の御手を取らしむれば、即ち立氷《たつひ》に取り成し、亦、剣《つるぎ》の刃《は》に取り成しき。故爾《かれしか》くして、懼《を》ぢて退《しりぞ》き居《を》りき。爾くして、其の建御名方神の手を取らむと欲《おも》ひて、乞《こ》ひ帰《よ》せて取れば、若葦《わかあし》を取るが如《ごと》く搤《と》り批《ひだ》きて投げ離《はな》てば、即ち逃げ去りき。故、追《お》ひ往《ゆ》きて、科《しな》野国《ののくに》の州羽海《すはのうみ》に迫《せ》め到《いた》りて、殺《ころ》さむとせし時《とき》に、建御名方神《たけみなかたのかみ》の白《まを》ししく、「恐《かしこ》し。我《あれ》を殺《ころ》すこと莫《なか》れ。此地《ここ》を除《お》きては、他《あた》し処《ところ》に行《ゆ》かじ。亦《また》、我《あ》が父大国主神《ちちおほくにぬしのかみ》の命《みこと》に違《たが》はじ。八重事代主神《やえことしろぬしのかみ》の言《こと》に違《たが》はじ。此《こ》の葦原中国《あしはらのなかつくに》は、天《あま》つ神御子《かみみこ》の命《みこと》の随《まにま》に献《たてまつ》らむ」とまをしき。

建御雷神《たけみかづちのかみ》と建御名方神《たけみなかたのかみ》の戦いは、あっけなく終わってしまうものではあるが、見過ごすことの出来ないのは、この「戦い」で強調されているのが「手」と「取る」という二つの言い回しである。なぜこの二つの言い回しが多用されているのか、考える必要がある。もともと「て」は「た」としても使われ、「取る」というふうに母音を変えることもあると白川静は『字訓』で説明していた。それは、「手」というものが複雑な働きを見せるからで、すでに「八俣のをろち」のところで図に書いて示したとおりである。「て」は「てなづち」の「て」であり、「とる」は「すなどり」の「とり」である。そのことを踏まえて考えると、ここでの「手」というのは、形を変える「鉄」のイメージを複合させていることが見えてくる。そして、ここでの物語のハイライトは、建御雷神《たけみかづちのかみ》が、大国主神の息子の建御名方神《たけみなかたのかみ》に自分の手を取らせた時に、その手を氷柱に変え、剣の刃に変えた、という場面である。訓読では「立氷《たつひ》に取り成し、亦、剣《つるぎ》の刃に取り成しき」と書かれている。「立氷」は通常「氷柱」と現代語訳されるのであるが、実際は「立火」であり、現代語にすれば「火柱」ということになる。氷柱のイメージとは正反対であるが、そう理解しないとその後の「剣の刃」に取り成したという記述と合わないのである。このことの理解を踏まえて、この段の物語を読み取ると、次のようになる。

大国主神の息子の建御名方神《たけみなかたのかみ》が、大きな岩(これは鉄を含む岩である)を運んで来て、「力比べ」をしようと、高天原の使いの建御雷神《たけみかづちのかみ》に言う。「力比べ」とは「鉄の力比べ」のことである。そこで、建御雷神が言われたとおりに自分の「手＝鉄」を取らせると、それを「火柱」と「剣の刃」に変えた。それを見て建御名方神《たけみなかたのかみ》は驚くのであるが、今度は自分の「手＝鉄」を取られると、やすやすと遠くへ投げ飛ばされてしまった。鉄の力の差は歴然としていたのである。この結果、建御名方神は信州の諏訪まで逃げていって、服従を誓うことになる。

こうして、建御名方神に勝った建御雷神は再び戻って来て、大国主神に、「お前の子ども、事代主神《ことしろぬしのかみ》・建御名方神《たけみなかたのかみ》の二柱の神は、天つ神御子に背くことはないといった。それで、お前の心はどうか」と尋ねた。これに対し、大国主神は答えて、「私の子ども二柱の神が申すことに従い、私も背かない。この葦原中国は、すっかり献上しましょう。ただ、私の住みかだけは、天の住居のように、大磐石の上に宮柱を太く立て、お祭りくだされば、私はこの出雲に隠れておりましょう。また私の子たちである大勢の神は、八重事代主神《やえことしろぬしのかみ》が、諸神の先頭に立ってお仕えすれば、背く神はありますまい」と答えた。

ここで、大国主の国譲りは最終局面を迎えることになるのだが、その終わり方もだいぶ奇妙である。国を譲りました、で終わるのではなく、太い柱の私の宮を立ててくださいと願って終わるのである。自らの存在だけは将来において永劫に祭られ認めさせるような終わり方である。その存在の仕方とは何か。それを知るには続いて描かれた場面をうまく読み解くことである。

3 天に差し出す「料理」とは何か

大国主のこのあとの振る舞いは次のように描かれている。

> 出雲国《いづものくに》の多芸志《たぎし》の小浜《をはま》に、天《あめ》の御舎《みあらか》を造《つく》りて、水戸神《みなとのかみ》の孫《うまご》 櫛八玉神《くしやたまのかみ》を膳夫《かしはで》と為《し》て、天《あめ》の御饗《みあへ》を献《たてまつ》りし時に、禱《ほ》き白《まを》して、櫛八玉神、鵜《う》と化《な》り、海の底に入《い》り、底のはにを咋《く》ひ出《い》だし、天《あめ》つ八十《やそ》びらかを作りて、海布《め》の柄《から》を鎌《か》りて燧臼《ひきりうす》を作り、海蓴《こも》の柄《から》を以《もち》て燧杵《ひきりきね》を作りて、火を鑽《き》り出《い》だして云《い》はく、是《こ》の、我《あ》が燧《き》れる火は、高天原《たかあまのはら》には、神産巣日御祖命《かみむすひのみおやのみこと》の、とだる天《あめ》の新巣《にひす》の凝烟《すす》の、八拳《やつか》垂《た》るまで焼き挙《あ》げ、地《つち》の下《した》は、底津石根《そこついはね》に焼き凝《こ》らして、栲縄《たくなは》の千尋縄《ちひろなは》打《う》ち莚《は》へ、釣為《つりす》る海人《あま》が、口大《くちおほ》の尾翼鱸《をはたすずき》、さわさわに控《ひ》き依《よ》せ騰《あ》げて、打竹《うちたけ》のとををとををに、天の真魚咋《まなぐひ》を献《たてまつ》る。

ここにもものすごくわかりにくいことが書いてある。その「わかりにくさ」というのは、字句の読み取りの難しさもあるのだが、それ以上に、海中から火を起こす道具をとってくるようなイメージの展開が、通常の感覚からではうまく理解できないわかりにくさになっているからである。ここのところを私が納得できるように解説してくれている書物に出会ったことがない。火を起こして、料理を作って、天つ神に献上したいだけなら、ここに書かれていることはあまりも回りくどく、不可解な書き方になっている。そして何よりもそもそも大国主は、なぜこんなところで「料理」を天にさしだそうとしたのだろうか、という疑問が残るのである。

　ここの記述の不可解さを解くには、ここで作られる「料理」について、深く思いを巡らさなくてはならないだろう。そのためには、まず物語のこの場面が「多芸志《たぎし》の小浜《をはま》に、天《あめ》つ神のための御舎《みあらか》を造った」とされていることについて考えておかなくてはならない。ここでの「多芸志《たぎし》の小浜」は地名ではない。「たぎし」とは「たぎる」「煮えたぎる」の意味があり、沸騰するイメージの浜に、「御舎《みあらか》」を立てたというのである。そしてその後の場面は、訓読ではこうなっている。「水戸神《みなとのかみ》の孫《うまご》 櫛八玉神《くしやためのかみ》を膳夫《かしはて》と為《し》て、天《あめ》の御饗《みあへ》を献《たてまつ》り」。水戸神も櫛も玉も、鉄のイメージを複合していることは見てきたとおりである。その鉄のイメージを内包する櫛八玉神《くしやためのかみ》が、天上に差し出す食事＝御饗《みあへ》を作るというのであるから、その「料理」は当然「鉄」に関わる特別なものでなければならないであろう。ということは、その「調理場」は、当然のことながら、特別な鉄を作る鍛冶場を意味すると理解されなくてはならないだろう。そうすると「多芸志《たぎし》の小浜《をはま》」に立てた「御舎《みあらか》」は、天の神に向けて立てられた特別な鍛冶場だということになってくる。そういうふうに理解すれば、この後に書かれていることも、少しは理解しやすくなる。

まず、櫛八玉神は鵜となって海の底に入り、海底の粘土をくわえ出してきて、天つ神のための平たい容器を多数作ったという。ここで「粘土」というのは原文では「はに／波邇」と書かれていて「赤土」のこととされている。それで「びらか＝平たい容器」を作ったと解される。ここで「鳥」となるというのは鉄の神として飛ぶことであるので、そういうものとして櫛八玉神は、海に潜り、「はに」をとってきて、それで「びらか／毘良迦」を作ったという。「びらか／毘良迦」は「ひらか／平瓦」でもありうると西郷信綱は指摘している。こうした「はに／赤土」や「か／瓦」を持ち出すのは、食器作りをしたことを言うためであろうが、はたして「びらか／毘良迦」が食器のことなのかどうかは定かではない。

そのことを考えるには、先に引用した訓読の描写の意味を合わせて考えなくてはならない。その描写をさらに現代語に手を加え引用してみる。

海藻の茎《から》を刈り取って、火をおこすための臼《うす》と杵《きね》を作り、そして火をおこして、次のように言った。この私がおこした火は、高天原に向けてのことで、神産巣日御祖命《かみむすひのみおやのみこと》の、立派な天の新しい住居に、煤《すす》が長く垂れるほどに焼き上げ、地の下に向かっては、地底の大盤石に至るまで焼き固めて、千尋《ちひろ》もある長い縄を張り伸ばし、釣をする海人《あま》が、口の大きなの尾鰭《おひれ》がぴんと張った立派な鱸《すずき》を、ざわざわと音を立てて引き上げ、天の魚料理を差し上げます。

この段はおそらく古事記の中でも、もっとも詩的な「喩」をこらして書いてあるので、一字一句の正確な理解は不可能ではないかとすら思われるのであるが、目に付く大事なイメージを取りだしてみたい。まずは「火を作る道具」を海中の海藻から取ってきたというイメージである。「燧臼《ひきりうす》」や「燧杵《ひきりきね》」と呼ばれる道具である。特別な火なのであろう。その火を使って、神産巣日御祖命のための「殿舎《みあらか》＝鍛冶場」を作ったというのである。その鍛冶場のために、「すす／凝烟」が垂れるほどに火を焚き、地面を固い岩のように焼き固めたというのである。溶炉には何よりも「固めた床」作りが欠かせないことは何度も見てきたとおりである。その「床」の上に、「はに／赤土」で炉を作り、そこで天に差し出す「食べ物」を作る。その食べ物が、ここでは「大口の鱸《すずき》」である。それを手に入れるのは、いかにも海人が長い縄を垂らして、釣りをして引き上げたかのように描写している。つまり、ざわざわと音を立てて「大口の鱸《すずき》」を引き上げたというように。それを「料理」として差しだしたというのである。

ここでの「すす」に「凝烟」という字が当てられている。この「凝」という字は「淤能碁呂島《おのごろしま》」の時に使われ、「おのごろ」は「こる／凝」からきていると説明されていたものである。そして、その「こる／凝」は「熔鉄の固まる様子」を指していたことを思い起こすなら、ここでの「すす／凝烟」も、「熔鉄の固め」に関わるイメージが語られているとみることができるし、そこで採れる「すずき」の「すず」も、すでに何度も見てきたように、「すず（鈴・鐸）」のイメージを内包していたように、ここで採れたものは金属としての食べ物であることがわかる。そこの処の訓読文ではこうなっている。「海人《あま》が、口大《くちおほ》の尾翼鱸《をはたすずき》、さわさわに控《ひ》き依《よ》せ騰《あ》げて、打竹《うちたけ》のとををとををに、天の真魚咋《まなぐひ》を献《たてまつ》る」と。つまり、「すずき」を単に釣り上げたというのではなく、ザワザワという金属音を立てて、よせあげたというのである。「あげる」には沸騰の「騰」の字が使われている。そして釣り上げた「尾のピンと張ったすずき」を「うちたけ／打武・打建」たというのである。「とををとををに」というのは「なんども曲げて」というのであるから、鉄を何度も曲げて打ち、立派な鉄具に仕立て上げた、というイメージがここの描写に複合されていることがわかる。それを「天の真魚咋《まなぐひ》」として献上したというのである。

そういうふうに読み取ると、ここでの「料理」は「鍛冶の産物」であり、それを出雲の大国主は、天の神のために作ったというのである。ここで神産巣日神が出てくるのは、自分が八十神の迫害から助けてもらったからというだけではなく、神産巣日神がそもそも火の神・鉄の神であったからである。

この後、建御雷神《たけみかづちのかみ》は高天原へ帰り、葦原中国を平定したことを報告した。

三　邇々芸命《ににぎのみこと》の件

1　猿田毘古神《さるたびこのかみ》

こうして大国主は国を高天原に譲ったので、改めて邇々芸命が天下ることになる。その場面は次のように書かれている。

　爾《しか》しくて、天照大御神《あまてらすおほみかみ》・高木神《たかぎのかみ》の命以《みこともち》て、太子正勝吾勝々速日天忍穂耳命《おほみこまさかつあかつかちはやひあめのおしほみみのみこと》に詔《のりたま》ひしく、「今《いま》、葦原中国を平《たひら》げ訖《をは》りぬと白《まを》す。故《かれ》、言依《ことよ》し賜ひし随《まにま》に、降《くだ》り坐《ま》して知《し》らせ」とのりたまひき。爾《しか》くして、其の太子正勝吾勝々速日天忍穂耳命の答えへて白《まを》しく、「僕《やつかれ》が降《くだ》らむとして装束《よそ》へる間《あひだ》に、子《こ》、生《うま》れ出《い》でぬ。名《な》は天邇岐志国邇岐志天津日高日子番能邇々芸命《あめにきしくににきしあまつひたかひこほのににぎのみこと》、此の子を降《くだ》すべし」とまをしき。此《こ》の御子《みこ》の、高木神《たかぎのかみ》の女《むすめ》、万幡豊秋津師比売命《よろづはたとよあきつしひめのみこと》に御合《みあひ》して、生みし子、天火明命《あめのほあかりのみこと》、次に、日子番能邇々芸命《ひこほのににぎのみこと》、二柱《ふたはしら》ぞ。是《ここ》を以《もち》て、白《まを》しし随《まにま》に、日子番能邇々芸命に科《おほ》せて詔《のりたま》ひしく、「此の豊葦原水穂国《とよあしはらのみづほのくに》は、汝《なむち》が知らさむ国ぞと言依《ことよ》し賜ふ。故《かれ》、命《みこと》の随《まにま》に天降《あまくだ》るべし」とのりたまひき。

　爾《しか》くして、日子番能邇々芸命の天降《あまくだ》らむとする時《とき》に、天《あめ》の八衢《やちまた》に居《ゐ》て、上《かみ》は高天原《たかあまのはら》を光《てら》し、下《しも》は葦原中国《あしはらのなかつくに》を光《てら》す神、是《ここ》に有《あ》り。故爾《かれしく》して、天照大御神《あまてらすおほみかみ》・高木神の命以《みこともち》て、天宇受売神《あめのうずめのかみ》に詔《のりたま》ひしく、「汝《なむち》は、手弱女人《たわやめ》に有《あ》れども、いむかふ神に面勝《おもか》つ神ぞ。故、専《もは》ら汝《なむち》往《ゆ》きて問《と》はまくは、『吾《わ》が御子《みこ》の天降《あまくだ》らむと為《す》る道に、誰《たれ》ぞ如此《かく》して居《を》る』ととへ」とのりたまひき。故、問ひ賜ひし時に、答へて白《まを》ししく、「僕《やつかれ》は、国つ神、名は猿田毘古神《さるたびこのかみ》ぞ。出で居《を》る所以《ゆゑ》は、天《あま》つ神御子《かみみこ》天降《あまくだ》り坐《ま》すと聞きつるが故《ゆゑ》に、御前《みさき》に仕《つか》へ奉《まつ》らむとして、参《ま》ゐ向《むか》へて侍《はべ》り」とまをしき。

気にならなければ気にならない場面なのかもしれないが、実際は奇妙な場面である。邇々芸命《ににぎのみこと》が天降りの命を受けて下ってゆくと、天の別れ道の処に、道案内の猿田毘古神《さるたひこのかみ》が待っていたというのである。今まで何度か天降りする神のことは描かれてきたのであるが、そこではどの神もさっさと自分で降りていたはずなのに、ここに来て「迎えのもの」が待っていたというのである。今までなら、そんな者はいなくても神々は単独で降りることができていたのに、どうして、この時になって、このような道案内の猿田毘古神を登場させなくてはならなかったのか（ちなみに、先導者の天宇受売神《あめのうずめのかみ》については後述するのでそちらを見てもらいたい）。

考えられることは、この猿田毘古神は、ただ漠然と「地上」に案内させるためにそこに居たのではないということである。ある特別な場所に導くためにそこに居たのである。その場所とは「さるた」という神名にも関わることであるが、「さだ／佐田・佐多」から「さるた／猿田」まで、「さ」のつく「田」、つまり鍛冶にかかわる「田」のあるところに導こうとしていた、と考えることである。なぜそのように考えるのかというと、猿田毘古神は天の分れ道で、上方は高天原を照らし、下方は葦原中国を照らす神として、不思議な存在の仕方をしていたからである。普通に考えると奇妙な光景である。というのも、そんな強烈な「照らし」のできるのは天照大御神以外には存在しないからである。

このことを考えるには、そもそも天照大御神とはどういう神だったのかの再考が必要になる。すでに見てきたように、天照大御神の照らす光は、いかにも太陽の光であるかのように見えて、実際には火（火の神）からうまれた明かりであった。天照大御神の本体は「火」である。しかしその「火」は強烈な火であったので、誰もがそこから生じる「明かり」を、まるで「太陽の光」のように思わないわけにはゆかなかった。その光が鏡に映ってさらに妖しく光る。そこで「光」と「鏡」が同一視される。そして「鏡」が最も大事な神器となる。そのことを見てきたはずである。つまり天照御大神は、多くの研究者が言ってきたような「太陽神」なのではなく、もともとは「地上の火＝カマドの火」であり、その火が鉄を溶かす高温の火となり、「鏡」を生むことになり、そこに「火」を当てると暗闇でも鏡は光ることになり、不思議な光を生むようになっていった。その過程で「火の神」を「日の神」に大転換させる仕組みがつくられていった、ということを見てきたはずである。

そうだとすれば、天の分れ道で、上方は高天原を照らし、下方は葦原中国を照らす神がいるということはどういうことなのかを考えなくてはならなくなる。考える基本は、その神もまずは明かりを灯す「火の神」であろうということである。しかし、ただ明かりを灯すだけではなく、上方は高天原を照らし、下方は葦原中国を照らすという、強力な「明かり」として存在していたというのであるから、そこには「火の神」にくわえて「鉄を溶かすような強力な火」を持つ神として存在していたことになる。そうすると、その天照大御神にも似たような光を発する猿田毘古神という神も、実は「火の神」であると同時に「鉄の神」であることが見えてくるのである。事実、この神が自らを猿田毘古神と名乗った後で、古事記はわざわざ次のように語っているところからも、そのことは推測されるからである。

「そこで、天児屋命《あめのこやのみこと》・布刀玉命《ふとたまのみこと》・天宇受売命《あめのうずめのみこと》・伊斯許理度売命《いしこりどめのみこと》・玉祖命《たまのおやのみこと》、合せて五人の部族の長の神を従えて天降した」

言うまでもなく、このメンバーは、かつて天の岩屋の前に集まった神々である。要するに鍛冶に関わった神々たちであった。猿田毘古神はこのメンバーを従えて「地上」に導くことになっているのであるが、こうした鍛冶に関わる神々を導く先というのが、鍛冶に関係の無い場所であるとはとうてい考えられないのである。だからその場所は「さるた」なのである。

ちなみに余計なことを書き添えておくが、邇々芸命の父の「忍穂耳」のことについて、西郷信綱は「このホはいうまでもなく稲の穂であり」と『古事記注釈』で書き、邇々芸命の前に生まれていた「天火明命《あめのほあかりのみこと》」について、本居宣長の説に従ってそれは「穂赤熱《ほあかり》で、稲の穂のあからむこと」と書いていた。「火」と書かれた神名は都合が悪いので、「天火明命」はわざわざ「穂赤熱」だというのである。書き写していても恥ずかしいところである。

2　佐《さ》久《く》々《く》斯《し》侶《ろ》伊《い》須《す》受《ず》の宮を祭る

古事記のその後の語りはこうなっている。

爾《しか》くして、天児屋命《あめのこやのみこと》・布刀玉命《ふとたまのみこと》・天宇受売命《あめのうずめのみこと》・伊斯許理度売命《いしこりどめのみこと》・玉祖命《たまのおやのみこと》、幷《あは》せて五《いと》り伴《とも》緒《のを》を支《わか》ち加《くは》へて天降《あまくだ》しき。是《ここ》に、其《そ》のをきし八尺《やさか》の勾璁《まがたま》・鏡と草那芸剣《くさなぎのつるぎ》と、亦《また》、常世思金神《とこよのおもひかねのかみ》・手力男神《たぢからをのかみ》・天石門別神《あめのいはとわけのかみ》を副《そ》へ賜《たま》ひて、詔《のりたま》ひしく、「此《こ》の鏡は、専《もは》ら我《あ》が御魂《みたま》と為《し》て、吾《あ》が前《まへ》を拝《おろが》むが如《ごと》く、いつき奉《まつ》れ」とのりたまひ、次に、「思金神《おもひかねのかみ》は、前《さき》の事を取り持ちて政《まつりごと》を為《せ》よ」とのりたまひき。此《こ》の二柱《ふたはしら》の神は、さくくしろ伊須受能宮《いすずのみや》を拝《をろが》み祭《まつ》りき。

つまり、ここでは鍛冶をして手に入れた鏡や剣のことをわざわざ述べて、それを「私の御魂《みたま》として、私を祭るように祭りなさい」と天照御大神はいうのである。つまり鉄製品を私と思って扱えと言っているのである。ここで「日の神」であるはずの天照御大神が、ことさらに鍛冶でつくられた金属を自分と同じように思って祭るように言っていることには、本当にしっかりと注意を払わなくてはならないのである。

ちなみに言うと、この段の最後に、少し妙なことが語られているのであるが、このことの意味は従来からきちんと解釈はされてこなかった。それは邇々芸命と思《おもひ》金神《かねのかみ》の二神が

「佐久々斯侶伊須受《さくくしろいすず》」の宮を祭ったという件である。ここでの「さくくしろ」は解釈が分かれていて、「いすず」は「五十鈴」であることでは一致している。『小学館 古事記』では、この「さくくしろ」は美しい腕輪に鈴を付けたものではないかといい、『新潮社 古事記』では、「さくくしろ」を「裂釧」とし「口の裂けた鈴のついた腕飾り」と説明している。西郷信綱もここは「拆く鈴」と解し「口の裂けている鈴」としか解しようがないが、それにしても「鈴は口の裂けているのが当然だから、わざわざサクスズなどというはずがない」と『古事記注釈』で書いている。これらの考察は一見するとどうでも良いような些細なことを論じているように見えるかもしれないが、そうではない。結論的なことを言えば、先行する研究者の考察を見ても、この「さくくしろいすず」は「裂く鈴」と解するしかないのである。というのもこの「鈴」は今まで見てきたようにただの腕につける鈴のようなものではなく「鐸・鈴」としての製鉄の製品の基本形のイメージを担うものになっていたからである。その「鐸・鈴」を祭るのが「さくくしろいすず（裂く五十鈴）の宮」だったというのである。ここのところの理解は、この後出てくる「ナマコの口を刀で裂く」エピソードのところで改めて触れるので、その時きっと納得してもらえる解釈に出会うはずである。

この後は鎮座する神々の住みかを延々と述べる件が来るが、その神はことごとく産鉄にかかわる神名の神ばかりである。その説明は煩雑なので省略させていただく。

四　竺紫《つくし》の日向《ひむか》の高千穂《たかちほ》

1　笠沙《かささ》

故爾《かれしか》くして、天津日子番能邇々芸命《あまつひこほのににぎのみこと》の詔《のりたま》ひて、天《あめ》の石位《いはくら》を離《はな》れ、天《あめ》の八重《やへ》のたな雲《ぐも》を押し分けて、いつのちわきちわきて、天《あめ》の浮橋《うきはし》に、うきじまり、そりたたして、竺紫《つくし》の日向《ひむか》の高千穂《たかちほ》の久士布流多気《くじふるたけ》に天降《あまくだ》り坐《ま》しき。故爾《かれしか》くして、天忍日命《あめのおしひのみこと》・天津久米命《あまつくめのみこと》の二人《ふたり》、天《あめ》の石靫《いはゆき》を取《と》り負《お》ひ、頭椎《かぶつち》の大刀《たち》を取《と》り佩《は》き、天《あめ》のはじ弓を取り持ち、天《あめ》の真鹿児矢《まかこや》を手挟《てばさ》み、御前《みさき》に立ちて仕へ奉《まつ》りき。故《かれ》、其《そ》の天忍日命《あめのおしひのみこと》〈此《こ》は、大伴連《おほとものむらじ》等が祖《おや》ぞ〉。天津久米命《あまつくめのみこと》は〈此《こ》は、久米直《くめのあたひ》等が祖《おや》ぞ〉。

この記述を読む限り、かなり大がかりに弓矢で武装した神が邇々芸命《ににぎのみこと》を先導していることがわかる。猿田毘古神がどこにいるのかよくわからないが、彼が先導して、「竺紫《つくし》の日向《ひむか》の高千穂の峰」に降りたのである。すでに述べてきたように、猿田毘古神は天照御大神にも似たような光を発する神であるので、実体は「火の神」であり、「鉄の神」だと考えてきた。そういう「火の神」「鉄の神」である猿田毘古神の先導してゆくところは、どうしても豊かな鉄の採れる場所でなくてはならないはずである。そこで武器も作らなくてはならないからだ。そうでないと、お供に付いてきた鍛冶をする神々の役割が生かされないからだ。

そうして降り立ったところが、「竺紫《つくし》の日向《ひむか》」と表記されるのである。「つくし／竺紫」は古来からの九州の呼び方であるとして、「日向」は太陽に向いているという意味の「日向」である。なぜ「日向」が選ばれているのかについてはすでに、伊耶那岐命のところで見てきている。そもそも九州は火山の国なので「火の国」と呼ばれていたのかも知れないが、「火山の火」というよりか、私は「鉄の採れる国」としての「火の国」を想定したいと思う。そして、その国の中でも、さらに具体的に「高千穂」と呼ばれるところが降臨の場所に選ばれることになる。「高千穂」は稲穂を高く積み上げたところ、というふうに従来からは説明されてきたと思う。しかし、ここでの「穂」は「火」のことである。豊かな火と鉄のあるところが「高千火《たかちほ》」なのであり、そこへ猿田彦は先導したのである。

そのことを考えると、実際の「日向《ひむか》の高千穂」という場所は九州のどこであろうが、「火」に関わるイメージが何層にも重なるところが想定されていたはずだと私は考える。そしておそらくは、その地が現実にも鉄の採れるところであったと私は考える。事実、九州の南部の宮崎、鹿児島の両海岸には砂鉄を含め鉄の採れるところがある。その場所はさらに表現を選んで次のように語られている。

そうして、邇々芸命《ににぎのみこと》は、「ここは、韓国《からくに》に向かい、笠沙《かささ》の岬をまっすぐ通って来て、朝日のじかに射す国、夕日の照らす国である。それゆえ、ここはたいへんよい地だ」と言って、大磐石の上に宮柱を太く立て、高天原に千木《ちぎ》を高くそびえさせて住むことになった。

多くの研究書は、この「かささ／笠沙」がどこにあったのかについて、膨大な関心を寄せてきている。韓国《からくに》に向かい、とあるので、当然北九州にあるのだろうと北九州びいきの研究者は主張する。しかし高度な鍛冶の技術は、「韓国《からくに》」から来た人びとであるのは自明であるので、そちらに「向かい」と書いていても、地理的に「韓国《からくに》」に向かい合っている場所と考えなくてもいいと私は考える。はっきりしていることは、その場所は、古来から「朝日のじかに射す国、夕日の照らす国」と呼ばれるところである。ここで表現される朝日夕日は、空に上がる太陽というイメージではなく、火（鉄）のある場所のことを言っている。それは後に「朝日夕日長者譚」として語り継がれる話につながってゆくものである。その「朝日の射す国、夕日の照らす国」のイメージに合うところが「かささ」と呼ばれるのであるが、「か／火」「さ／砂」の併せ持つイメージが「かささ／笠沙」という表記として選ばれているのだと考えるのがいいと思う。なお余談になるが、「大磐石の上に宮柱を太く立て、高天原に千木《ちぎ》を高くそびえさせて住む」という記述は、大国主が最後に祭ってほしいとお願いした記述とそっくりである。

2　猿田毘古神《さるたびこのかみ》、ひらぶ貝にはさまれ溺れる

故爾《かれしか》くして、天宇受売命《あめのうずめのみこと》に詔《のりたま》ひしく、「此の、御前《みさき》に立ちて仕《つか》へ奉《まつ》れる猿田毘古大神《さるたびこのおほかみ》は、専《もは》ら顕《あらは》し申せる汝《なむち》、送り奉《まつ》れ。亦《また》、其《そ》の神の御名《みな》は、汝《なむち》、負ひて仕へ奉《まつ》れ」とのりたまひき。是《ここ》を以《もち》て、猿女君等《さるめのきみら》、其の猿田毘古之男神《さるたびこのをのかみ》の名を負ひて、女《をみな》を猿女君と呼ぶ事、是《これ》ぞ。

故《かれ》、其の猿田毘古神、阿耶訶《あざか》に坐《いま》しし時《とき》に、漁為《すなどりし》て、ひらぶ貝《かひ》に其の手を咋《く》ひ合《あは》さえて、海《う》塩《しほ》に沈《しづ》み溺《おぼほ》れき。故《かれ》、其《そ》の、底に沈み居《ゐ》る時の名は、底度久御魂《そこどくみたま》と謂ひ、其《そ》の、海水《うしほ》がつぶたつ時の名は、都夫多都御魂《つぶたつみたま》と謂ひ、其の、あわさく時の名は、阿和佐久御魂《あわさくみたま》と謂ふ。

この場面も妙なことを書いているように思える。火の神が貝に手をはさまれて溺れるなんて、解釈しようにも解釈できないのではないかと。それでも解釈の手がかりはいくつもある。まず猿田彦が「あざか」と呼ばれるところにいることについてである。まず「あざか」は「痣・鮮」と「火・赤」ということで、痣や火のような「赤い場所」にいることが暗示されている。そこで「すなどり／漁り」をしていたのだという。「漁」はもちろん魚を捕ることであるが、それを「すなどり」と読めば「砂取り」のイメージも重なってくる。その「砂」はもちろん「鉄の砂」である。つまり「あざか／鮮赤」というところで「すなどり／砂取り」していたイメージが出てくる。ということは、ここにも鉄を作る鍛冶場があって、そこを「あざか／鮮赤」と呼んでいた可能性が見

えてくる。その鍛冶場に持ち込まれる鉄の砂を「すなどり」していたときに、「ひらぶ貝（比良夫貝）」に「手」をはさまれて溺れたというのである。このときの「ひらぶ貝」の解釈は、多くの研究者によって分かれてきた。問題にされたのは、「ひら」の理解である。「ひら」には「開く」の意味があり、「閉じているものを開けたり、巻いたものを広げるような意味にもちいる」と白川静は書いていた。「黄泉平坂」の「ひら」もそうだという。私は「ひらぶ貝」の考察ももちろん大事だが、多くの研究者が問題にしない「手を咋《く》ひ合《あは》さえて」という表現も気になってきた。すでに「手」は「鉄」のことだとして考察してきていたからである。もしそうだとしたら、「鉄の神」である猿田毘古神は、その自らの鉄を食われたということになる。その食ったものが「ひらぶ貝」だというのである。

考え方は、猿田毘古神の溺れた場所は溶炉だと考えることである。あるいは「ひらぶ貝」を溶炉と考えることである。この溶炉には、鉄の世界同士の「ひら」がある。「ひらぶ貝」という「ひら（平・坂）」に込められた「境界」は、正規の鉄と異端の鉄との境界である。「黄泉ひら坂」がそうであったように。古事記にとっては、黄泉の鉄は異端の鉄であり、伊耶那岐命の鉄は正規の鉄であった。そこから考えると、そもそも猿田毘古神は、「天上」と「地上」の「境界」にいた神であり、その両方を照らす火の神・鉄の神であった。この神は天上の神々を地上に導くほどの強大な力をもっていた。だからこそ、古事記の制作者は、その力を持ったままで終わらせるわけにはゆかなかった。それは伊耶那美命や須佐之男命や大国主命のような強大な力を持った葦原中国の神々の、共通してたどる宿命である。彼らの持つ異端の鉄の力は封印されなくてはならないのである。だから、ここでも猿田毘古神は、「溺れ」させられた。では「溺れる」とはどういうことなのか。

「溺れる」ことの実体は、溶炉の中のより深い鍛冶の世界へ引き込まれたと考えることであろう。その最も深い世界を「渦」と呼べば、猿田毘古神はこの「渦」に巻き込まれて「溺れた」のである。もう少し言えば「溺れる」とは「渦に巻き込まれる」ことである。誤解があるといけないので付け加えておくが、この「渦」「渦巻き」は水の中だけの現象のようにイメージされるものではない。「火の神」は「雷の神」でもあったわけで、「雷の神」のもつ「稲妻」は「竜巻」ともかかわるもので、火の存在そのものが「渦」を巻いているのである。「雷文」が「渦巻き文様」になっているのも、そのためである。そして伊耶那美命に雷神がとりついているのも、そのためである（そして「鐸」「銅鐸」にも「渦巻き文様」が描かれていたことを想起してもらいたい）。

さて、ひらぶ貝に「手＝鉄」をはさまれ「溺れた」後、溶炉の中では猿田毘古神は変化していた。鉄の溶け具合が違っているのである。その鉄の状態の変化する様子を、古事記は分けて表している。底に沈んでいた時の名は、底度久御魂《そこどくみたま》、つぶつぶに泡だった時の名は、都夫多都御魂《つぶたつみたま》、その泡がはじけた時の名は、阿和佐久御魂《あわさくみたま》と表記していた。これは鉄の神、猿田毘古神の溶炉の中の三つの姿である。これが「溺れる」と表記されることの中身である。溶炉の鉄の状態を三層に分けて表現するのは、すでに伊耶那岐命の「みそぎ」のところでも見てきたとおりである。

ちなみにいうと、猿田毘古神とともに行動した天宇受売神《あめのうずめのかみ》のことはどう考えるといいのか。谷川健一は、「あめのうずめ」の持つ「うず」に最も注目してきた研究者だった。彼は「うずめ」の「ウズ」は「渦巻きのウズ」であると早くから主張していた（『南島論序説』）。そしてそれをとぐろを巻く「海蛇」と結びつけて論じていた。魅力的な説明なので、「渦巻き論」はどこかでぜひ考察したいのだが、ここでは「うず」は、髪飾りとして髪に挿すものの呼称と考えておきたい。髪を渦のように巻いてそれを止めていたので、「うず」になったのか、「渦巻き状の飾り物」を髪に止めていたので「うず」と呼ぶようになったのか、推測はいろいろ出てくるであろうが、定かなところはわからない。ちなみに縄文の土偶の中には、頭に蛇を巻いたものがあって、渦を巻く蛇の力が、渦を巻く髪飾りに変形し、のちにそういう髪飾りを止めるものを「うず」と呼ぶようになっていった可能性は考えることができる。それでも定かなところはわからない。こうした力を持つ髪飾りに、「くし／櫛」があることは再三見てきたとおりである。そして、この「うず」は金・銀・銅でできているとされてきたので、「くし」も金属としてみてきたことと似ている。そういう金属の名前を持つ天宇受売神が、鉄の神、猿田毘古神とともに行動していたということなのである。ということは、猿田毘古神と天宇受売神は、とてもよく似た性質をもった神だということなのである。だから天上と地上の境目で、二神がまず最初に出会うようになっているのである。そしてさらに言えば、この二神は、櫛名田比売と須佐之男命の性質にも近いものがあるように私には思われる。

3　ナマコの口

是《ここ》に、猿田毘古神を送りて還《かへ》り到《いた》りて、乃《すなは》ち悉《ことごと》く鰭《はた》の広物《ひろもの》・鰭《はた》の狭物《さもの》を追《お》ひ聚《あつ》めて、問ひて言はく、「汝《なむち》は、天《あま》つ神御子《かみみこ》に仕《つか》へ奉《まつ》らむや」といふ時に、諸《もろもろ》の魚《うを》皆、「仕へ奉らむ」と白《まを》す中《なか》に、海鼠《こ》、白《まを》さず。爾《しか》くして、天宇受売命《あめのうずめのみこと》、海鼠《こ》に謂ひて云はく、「此の口や、答《こた》へぬ口」といひて、紐小刀《ひもかたな》を以《もち》て其《そ》の口《くち》を析《さ》きき。故《かれ》、今《いま》に海鼠《こ》の口は、析《さ》けたるぞ。是《ここ》を以《もち》て、御世《みよみよ》に、島の速贄《はやにえ》を献《たてまつ》る時《とき》に、猿女君《さるめのきみら》等に給《たま》ふぞ。

最後はナマコの口を刀で裂いたというような奇妙なエピソードで終わっている。なぜ、このような場面を書いているのか。この場面もまったくどうでも良いようなエピソードに見える。しかし古事記には無駄なエピソードはないことは繰り返し見てきたはずなので、ここでもわけを考える必要がある。一つわかるのは、この「なまこ」を「海鼠」と表記しているところである。「海の鼠」なのだ。「鼠」はすでに、大穴牟遅神を火の野原から助けてくれたものであった。その時の「鼠」は「ね」ということで、「音」でもあるところを見てきた。その先例を踏まえてこの場面を見てみると、「なまこ」の登場する前に、天宇受売命が魚たちに「天つ神に仕えるか」と尋ねて返答を聞いていたのである。しかし、この「なまこ」は音（返事）を出さなかったのである。「ね／鼠」であるのに「ね／音」を出さなかったのである。「ね／音」とは、古代においては常に神との連絡手段であった。その「音」を出さない「鼠」は「ね」ではないということで、「音」が出るように刀で口を大きく開けたのである。しかしその「音の出る口」のイメージは、通常のナマコのイメージでみたら間違えてしまうものである。その開けられた「音の出る口」は、当然「鐸＝鈴」の口であるからだ。それは大穴牟遲神を助けた鼠の時に見たはずのものである。

この「口の裂けた鈴」のことは、すでに「さくくしろいすず（裂く鈴）の宮」のところでも触れられていたのを私たちは見てきた。古事記の編者は、よく計算してこの喩を使っているのである。

五　天津日高日子番能邇々芸能命《あまつひたかひこほのににぎのみこと》

1　木花之佐久夜毘売《このはなのさくやびめ》

次に有名な「このはなさくやひめ」の話がくる。訓読文はこのようになっている。

是《ここ》に、天津日高日子番能邇々芸能命《あまつひたかひこほのににぎのみこと》、笠沙《かささ》の御前《みさき》にして、麗《うるは》しき美人《をとめ》に遇《あ》ひき。爾《しか》くして、問ひしく、「誰《た》が女《むすめ》ぞ」ととひしに、答へて白《まを》ししく、「大山津見神《おほやまつみのかみ》の女《むすめ》、名《な》は神阿多都比売《かむあたつひめ》、亦《また》の名《な》は、木花之佐久夜毘売《このはなのさくやびめ》と謂《い》ふ」とまをしき。又、問ひしく、「汝《なむち》が兄弟《はらから》有《あ》りや」ととひしに、答へて白《まを》ししく、「我《あ》が姉《あね》、石長比売《いしながひめ》在《あ》り」とまをしき。爾《しか》くして、詔《のりたま》ひしく、「吾《あれ》、汝《なむち》と目合《あひ》はむと欲《おも》ふ。奈何《いか》に」とのりたまひしに、答へて白《まを》ししく、「僕《やつかれ》は、白《まを》すこと得ず。僕《やつかれ》が父《ちち》大山津見神、白さむ」とまをしき。故《かれ》、其の父大山津見神に乞《こ》ひに遣《や》りし時に、大きに歓喜《よろこ》びて、其の姉石長比売《あねいしながひめ》を副《そ》へ、百取《ももどり》の机代《つくえしろ》の物を持たしめて、奉《まつ》り出《い》だしき。故爾《かれしか》くして、其の姉は、甚凶醜《いとみにく》きに因《よ》りて、見畏《みかしこ》みて返《かへ》し送《おく》り、唯《ただ》に其の弟木花之佐久夜毘売《おとこのはなのさくやびめ》のみを留《とど》めて、一宿《ひとよ》、婚《あひ》を為《し》き。

爾《しか》くして、父大山津見神、石長比売を返ししに因《よ》りて、大《おほ》きに恥ぢ、白《まを》し送《おく》りて言ひしく、「我《あ》が女《むすめ》二並《ふたりとも》に立《た》て奉《まつ》りし由《ゆゑ》は、石長比売を使《つか》はば、天つ神御子《みこ》の命《いのち》は、雪零《ゆきふ》り風《かぜ》吹くとも、恒《つね》に石《いは》の如《ごと》くして、常《ときは》に堅《かちは》に動《うご》かず坐《いま》さむ、亦《また》、木花之《このはなの》佐《さ》久《く》夜《や》毘《び》売《め》を使《つか》はば、木《こ》の花の栄ゆるが如く栄《さか》え坐《ま》さむとうけひて、貢進《たてまつ》りき。此《か》く、石長比売《いしながひめ》を返《かへ》らしめて、独《ひと》り木花之佐《さ》久《く》夜《や》毘《び》売《め》のみを留《とど》むるが故に、天《あま》つ神御子《かみみこ》の御寿《みいのち》は、木《こ》の花のあまひのみ坐《いま》さむ」といひき。故是《かれここ》を以《もち》て、今に至るまで、天皇命等《すめらみことたち》の御命《みいのち》は、長くあらぬぞ。

この物語は有名ではあるが、念のために現代文で再度紹介しておきたい。天津《あまつ》日《ひ》高日《たかひ》子《こ》番能《ほの》邇々《にに》芸《ぎ》能命《のみこと》は、笠沙《かささ》の岬で、美しい乙女に出会った。そこで、「お前はだれの娘か」と尋ねたら「大山津《おおやまつ》見神《みのかみ》の娘、神阿《かむあ》多《た》都《つ》比《ひ》売《め》、またの名は木花之《このはなの》佐《さ》久《く》夜《や》毘《び》売《め》といいます」と答えた。また、「お前には兄弟がいるか」と尋ねると、「姉の石長比売《いわながひめ》がいます」と答えた。そして、邇々芸命が、「私はお前と結婚したいのだが。どうか」と尋ねると、「私はお答えできません。私の父、大山津《おおやまつ》見神《みのかみ》が申しましょう」と答えた。そこで、父の大山津見神に使いを遣ると、大山津見神は喜んで、姉の石長比売《いわながひめ》をそえて、差し出した。しかし、その姉はたいへん醜かったので、邇々芸命は見て送り返し、妹の木花之《このはなの》佐《さ》久《く》夜《や》毘《び》売《め》だけをとどめて、一夜の交わりをもった。これに対し、大山津見神は、石長比売を送り返してきたので恥ずかしく思い、「わが娘を二人とも差し上げたわけは、石長比売を召し使いなされば、天つ神である御子の命は、岩のように、いつまでも堅く動かずにいられるだろう、また、木花之《このはなの》佐《さ》久《く》夜《や》毘《び》売《め》を召し使いなれば、木の花の咲くように栄えられるだろうと言って、差し上げたのです。しかし、石長比売を帰らせて、ひとり木花之佐久夜毘売だけをとどめたために、あなたの寿命は、桜の花のように短くなるでしょうと言った。このために、今に至るまで天皇たちの御寿命は長くないのである。

有名な箇所であるだけに、研究者の間の解釈にほとんど違いが見られない珍しい箇所である。またこの話は「バナナ型神話」と呼ばれる東南アジアに見られる話によく似ているとされてきた。「いなばのしろうさぎ」が、東南アジアの話に似ているという指摘と同じである。「バナナ型神話」とは、人間が神に石とバナナのどちらかを選ぶように言われたとき、食べられない石よりも、食べられるバナナを選んでしまった。石は不死なので、石を選べば人間も不死になれたのに、バナナを選んだので、枯れて死んでしまう運命になった、という物語である。話の展開は似ているので、研究者の多くは、「バナナ型神話」のようなことを古事記の編者も言っているのであろうとみなしてきた。しかし、そうではないと私は思う。話の素材は、そういうものを使っているのであろうが、似ているのは表向きの筋だけである。

繰り返してみてきたように大山津見神は火の神・鉄の神であった。もしそのことを前提にするのなら、その娘、姉妹も共に火の神・鉄の神の性質は持っていると考えなくてはならないだろう。ここでは、妹が邇々芸命に見初められ求婚される。この妹の名は「神阿多都比売《かむあたつひめ》」というのだが、ここに「あた／阿多」とついている。「あた」とは「あつ／熱」と同根（『字訓』白川静）という理解に従えば、妹は「熱田《あた》」というイメージをもっていることになる。それは鍛冶場の「田」であったことが推測される。その神のまたの名を「木花之佐久夜毘売」という。ここでいわれる「花」とは、そこで溶解される鉄の火花のことをいっているのであろう。その妹を貰いたいという。しかしその娘には「石長比売《いわながひめ》」という名の姉がいる。この「いわなが／石長」というのは、石を流す意味の「いわなが／石流」なのであろう。それはおそらくは砂鉄の混じった石を「鉄穴流し《かんな》」として流すイメージを背後に持っている。そういう意味では、製鉄では石を流す「いわなが／石流・石長」と、そこから採れる鉄の花「このはな／木花」はセットになった過程としてあるものである。だから、大山津見は、「鉄」を求める邇々芸命に対して、セットになった姉妹を差し出すのである。当然のことである。しかるに、邇々芸命は、製鉄されて出てくる「このはな／木花」だけを選ぶのである。それを知った大山津見は、そういう選び方をすれば、「花」のように寿命は短くなるでしょうというような叙情的なことを言うことになる。しかし、実際はそのような叙情的なことを大山津見はここで言っているわけではなかったのである。彼はここで、そういう選び方をすれば、うまく製鉄ができませんよ、という統治者には厳しいことを言っていたのである。鉄には美しい金属としてできあがるものと、金属に出来上がる以前の鉄がある。しかしそれは一連のもので、いきなり金属だけを手に入れることはできないのである。

2　火中出産

さて、この後に、木花之佐久夜毘売が邇々芸命のもとに参上して、「私は妊娠しました。今、産もうとする時にあたり、この天つ神の御子はひそかに産むわけにはいかないので、申し上げます」と申した。これに対し邇々芸命は、「佐久夜毘売よ、一晩で懐妊したというのか。それはわが子ではあるまい。きっと国つ神の子だろう」と言った。これに対し、木花之佐久夜毘売は「私が妊娠した子がもし国つ神の子ならば、生む時に無事ではありますまい。もし天つ神の御子ならば、無事でしょう」と言って、ただちに戸のない八尋殿《やひろどの》を作り、その内に入り、土で塗り塞いで、その殿に火をつけて生んだ。そうして、その火が盛んに燃えている時に生んだ子の名は、火照命《ほでりのみこと》〈これは、隼人《はやと》の阿多君《あたのきみ》の祖先である〉。次に生んだ子の名は、火須勢理命《ほすせりのみこと》。次に生んだ子の御名は、火遠理命《ほをりのみこと》、またの名は天津日高日子穂々手見命《あまつひたかひこほほでみのみこと》という。訓読で示せば次のようになる。

「吾《あ》が妊《はら》める子、若《も》し国つ神の子ならば、産《う》む時に幸《さき》くあらじ。若《も》し天つ神の御子ならば、幸《さき》くあらむ」とまをして、即《すなは》ち戸無き八尋殿《やひろどの》を作り、其《そ》の殿《との》の内《うち》に入《い》り、土《つち》を以《もち》て塗《ぬ》り塞《ふさ》ぎて、方《まさ》に産まむとする時に、火を以《もち》て其《そ》の殿《との》に著《つ》けて産みき。故《かれ》、其の火の盛《さか》りに焼《も》ゆる時に生める子の名は、火照命《ほでりのみこと》〈此《こ》は、隼人《はやと》の阿多君《あたのきみ》が祖《おや》ぞ〉。次に、生みし子の名は、火須勢理命《ほすせりのみこと》。次に、生みし子の御名《みな》は、火遠理命《ほをりのみこと》、亦《また》の名は、天津日高日子穂々手見命《あまつひたかひこほほでみのみこと》〈三柱《みはしら》〉。

すでに吉野裕が指摘してきた（『風土記世界と鉄王神話』）ように、この出産の「戸のない八尋殿」は、鍛冶のための建物である。「木花之佐久夜毘売」はそこに入り、土で塗り塞いで、火をつけるのであるが、この神が「溶鉱の火の花」なのだとしたら、当然のことであろう。そうした製鉄はいわゆる人間の出産のように、十カ月で生まれるというのではなく、火を燃やし続け、「八日八夜」のような日程で生まれるのである。その短さが、ここでは「一晩で懐妊したのか」という疑問で表されている。そして実際に生まれた「鉄の子」は、それぞれに「火照命《ほでりのみこと》」「火須勢理命《ほすせりのみこと》」「火遠理命《ほをりのみこと》」というように火のつく神名で呼ばれることになる。兄弟の神名の違いは、おそらくだんだんと火力が強くなる中で生まれる鉄の状態の変化を表していて、最後の「火遠理命《ほをりのみこと》」が最も強い鉄になる段階になっているのであろう。

おそらく古事記の中では、この段の物語が、鍛冶の話を「喩」として語っている最もわかりやすい場面である。それにもかかわらず、どうしても古事記を稲作の物語と読み替えたい研究者はいるわけで、なかでも西郷信綱は、物語の最後の神名、天津日高日子穂穂手見命について『古事記注釈』で次のように解説していた。

天津日高日子穂穂手見命は火遠理の亦の名である。／さて、「火《ほ》」であったものがここで突如「穂」に転換していっているのに注目せねばならぬ。／焔は「火《ほ》の穂」である。そして穂《ほ》は秀《ほ》であり、目に立つもの、秀いでたものをいう。／だとすればここも、焔と稲の穂とが姿としてかさなっているはずで、火照《ほでり》は穂が赤らむこと、火須勢理《ほすせり》は穂がそそりたつこと、火遠理《ほをり》は穂が折れたわむことと相関的と思われる。こう見る方が、少くともこの系譜の読みとしていっそう適切である。そしてホ—ホデミとは、ホ—ノニニギがそうであったように、瑞穂の国の君たるべき資格をあらわす名にほかならない。

私の見解はこういう解釈に徹底して異を唱えるものである。火の中で出産するという物語を、ここまでして「稲穂」の話にすり替えるのは、それこそ国文学の神話化である。

第六章　海神の国訪問

1　「さち」とは何か

ここからさらによく知られる「うみさちやまさち」の物語がはじまる。展開は次のようになっている。

故《かれ》、火照命《ほでりのみこと》は、海佐知毘古《うみさちびこ》と為《も》て、鰭《はた》の広物《ひろもの》・鰭《はた》の狭物《さもの》を取り、火遠理命《ほをりのみこと》は、山佐知毘古《やまさちびこ》と為《し》て、毛《け》の麁物《あらもの》・毛《け》の柔物《にこもの》を取りき。爾《しか》くして、火遠理命、其《そ》の兄《え》火照命に謂《い》はく、「各《おのおの》さちを相易《あひか》へて用ゐると欲《おも》ふ」といひて、三度《みたび》乞《こ》へども、許さず。然《しれ》れども、遂《つひ》に纔《わづ》かに相易《あひか》ふることを得《え》たり。爾《しか》くして、火遠理命、海さちを以《もち》て魚《うを》を釣《つ》るに、都《かつ》て一つの魚も得ず。亦《また》、其の鉤《ち》を海に失ひき。是《ここ》に、其の兄《え》火照命、其の鉤《ち》を乞ひて曰《い》ひしく、「山さちも、己《おの》がさちさち、海さちも、己《おの》がさちさち。今は各《おのおの》さちを返さむと謂《おも》ふ」といひし時に、其の弟《おと》火遠理命の答へて曰《い》ひしく、「汝《なむち》が鉤《ち》は、魚《うを》を釣りしに、一つの魚も得ずして、遂に海に失ひき」といひき。然《しか》れども、其の兄《え》、強《あたが》ちに乞《こ》ひ徴《はた》りき。故《かれ》、其の弟、御佩《みは》かしせる十拳《とつか》の剣《つるぎ》を破《やぶ》り、五百《いほ》の鉤《ち》を作り、償《つくの》へども、取らず。亦《また》、一千《ち》の鉤《ち》を作り、償《つくの》へども、受けずして、云《い》ひしく、「猶其《なほそ》の正《まさ》しき本《もと》の鉤《ち》を得《え》むと欲《おも》ふ」といひき。

ここで注目すべきことは、「ち」の付く言葉が繰り返し出てくるところである。「うみさち／海佐知」「やまさち／山佐知」「さち／佐知」「ち／鉤」などである。この「ち」を巡って西郷信綱は

「サチのチは、カグッチ・イカヅチ・ヲロチ、あるいは動詞のチハフのチと同じではなかろうか」と書いていた。「霊力のあるもの＝チ」という理解である。そういう面もあるのは確かだが、私たちはすでに「ち」については「つち／槌」の「ち」という理解で進めてきた。つまり、鍛冶で鉄を打ち付ける「つち／槌」という意味の「ち」である。

なぜ、西郷信綱のいうような「霊力＝チ」ではなく、「つち／槌」としての「ち」の理解を採用するのか。ここでの物語の中心は、獲物を捕る道具の交換の話であるが、それが「鉤《ち》」をめぐってなされているところにもあるからだ。まず、弟の火遠理命《ほをりのみこと》は、兄の大事にしていた「鉤《ち》」を失い、その失った鉤の代わりに、自分の剣を壊して鉤を作ろうとする。ここでわざわざ、「剣」を壊す話が挿入されている。「剣」を壊して「鉤」を作るなどというのは、普通に考えても簡単にはできる話ではない。なぜなら、剣を壊して鉤を作るといっても、実際には剣をいったん高温の火で溶解して、そこから鉤を作るわけで、それは、まさに鍛冶屋のする仕事だったからである。しかし、もしそういうことが簡単にできる神として火遠理命が登場してきていたのだとしたら、火遠理命は「つち／槌」を使いこなす神として、まさに鍛冶の技術を会得しているものとして、ここに現れていることになるだろう。そうだとしたら「やまさち」の「ち」は「槌」であっても少しも不思議ではないことがわかるであろう。

しかし火遠理命のもつ鍛冶の技術では、兄、火照命《ほでりのみこと》のもっていた「鉤」と同等のものは作れなかったというのがここでの物語の展開なのである。ということは、兄の方が、火遠理命の鍛冶の技術以上の技で出来た「鉤」を持っていたということなのである。兄は、この優れた技術で出来た鉤を返せという。この兄、火照命は、「隼人《はやと》の阿多君《あたのきみ》の祖先である」と先ほどの但し書きにあった。ということは、二人は兄弟なのであるが、何かしら異なる部族として理解されているのがわかる。部族として独立できるのは、武器を作る鍛冶の技術を独自に持つことによるのであろう。そういう意味では、兄は兄独自の鍛冶の技術をもっていたと考えることができる。

ちなみに海の獲物は「鰭《はた》の広物《ひろもの》・鰭《はた》の狭物《さもの》」と表記され、山の獲物は「毛《け》の麁物《あらもの》・毛《け》の柔物《にこもの》」とされているのであるが、鉄が食のように、食が鉄のように、語られているとしたら（すでにこの鉄食複合のイメージは、大国主が最後に隠遁するときに作っていた「料理」で見てきているのものである）、この場合の「はた」とは「はた／機」のような、鍛冶の技術で出来るものを意味し、その広さや狭さを広物《ひろもの》、狭物《さもの》と表現していたのかもしれないし、また「け／毛」というのも、「か／香」「か／火」と同根であり、「あらもの」は「荒もの」としての鉄、「にこもの」も「煮込むもの」としての「熔鉄」のことを言っているように読める可能性がある。

2　塩と鉄

そこで、弟は嘆き、海辺にいた時、塩椎神《しおつちのかみ》が来て、火遠理命《ほをりのみこと》に「どうして、虚空津日高《そらつひたか》は泣いているのか」と尋ねた。彼は答えて、「兄と釣り針を取り替えて、その釣り針をなくしてしまった。そして、兄がその釣り針を求めるので、たくさんの釣り針で償いましたが、兄はそれを受け取らず、『もとの釣り針がほしい』と言うので、困って泣いているのです」と答えた。すると、塩椎神は「私があなたのために手だてを考えましょう」と言って、隙間のない籠《かご》（无間勝間《まなしかつま》）を作って小舟とし、その船に乗せ、「私がこの船を押し流したら、そのまま行きなさい。よい潮路《しおじ》があるでしょう。その潮路にのって行けば、鱗のように並んだ宮殿があり、それが綿津見神《わたつみのかみ》の宮です。その宮の入り口に着くと、そばの井戸のほとりに神聖な桂の木（「湯津香木《ゆつかつら》」）がありますから、その木の上にいれば、海の神の娘が、あなたを見つけて相談に乗ってくれるでしょう」と言った。

塩椎神《しおつちのかみ》の「つち」も「つち／槌」のことであろう。ここで「塩を打つ槌」というと浜砂鉄を打つ槌のことで、おそらく浜で鉄を作っていた人たちがいたのであろう。その人が鍛冶の人・火遠理にさらに高度な製鉄の技術を会得する道を教えようというのである。そこに新たな鍛冶集団に出会わせる物語が展開させられる。火遠理の旅は、そういう物語の展開の旅になっている。

その新たな鍛冶集団はここでは「海の中」に想定されている。おそらく、この高度な鍛冶の技術を持った集団は、「海の向こう」にいるものなのである。その集団に会うために塩椎は特別の「船」を用意する。名前は「まなしかつま／无間勝間」の小舟だという。「まなし」とは「目がない」ということであるが、その船は「一つ目伝説（天目一箇神《あまのめひとつかみ》伝説）」に見られるような鍛冶の神に関係のある船である。この特別な船に乗ってゆくと、綿津見神《わたつみのかみ》の宮に着くという。「わたつみ」の「わた」には「わた／渡」の意味があり、おそらく海を越えて渡る神のイメージがそこに込められている。普通に使われる「海神」と「綿津見神」とは、同じように使われていると西郷信綱はいうが、区別して使われていると私は思う。その宮に着けば、井戸のほとりの「湯津香木《ゆつかつら》」の木の上にいるように塩椎は指示する。しかしここでの木の名前が「湯津香木《ゆつかつら》」であることには注意がいる。「かつら」に「香木」という表記が当てられているのは、「香山《かぐやま》」と同じように、そこに「か／火」なるものがある目印である。その「か／火」は「井戸」の「穴」と関わりがある。高天原にも「天の井戸」があり、普通に考えると「井戸」は水の出る「穴」であるが、鉄の物語として読めば、その穴＝井戸は、「鉄穴《かんな》」ということにもなる。

3　豊玉毘売命《とよたまびめのみこと》

婢《つかひめ》、乃《すなは》ち水《みづ》を酌《く》み、玉器《たまもひ》に入《い》れて貢進《たてまつ》りき。爾《しか》くして、水を飲《の》まずして、御頸《みくび》の璵《たま》を解き、口に含《ふく》みて其《そ》の玉器《たまもひ》に唾《は》き入れき。是《ここ》に、其の璵《たま》、器《もひ》に著《つ》きて、婢《つかひめ》、璵《たま》を離《はな》つこと得《え》ず。故《かれ》、教《をしへ》の随《まにま》に少し行《ゆ》くに、備《つぶ》さに其の言《こと》の如《ごと》し。即《すなは》ち、其の香木《かつら》に登りて坐《いま》しき。爾《しか》くして、海《うみ》の神《かみ》の女《むすめ》豊玉毘売《とよたまびめ》の従婢《つかひめ》、玉器《たまもひ》を持ちて水《みづ》を酌《く》まむとする時《とき》に、井《い》に光《ひかりあ》有り。仰《あふ》ぎ見れば、麗《うるは》しき壮夫《をとこ》有り。甚異奇《いとあや》しと以為《おも》ひき。爾《しか》くして、火遠理命《ほをりのみこと》、其《そ》の婢《つかひめ》を見て、「水を得むと欲《おも》ふ」と乞《こ》ひき。故《かれ》、璵《たま》を著《つ》け任《なが》ら、豊玉毘売命《とよたまびめのみこと》に進《たてまつ》りき。

海神の娘が「豊玉《とよたま》」というのは、特別な意味があるのだろう。「たま／玉」は「たまはがね／玉鋼」のような意味があるわけで、「豊玉」というのは、いっそうすぐれた「豊玉鋼」という意味を持つことになっている。その比売の下女が、「井戸」を見たら光るものがあったというのである。おそらくは火遠理の「火」の光が映っていたのであろうが、それは香木《かつら》という火に関わる木の上にいたことと、井戸なる鉄穴のもつ火の性質の、両方が反応して光っていたはずである。それを見てびっくりした下女の器に、火遠理は首にかけた玉飾り（漢字では「璵」という字になっている）を口に含んで吐き出している。これは須佐之男命が天照大御神の身に着けていた「たま／珠」を口に含んで出していたのと同じようなことをしているわけで、一種の疑似性交である。下の穴（性器）で性交をするのではなく、上の穴（口）で性交しているのである。神ならではの性交である。それゆえに下女の持っていた「うつわ（玉器《たまもひ》）」は豊玉姫の性器の喩であり、そこに火遠理は自らの「たま（玉）」を吐いて入れたのである。すると、その玉は器にくっついて離れなくなってしまった。つまり疑似性交が実現したことになる。

ところで、注意して読めば、この最後の物語には「たま」という言葉に、「玉」「璵」「珠」という表記を当て使い分けていることに気がつく。火遠理がもつ「たま」は「璵」で、豊玉姫のもつ「たま」は「玉」「珠」で表される。古事記の編者はなぜ、そのような表記の使い分けをしているのだろうか。この「たま」を金属と考えれば、おそらく火遠理の世界と海神の世界とでは、「たま」の質が違うことを表しているのである。海神の世界には、火遠理のもつ鍛冶の技術とは別の、それを上回る鍛冶の技術を持った世界がある。おそらくそこは異境の鍛冶の世界である。なぜそのようなことが言えるのかというと、それは火遠理がこの世界を後にするときに授かった「珠《たま》」が、特別に力のある珠であることが、こののちにわかるからである。

4 火遠理命《ほをりのみこと》と豊玉比売命《とよたまびめのみこと》の結婚

物語にもどると、豊玉毘売はその玉器にくっついた璵《たま》を見て、下女に「だれか門の外にいるのか」と尋ねた。下女は、井戸のほとりの香木の上に誰かおられます、といって事情を話した。そこで、豊玉毘売は不思議なことだと思い、外に出て火遠理命を見て、たちまちその姿に感じ入り、目配せをして、父に言った。「家の入り口に立派な人がいます」と。そこで、海神が自ら外に出て、火遠理命を見て、「この人は、天津日高《あまつひたか》の御子《みこ》、虚空津日高《そらつひたか》だ」と言って、すぐに家の内に連れて入り、海駈《あしか》の皮の敷物を敷き、また絹の敷物を重ねて敷いた上に座らせて、ご馳走して、すぐに豊玉毘売と結婚させた。そうして、火遠理命は三年になるまでその国に住んだ。

あっという間の火遠理と豊玉比売の結婚である。しかし、それは疑似性交の中ですでに実現されていたのである。海神の父は、火遠理を「あまつひたか／日高」とか「そらつひたか／日高」と呼び、「日の神」の子であることを強調する。しかし、そもそも彼の出生は火の中であるので、ここでの「日高」は当然「火高」の呼びかえられたものである。だから鍛冶の技術を持っている。ではなぜ、ここで火遠理と豊玉比売は結婚することになるのか。そこには、火遠理のもつ鍛冶の技術と、豊玉比売の世界の鍛冶の技術の違いがあったからであろう。それを二神の結婚で解消できることになる。新しい鉄や鍛冶の技術を手に入れるために結婚する話は、すでに大国主と沼河比売の歌謡のやりとりで見てきたとおりである。そして三年が過ぎた。

火遠理命は、ようやくこの国にやって来た目的を思い出して、ため息をつき、豊玉毘売命に事情を話する。比売はそのことを父に伝えると、海神は、海の魚をすべて召し集めて「この釣り針（鉤）を取った魚はいるか」と尋ねた。すると、「たい／鯛（赤海鯽魚）」が、「喉に骨が刺さって、物を食べられない」と嘆いていたというので、その鯛の喉を探ると、釣り針（鉤）があった。すぐに取り出して洗い清め、火遠理命に差し出した。そしてその時、綿津見大神《わたつみのおおかみ》が火遠理命に教えて、「この釣り針を兄に与える時に、『この釣り針は、おぼ鉤《ち》、すす鉤《ち》、まじ鉤《ち》、うる鉤《ち》（ぼんやりの針・猛り狂う針・貧しい針・役立たずの針』と言って、後ろ手にお与えなさい。そうして、その兄が高地に田（高田《あげた》）を作ったら、あなたは低地に田（下田《くぼた》）を作りなさい。その兄が低地に田を作ったら、あなたは高地に田を作りなさい。そうしたら、私は水を支配しますから、三年の間、きっとその兄の方は収穫がなく貧しくなるでしょう。もしもそうしたことを恨んで戦を仕掛けてきたら、塩盈珠《しおみちのたま》を取り出して溺れさせなさい。そうしてもしも嘆いて赦しを求めてきたら、塩乾珠《しおひのたま》を取り出して生かしなさい。このようにして、困らせ苦しめなさい」と言って、塩盈珠《しおみちのたま》・塩乾珠《しおひのたま》を、合せて二つ授けた。

ようやく海神に宮にきた本来の目的を、火遠理はとげたことになる。失った兄の鉤は鯛ののどにひっかかっていたという。この時の鯛は、わざわざ「たい／赤海鯽魚」と表記されている。ここでの「鯽」は淡水に済む「フナ」という字である。そこに海の字をつけて「海鯽」とし、さらに「赤」という字を付けて「赤海鯽魚」と表記しているのである。まわりくどい表記の仕方である。たかが「鯛《たい》」ごときの説明に、なぜそんな回りくどい表記を使っているのか。「ふな／舟」ともいうと白川静は『字訓』で指摘している。そういう意味では、この「ふな（鯽）」には、まずは「海にいる赤い鯽《ふな》」という意味と、「赤い舟のような鯽《ふな》」という意味が重ねられているところが見られる。そうすると、「舟」とは今まででも、溶かした鉄の入ったものを鍛冶用語で「舟」と呼ぶことは見てきたので、この「赤い舟のような魚」の中に、鉄の「ち（鉤）」があったというのは、わからないわけでもない。そうでないと、なぜわざわざ「赤海鯽魚」の「口」にあの特別な「鉤」があったとするのか、うまく理解ができないからである。別に、針を飲み込んだのは、サンマでもマグロでもよかったはずなのであるから。

ところで、「口」を介して「鉄」を手に入れる話はすでに、天照御大神と須佐之男命の「うけい」や、先ほどの火遠理が「口」に含んだ璵を吐き出した場面でも見てきたとおりである。ここには、「鉄を生む」ことや「鉄を手に入れる」ことの独特の喩の錬金術が見られるのである。

さて、すでに言及したように、その鉤は、優れた鉤であった。火遠理が作りたくても作れないものであった。その優れた鉤を返すときに、海神は、相手の持つ鉄の力を封じる呪術を教える。それが「おぼ鉤、すす鉤、まじ鉤、うる鉤」という呪術の言葉であった。それは「ぼんやりの針・猛り狂う針・貧しい針・役立たずの針」というような意味だとされてきた。もちろんそういう意味であると思われるが、「おぼ鉤、すす鉤、まじ鉤、うる鉤」は、原文では「淤煩鉤《おぼち》、須須鉤《すすち》、貧鉤《まじち》、宇流鉤《うつち》」となっている。「ち」はすでに「おろち」の「ち」と同じく「槌」の意味だとここでも理解する。となると、ここでも呪いの言葉は、「ち」のもつ力を弱める呪いが込められていると見ることができる。「おぼち」の「おぼ」は「おぼつかなくなる」の「おぼ」であるだろうし、「すすち／須須鉤」は須佐之男の「須」にも関わり、コントロールのできない勢いのことであろうし、「まじち」は漢字の通り貧しくなることであるだろうし、「うるち」の「うる／宇流」は「失い、流れる」の意味があるので、すべて、本来持っていたはずの「ちの力」を失わせるように掛ける呪いの言葉になっていた。

　こうして効力がなくなるような呪文を唱えて、さらに後ろ手で鉤を返すようにと忠告する。優れた鉤の力が逆さになって弱まるようにであろう。

5　水と鍛冶

　次に、兄が高地に田（あげた／高田）を作ったら、あなたは低地に田（くぼた／下田）を作り、兄が逆にしたら、自分も逆にしなさいと言う。海神は水を支配するので、水をコントロールして貧しくさせましょう、というのである。一見すると、この火遠理と火照の二神が、稲作の田んぼを作っているかのように見える場面である。そこに入れる水を海神がコントロールしているというようなイメージ。しかしここで語られている「田」も「水」も、特別な「田」であり、特別な「水」である。ここにも鍛冶複合のイメージがある。「田」は何度も見てきたように特別な「製鉄の場」としての鍛冶用語の「たがね／田金」の「田」であり、ここで使われる「水」には、「鉄穴流し」をするための大事な水のイメージがある。その鉄穴流しをする水をコントロールできなければ、「高田」にしても「くぼ田」にしても、うまく鍛冶は出来ないのである。事実、高天原でも、川の水を塞き止めている神がいて、神々が困っている場面を見てきたはずである。そこでの「水」はただの水ではなく、「鍛冶のためにコントロールされる水」のことなのである。

こうしたことの結果、兄が攻めてきたら、「塩盈珠《しおみつたま》」と「塩乾珠《しおひのたま》」を使って、溺れさせたり、涸らせたりしなさいという。つまり、「鉄穴流し」における水をコントロールする技術（塩盈珠・塩乾珠）を火遠理に差し上げようというのである。こういう知恵を授かって火遠理は帰ることになる。

ちなみに言えば、ここで言われる「乾れ」は、須佐之男命が大哭して青山を枯らし、河海を泣き乾したという記述を思い出すし、「溺れさせる」ということでは、猿田彦がひらぶ貝にはさまれて溺れたという記述を思い出す。こういう場面に共通していたのは、独特な「怒る水」のイメージである。これらのシーンは、鍛冶に関わることは再三指摘してきているのであるが、一見すると鍛冶は「火」を使う場所で、「水」とは縁が無いように思われるかも知れないが、そうではない。「水」無しの鍛冶はあり得ないからである。

6　一尋和邇《ひとひろわに》で帰る

海神はそこですべての和邇《わに》を召し集め、「今、天津日高《あまつひたか》の御子、虚空昌津日高《そらつひたか》が、上つ国に行かれるので、だれが幾日でお送りできるものはいないか」と尋ねた。すると、一尋和邇《ひとひろわに》が、「私は、一日で送って、すぐに帰ってきましょう」と名乗り出た。そこで、その一尋和邇の背中に火遠理命を乗せて送り出した。そうして、約束どおり、一日のうちに送っていった。その和邇が帰ろうとした時に、火遠理命は身に帯びた紐つきの小刀をほどいて、和邇の背中に結びつけて返した。それで、その一尋和邇は、今、佐比持神《さひもちのかみ》というのである、という話が続けて語られる。

「佐比持神《さひもちのかみ》」の「さひ」とは「小さな刀」のことである。ここでわざわざ火遠理が和邇に、小刀を渡したというようなことを、古事記はなぜ書いているのかということになる。何かもっと立派なものを授けたというのなら、記録しておいてもいいだろうが、小刀を授けたというだけなのである。しかし、すでに言ったように、ここには象徴的な意味がある。単に小刀を授けたというのではなく、小刀という鉄の武器を与えたということが重要なのである。火遠理を送り届けた和邇が、権威ある鉄の武器を授かり、のちにその刀にちなんだ神名をを付けるのであるから、その鉄の刀は、火遠理にとってもとても重要なものであったと考えることができる。

7　火照命の服従

こうして、火遠理命《ほをりのみこと》は、海の神が教えた言葉のとおりにして、その釣り針を火照命《ほでりのみこと》に返した。それで、それ以後、火照命はだんだんますます貧しくなり、攻めてきた。それで火遠理命は塩盈珠《しおみちのたま》を使って溺れさせ、火照命が赦しを求めると、塩乾珠《しおひのたま》で救った。その結果、火照命はぬかずいて、「今後私は、あなたを昼夜守護する者として、お仕えいたします」と申した。それで、今に至るまで、その溺れた時の仕草を絶えることなく伝え、仕えているのである。物語はそう語られている。

普通に考えてみると、この火照命はなぜそのように火遠理にひどいめにあわされなくてはならないのか、理解に苦しむところである。こういう話の展開になったきっかけは、火遠理が無理に持ち物の交換をすることを持ちかけたところから始まっていたわけで、火照命に大きな非があったわけではなかった。唯一、元の鉤を返せと言ったところが無理難題を言っているところなのであるが、火遠理が持ちかけた道具の交換も、考えてみれば無理難題を言っていたわけで、無理難題を言うということでは両者は似たようなことをしている。火照命だけが悪いようには思えないのであるから、ここでは「悪い兄」を懲らしめるかのような話として読まないようにすべきである。普通に読めば、読んですっきりするような話の展開にはなっていないからである。

ともあれ、海神の予言したとおりの展開になって、火遠理はうまく行ったのであるが、最後に火照命の溺れるしぐさが「隼人舞い」という服従の舞いになって残され伝えられている、と古事記は記している。この件は、どのように考えるといいのだろうか。もともと「隼人舞い」があって、それを後から意味づけるために、溺れる物語と結びつけられたのだと考えるのが一般的であろう。私もそういう理解でいいと思う。いいと思うが、それでも、なぜ「溺れる」というテーマを古事記の編者がここで「舞い」と結び付けようとしたのか、疑問が残る。「溺れる」というテーマは、すでに似たイメージとして、猿田毘古神がひらぶ貝にはさまれて溺れる光景としてあったからだ。古事記の編者は、やはり意図的に、「溺れる」というテーマにこだわっているのである。

猿田毘古神の場面で指摘したことは、この神が天上の神々を地上に導くほどの強大な力をもっていたので、物語はその力を持ったままで終わらせるわけにはゆかなかったというところであった。それで「溺れる＝渦に巻かれる」場面を構想したのであった。それは須佐之男や大国主命のような強大な力を持った葦原中国の神々の共通してたどる宿命でもあった。そして、ここでも火照命は、火遠理にまさる鉄の力を持っていたので、最後は天上の鍛冶の力＝渦の力に飲み込まれるように描かれたのである。ただ猿田毘古神の「溺れ」とちがうところがある。それは猿田毘古神の場合は、「沸き立つ泡」の神のようになって終わっていたのが、ここではそういうことのないままに終わっているところである。ここでは、「溺れる」ことが服従のイメージだけに使われている。ちなみにいえば、隼人舞いに使われる楯の文様も「渦巻き」である。

ただしくれぐれも忘れてはならないことは、物語では、火遠理が自力ではこの優れた鉤（鉄の力）を持つ火照命には勝てなかったというところである。海神という異族の鍛冶の力を借りて、ようやく火照命を支配下に置くことができていたのである。その結果、支配下に置くことを通して、またこの火照命の力を、隼人の武力として、高天原の神々の防御に使っているのである。

8　和邇《わに》の姿で出産したものとは何か

古事記、上巻の最後の物語は、およそ次の通りである。

是《ここ》に、海《うみ》の神の女豊玉毘売命《むすめとよたまびめのみこと》、自《みづか》ら参《ま》ゐ《い》出でて白《まを》ししく、「妾《あれ》は、已《すで》に妊身《はら》みぬ。今、産《う》む時に臨《のぞ》みて、此《これ》を念《おも》ふに、天《あま》つ神《かみ》の御子《みこ》は、海原《うなはら》に生むべくあらず。故、参《ま》ゐ《い》出で到《いた》れし」とまをしき。爾《しか》くして、即《すなは》ち其の海辺《うみへ》の波限《なぎさ》にして、鵜《う》の羽《は》を以《もち》て葺草《かや》と為《し》て、産殿《うぶや》を造りき。是《ここ》に、其の産殿《うぶや》を未《いま》だ葺《ふ》き合《あ》へぬに、御腹《みはら》の急《には》かなるに忍《た》へず。故、産殿《うぶや》に入《い》り坐《ま》しき。爾《しか》くして、方《まさ》に産《う》まむとする時に、其の日子《ひこ》に白《まを》して言ひしく、「凡《おほよ》そ他《あた》し国《くに》の人は、産む時に臨《のぞ》みて、本《もと》の国《くに》の形《かたち》を以《もち》て産生《う》むぞ。故《かれ》、妾《あれ》、今《いま》本の身を以て産まむと為《す》。願《ねが》ふ、妾《あれ》を見ること勿《なか》れ」といひき。是《ここ》に、其の言《こと》を奇《あや》しと思ひて、竊《ひそ》かに其の方《まさ》に産まむとするを伺《うかか》へば、八《や》尋《ひろ》わにと化《な》りて、匍匐《はらば》ひ委蛇《もごよ》ひき。即《すなは》ち見驚き畏《かしこ》みて、遁《に》げ退《そ》きき。爾《しか》くして、豊玉毘売命、其の伺《うかか》ひ見る事を知りて、心恥《こころはづか》しと以為《おも》ひて、乃《すなは》ち其《そ》の御子《みこ》を生み置きて、白《まを》さく、「妾《あれ》は、恒《つね》に海《うみ》つ道《ち》を通《とほ》りて往来《かよ》はむと欲《おも》ひき。然《しか》れども、吾《あ》が形《かたち》を伺《うかか》ひ見つること、是甚怍《これいとはづか》し」とまをして、即《すなは》ち海坂《うなさか》を塞《ふさ》ぎて、返り入りき。是《ここ》を以《もち》て、其の産《う》める御子《みこ》を名《なづ》けて、天津《あまつ》日《ひ》高日子《たかひこ》波限《なぎさ》建鵜《たけう》葺草《かや》葺不合命《ふきあへずのみこと》と謂《い》ふ。

問題は、海辺の渚に立てたとされる、「鵜の羽で屋根を葺《ふ》いた産屋《うぶや》」をどう見るのかということである。原文で「かや／葺草」となっているのは、おそらくは「かなや／金屋」のことであろう。だから、この和邇の出産のシーンは、かつて海岸の風を利用して作られていた鍛冶場のようなものであり、重ねて「ふき／葺」という字が使われているのは、おそらくは「ふき／吹」と重ねられているのであろう。その吹く風の十分でないところで「鍛冶」をしていた様子がこの「ふきあえず／葺不合」から読み取れる。そんな不十分な鍛冶場を「のぞいてはいけない」と豊玉比売は言ったのであるが、火遠理は覗いてしまった。鍛冶場の溶炉の中は、途中で覗くわけにはゆかないのである。しかし、火遠理は覗いてしまって、そこに和邇の出産を見たというふうになっている。火遠理の見たものは、雷神でも和邇でも、大蛇《おろち》でも、よかったのである。異族の技術で作り出す溶けた鉄のうごめくさまが見られたらそれでいいのである。それを見て、火遠理は驚いた。結局、豊玉比売は、異族の製鉄の技術を伝え、自らは異族の元へ戻るのである。本来であれば、鍛冶の技術をもっと伝達できれば良いのであろうが、現実には鍛冶の技術は秘密にされる技術でもあり、異族との接点になる海路は塞がれてしまうことになる。そして、異族の鍛冶の技術を引き継ぐ「天津《あまつ》日《ひ》高日子《たかひこ》波限《なぎさ》建鵜《たけう》葺草《かや》葺不合命《ふきあへずのみこと》」だけが残されたのである。この「子ども」つまり「新しい鍛冶の技術」をちゃんと育てるかどうかは、残されたものにかかってくるのだが、豊玉比売は、「子ども」を育てるために、分身としての鍛冶技術者を残しておいた。妹の玉依毘売《たまよりびめ》である。
その妹の玉依毘売《たまよりびめ》にことづけた歌が残されている。

赤玉《あかだま》は　緒《を》さへ光れど　白玉《しらたま》の　君が装《よそひ》し　貴《たふと》くありけり（赤玉は、それを通したお緒までも光りますが、白玉《しらたま》のようなあなたの姿は、さらに立派で美しいものです）

爾《しか》くして、其のひこぢ、答《こた》ふる歌に曰《い》はく、

沖《おき》つ鳥《とり》　鴨著《かもど》く島に　我《わ》が率寝《ゐね》し　妹《いも》は忘れじ　世の悉《ことごと》に（沖つ鳥　鴨の寄りつく島で私と共寝をした妻のことは忘れまい、一生の間）

現代語訳を読めば、そういう歌なのかとわかるようになっているが、しかし奇妙な歌である。「赤玉」とか「白玉」という言葉を使って、いったい豊玉は何を語ろうとしているのだろうか。ここで歌われる「赤玉」とは、現代語訳からはとうてい見えてこない、溶けて赤くなった鉄の塊のことである。それが冷えて、「白玉」になったときは、なんと見事な鉄になったことでしょうと、鉄の出来具合を歌っているのである。それを受けて、火遠理は、「鳥」のことを歌っている。なぜ、こんなところで「鳥」のことを歌うのか。それは今まで繰り返し見てみたとおり、「鳥」が鍛冶場

では「鉄の神」の化身であったからである。その「鳥」のいる島で、共に過ごしたことは忘れない、と歌は歌われている。「島」は綿津見のいる海宮のことと考えていいのだが、そこは同時に異族の「鍛冶」のあるところと考えなくてはいけないのであろう。

あとがき——「鉄」という存在の不思議に向かって——

古事記は「喩」の宝庫である。この「喩」を「鍛冶の喩の複合」と意識し始めてから、古事記がこんなに面白い物語だったことをはじめて知ることになった。アカデミズムからすれば、恣意的な読みばかりだとみなされるかもしれないが、私が理解した限りでは、古事記をひたすら稲作神話と読み取る膨大な解釈史も、アカデミズムの威を借りた恣意的な解釈の積み重ねではないのか、と見えてしまうところがある。たとえば上巻の後半に出てくる「ナマコの口をナイフで裂く」というエピソードなどは、それまでの国文学の研究書ではほとんど注目されなかったものであるが、私の理解では大変意味深い話であったことがわかる。そしてこの私の理解は、とってつけたものではなく、それまでの「鉄」の「喩」の理解をつみ重ねないと見えてこないものとしてあった。

古事記を稲作神話と見る人たちからすると、私の論は物語の至る所に鉄の物語・鍛冶の物語を読みすぎているのではないかと見えるかも知れない。しかし、そんなことはない。古事記の編者は、「鉄」がそこにあるかぎり、誰がどうやって作ったのか、その鉄の強度はどれくらいのものか、鉄の素材は誰がどこで手に入れたものなのか、その鍛冶をする全過程に注意を払うのである。そして物語の中で、優れた鍛冶の技術を持つ者を恐れ、敬い、自分たちの支配下に治めるように物語を動かしてゆくのである。そこに、豊かな「喩」が惜しみなく使われる。

私の、古事記の神々を「鉄の神々」と読み解く見方は、繰り返して述べてきているように、私の独創ではなく、多くの先行する研究者の成果の上に成り立っている。そもそも古事記が鉄の物語を含むことは、昭和の早い時期から在野の研究者たちには気がつかれていた。本文でも触れたが、出発は『古語拾遺』の中で、「鐸《たく》」が「鐸《さなき》」と読まれているのを踏まえて、その見解を「いざなき」の読みに適応して、「い—さなき」と読むアイディアを唱え、「いざなき」は「鐸」なのだと主張した詩人の福士幸次郎『原日本考』（昭和十七年〈一九四二〉）からはじまる。「詩人」だからできた発想がここにある。この見解を受けてその後、古事記と金属を結びつけて考える論考がたくさん生まれてきたのだが、しかし、アカデミズムでは、そういう発想は本気で受けとめられてはこなかった。私はしかし、在野の研究者たちの方が、古事記の基本にある「修理固め」の指示に忠実に古事記を読もうとしてきたことを感じている。

ただ私の論に、従来の在野の研究者の論と違う特徴があるとすれば、古事記の神代の神々を、最初から最後まで鉄の神々の物語として徹底した一貫性をもって読み抜くという試みになっているところである。私が先行する研究者から学んだのは、古事記や風土記の中に、個々に別々に鉄の神が散在している姿であった。しかし私は散在しているのではなく、古事記の成り立ちそのものにおいて鉄の神々を物語るように作られているのだということを発見したのである。もちろん、古事記に鉄の神々の物語を読み取るといっても、やみくもに鉄の話を読み取っているわけではないことは、読んでもらえばおわかりいただけると思う。

ここで、私の論の最も大事なところを改めて言っておけば、それは古事記の「火の物語・鉄の物語」が、巧みに「日の物語・光の物語」に転化されているところを読み解いているところにある。在野の研究者たちの鉄の考察の弱点は、そこを読み取れないところにあったと私は考えている。古事記の優れたところは、「火の神・鉄の神」として生まれたはずの神・アマテラスを、この世を照らす「日の神・光の神」として君臨させる物語に仕立て上げているところなのである。しかし、物語をきちんと「鉄」を踏まえて読み解いてゆけば、「鉄の神」として生まれたものが、「日の神」にすり替えられてゆくところは、ちゃんと読み取れるようになっているのである。それなのにアカデミズムの発想では、「鉄の物語」に徹底して注目できてこなかったので、この「火の神」がしだいに「日の神」に転換させられてゆく過程を読み取ることができなかったのである。

この古事記の物語の神話性をあざ笑うのはたやすいことであるが、しかし、「鉄の物語」を「光の物語」にすり替えるテーマは決して古事記の問題だけではないのである。

時代は昭和になり、帝国日本の鉄の文化が、第二次世界大戦で敗北したのちに、新たな活路を見いだしたのは原発の開発であった。しかし原爆投下を受けた日本で原子力を、といっても人びとの心をつかむことはできないだろうと考えた指導者たちは、膨大な宣伝費を費やして、原発が家庭の電気、つまり家庭に「光」を届けるものであることをアピールしつづけた。原子炉は「火」をつくるものであるのだが、その「火」を生むイメージは極端に伏せられ、原子炉が「光」を生み出す装置であるかのように、すり替えて宣伝されていったのである。

人びとは「光がなくては困る」と考えた。この宣伝は、原発事故が起こった二〇一一年にさらに意図的に使われた。「節電」と称して「家庭の電気を消す」ことのお願いである。そうすると、駅や街頭やいたるところで、「明かり」は減らされ、「暗がり」が生まれるようになった。まさに「アマテラスの岩屋隠り」の再来である。こうして原発は、「火の装置」としてではなく、三度「光の装置」として人びとに意識されることになっていったのだが、こうした「火」を「日・光」にすり替える試みは、実はこの古事記から始まっていたのである。

そういう日本の歴史を知るためにも、古事記を改めて、徹底して、「鉄の物語」として読み解く試みがなされなくてならないのである。そういう意味では、私のこの論考は、単に古事記の新解釈というようなアカデミズムの試みではなく、日本の歴史を振り返るために欠かせない最も大事な視点の構築の作業として設定されているはずであるし、そういうふうに読まれることを期待してこの論考は書かれているのである。

私は「火（鉄）」を作る話を、「日（明り）」の話として人々に受けとめさせる必要に迫られた時期が、日本史の中で三度あったと考えている。

一つ目は「日本」という国名を用いるようになった時で、その時に「日本」を照らす神としてアマテラスを創り出した時。

二つ目は、明治になり、軍事大国になり、鉄の大国を支えるためにアマテラスの話を学校の教科書で大々的に宣伝しはじめた時。

三つ目が、昭和の敗戦後、「地上の太陽」というふれこみで原子力発電所を建設しはじめた時。

二〇一二年は、古事記ができてから一三〇〇年目であったそうで、学会誌を含めてさまざまな特集号がだされたのであるが、そこに寄稿している研究者の誰一人として、その前年に起こった原発事故と古事記を結びつけて論じた人はいなかった。そもそも、古事記と原発に接点があるなど想像もされていないのである。

こうした従来の研究方法を突破する一つの提案として、私は古事記を「詩」や「喩」として読むことを提案し、そういう古事記を読むための「詩学」の必要性を訴えているのである。ではなぜ古事記の物語を、「鉄の神々の物語」として読み解き、その「鉄」を、さらになぜ「喩」として、つまり「詩」としてあえて受け止めようとするのかということになるだろう。それは、まえがきでも触れたように、地球の起源には「鉄」の存在があり、それが「チ＝血」として生命体を支え、さらに人類の鉄器文明を支えてきた、という経過があり、なぜ「鉄」にだけそういうことのできる力があったのかが、大きな「謎」として残されてきていたからである。

私は、その「謎の総体」を直感的にとらえるには、詩人の力、つまり詩的な構想力が不可欠だと感じてきた。その「鉄という謎」の謎解きに向けて、古事記の編者たちは、古代の知恵を結集して動いていたのである。そんな時代の限界もある中で、古事記は「神々の物語」というスタイルを借りながら、その物語を「複雑な喩の大系」を用いて表記するという試みを重ね、「鉄の謎」に向かっていた。この「複雑な喩の大系」が私の言う「詩」という位置である。そういう意味でいえば、古事記の編者は、今で言う「詩人」なのである。ここでいう「詩人」とは「文字表記者として物語る者」という意味である。それゆえに、従来からの「古事記は語り継がれてきた神話をまとめ直し文字化したもの」というような理解を私はとらない。古事記は「口承」の物語を踏まえてはいるが、明らかにはじめから意図的に「文字表記」が作り出す「喩」の次元を狙って作られた、高度に人工的、作為的な物語なのである。だから、古事記の「あらすじ」を口承的に語って古事記を説明できたと思っている人は、ただの物語のすじをなぞるだけで、「文字・詩・喩」として存在する豊かな側面を本当は見つめることができていないことになる。

だからこそ、私は「詩」として存在する古事記の側面をあえて強調しようとしてきた。それはアカデミックな古事記学への関心からではなく、「鉄と共に生きる人類」への関心の総体が、「詩」でもってしか捉えられないところを感じてきているからである。それは「はじめに」でみた吉原幸子の『鉄八態』を見たらわかるだろう。鉄の不思議な存在の全体は、高度に詩的な構想力をもって、ようやく見えてくるところがあるからだ。

ちなみに私のこの古事記論が古事記の理解にとどまらないところを少しだけ指摘しておきたい。それはギリシア神話の「プロメテウスの火」の理解である。プロメテウスは火を知らない人間にゼウスの反対を押し切って「火」を与えた神というふうに要約され説明されることが多いのだが、ヘシオドスによると、太古から神も人も「火」を使っていたが、プロメテウスは「特別な火」を人間に与えたとされている。それは「鍛冶の火」である。彼の父が鍛冶の神イアペストだったからだ。そしてヘシオドスは、人間が「金の種族」「銀の種族」「銅の種族」「英雄の種族」をへて、「鉄の種族」となり、この「鉄の時代」を迎えた時から人間の苦しみは始まったのだと『仕事と日』の中で書いていた。このヘシオドスの理解と古事記の編者の理解に、共通するものを考えるのもこれからの私の課題である。

ところでこの本は、小川哲生氏との共闘の産物である。普通であれば、一つの出版社に属する一人の編集者が、一つの論考を本に仕上げてくださるわけで、「あとがき」では、そういう編集者にお礼をするようなことになるのであるが、この本の場合は、事情が違っている。編集者・小川哲生氏は、定年をむかえ（実際は、定年の二年前であるが）会社を辞めているのである。出版社を辞めたら、編集者も終わりになるのではないか。おそらく「世間」ではそういうことになるのであろうが、ここにそんな通常の編集者を生きていない小川哲生氏がいて、定年を迎えようが、いや定年を迎えたからこそ、会社の価値観に左右されない、自分の作りたい本を作るんだという意気込みを生きておられるのである。そんな新しい編集者像を生きる形で、私の原稿を本にするために今回尽力をつくしてくださったのである。こういう試みに、どういうお礼の言葉を申し上げればいいのか、見当が付かない。給料を貰って会社の編集者をしているわけではない編集者が、いくら自分の作りたい本を作るのだと言っても、それは無茶だと思うのであるが、その無茶が実際にこういう本作りとなって実現してしまったのである。だから普通の「あとがき」のようには書けないところをしかと書いておかなくてはと思っている。この本が、定年を迎えた編集者でも、本を作ることができる見本になるのか、とにかく新しい試みで出来上がった本なので、その実際のありようは読者にお伝えしておきたいと思っている。

そして、小川哲生氏と共に、言視舎の杉山尚次氏が、さらに原稿の校正等を引き受けて下さり、御尽力をたまわりました。本当にありがとうございました。国文学の専門でもない出版社が、こんな冒険をして下さるなんて感謝の言葉が見つかりません。願わくば、この論稿が、狭い古事記観を大きくくつがえし、現代的な古事記観を多くの読者にお届けできることになり、お二人の労に少しでも報いることができたらと願うだけです。

参考文献

テキスト

山口佳紀・神野志隆光校注・訳『古事記』新編日本古典文学全集一、小学館、一九九七年
西郷信綱『古事記注釈』全四巻、平凡社、一九七五〜一九八九年
西郷信綱『古事記注釈』全八巻、ちくま学芸文庫、二〇〇五〜〇六年
西宮一民編『古事記　修訂版』おうふう、一九八六年
西宮一民校注『古事記』新潮日本古典集成一、新潮社、一九七九年
倉野憲司校注『古事記』岩波文庫、一九六三年
倉野憲司・武田祐吉校注『古事記・祝詞』日本古典文学大系一、岩波書店、一九五八年
青木和夫・石母田正・小林芳規・佐伯有清校注『古事記』日本思想大系一、岩波書店、一九八二年
中村啓信訳注『新版古事記』角川ソフィア文庫、二〇〇九年
植垣節也校注・訳『風土記』新編日本古典文学全集五、小学館、一九九七年
小島憲之・直木孝次郎・西宮一民・蔵中進・毛利正守校注・訳『日本書紀』新編日本古典文学全集二、小学館、一九九四年

参照文献（主に鉄を含んだ論考で、参考になった本と批判的に読んだ本の一部）

福士幸次郎『原日本考』三宝書院、一九四二〜四三年（復刻版正・続、批評社、一九七七年）

松村武雄『日本神話の研究』四冊、培風館、一九五四〜八年
西郷信綱『古事記の世界』岩波新書、一九六七年
吉野裕『風土記世界と鉄王神話』三一書房、一九七二年
ガストン・バシュラール『大地と意志の夢想』及川馥訳、思潮社、一九七二年
ミルチャ・エリアーデ『鍛冶師と錬金術師』大室幹雄訳　せりか書房、一九七三年
谷川健一『青銅の神の足跡』集英社、一九七九年
真弓常忠『日本古代祭祀と鉄』学生社、一九八一年
柳田國男「炭焼小五郎が事」（『柳田國男全集１』ちくま文庫、一九八九年）
吉井巌『天皇の系譜と神話』三冊　塙書房一九六七〜一九九二年
福本光司『道教と古代日本』人文書院、一九八七年
西郷信綱『古代人と夢』平凡社ライブラリー、一九九三年
神野志隆光『古事記』日本放送出版協会、一九九五年
千田稔『王権の海』角川選書、一九九八年
真弓常忠『改訂新版　日本の鉄と神々』学生社、一九九七年
神野志隆光『古事記と日本書紀』講談社現代新書、一九九九年
『金屋子神信仰の基礎的研究』鉄の道文化圏推進協議会編　岩田書院、二〇〇四年
西郷信綱『古代人と死』平凡社ライブラリー、二〇〇八年
三浦佑之『古事記講義』文春文庫、二〇〇七年
神野志隆光『古事記の世界観』吉川弘文館、二〇〇八年

溝口睦子『アマテラスの誕生』岩波新書、二〇〇九年
三浦佑之『古事記を読み直す』ちくま新書、二〇一〇年
福田晃・金賛會・桃田弥栄子編『鉄文化を拓く　炭焼長者』三弥井書店、二〇一一年

参照文献（鉄・鍛冶に関わるものの一部）

窪田蔵郎『鉄の生活史』角川書店、一九六六年
立川昭二『鉄』学生社、一九六六年
たたら研究会『日本製鉄史論』示人社、一九七〇年
桓寛　佐藤武敏訳注『塩鉄論』平凡社東洋文庫、一九七〇年
『たたら製鉄の復元とその鎖について』日本鉄鋼協会、一九七一年
岩波映画製作所『和鋼風土記』30分　一九七一年
森浩一編『鉄』社会思想社、一九七四年
山内登貴夫『和鋼風土記――出雲のたたら師』角川選書、一九七五年（岩波映画製作所『和鋼風土記』をまとめたもの）
山本博『古代の製鉄』学生社、一九七五年
飯田賢一『鉄の語る日本の歴史　上』そしえて、一九七六年
黒岩俊郎『たたら』玉川選書、一九七六年
石塚尊俊『鑪と鍛冶』岩崎書店、民俗民芸双書70　一九七七年
林屋辰三郎『日本の古代文化』岩波書店、一九七九年

真弓常忠『日本古代祭祀と鉄』学生社、一九八一年
東京工業大学製鉄研究会『古代日本の鉄と社会』平凡社、一九八二年
『採鉱と鍛金』日本評論社、一九八三年
『鉄の博物誌――もっとも身近な金属』朝日新聞社、一九八五年
窪田蔵郎『増補改訂　鉄の民俗史』雄山閣出版、一九八六年
黒岩俊郎編『金属の文化史』アグネ、一九九一年
朝岡康二『日本の鉄器文化』慶友社、一九九三年
村上恭通『倭人と鉄の考古学』青木書店、一九九八年
朝岡康二『野鍛冶』法政大学出版局、ものと人間の文化史85　一九九八年
朝岡康二『鍛冶の民俗技術』増補版　慶友社、二〇〇〇年
館充訳『現代語訳　鉄山必要記事』丸善株式会社、二〇〇一年
狩野敏次『かまど』法政大学出版局、ものと人間の文化史117　二〇〇四年
鈴木勉・河内國平編著『復元七支刀』雄山閣出版、二〇〇六年
石井昌國・佐々木稔『増補版　古代刀と鉄の科学』雄山閣出版、二〇〇六年
俵國一『復刻解説版　古来の砂鉄製錬法――たたら吹製鉄法』慶友社、二〇〇七年
佐々木稔『鉄の時代史』雄山閣出版、二〇〇八年
佐々木稔編『増補改訂版　鉄と銅の生産の歴史』雄山閣出版、二〇〇九年
田中和明『よくわかる最新「鉄」の基本と仕組み』秀和システム、二〇〇九年

村瀬学（むらせ・まなぶ）
1949年京都生まれ。同志社大学文学部卒業。現在、同志社女子大学生活科学部教授。主な著書に『初期心的現象の世界』『理解のおくれの本質』『子ども体験』（以上、大和書房）、『「いのち」論のはじまり』『「いのち」論のひろげ』（以上、洋泉社）、『なぜ大人になれないのか』（洋泉社・新書y）、『哲学の木』（平凡社）、『なぜ丘をうたう歌謡曲がたくさんつくられてきたのか』（春秋社）、『「あなた」の哲学』（講談社新書）、『自閉症』（ちくま新書）、『「食べる」思想』（洋泉社）、『次の時代のための吉本隆明の読み方』（言視舎）などがある。

編集協力………小川哲生、田中はるか
DTP制作………勝澤節子

徹底検証　古事記——すり替えの物語を読み解く
飢餓陣営叢書5

発行日❖2013年10月31日　初版第1刷

著者
村瀬学

発行者
杉山尚次

発行所
株式会社言視舎
東京都千代田区富士見2-2-2 〒102-0071
電話03-3234-5997　FAX 03-3234-5957
http://www.s-pn.jp/

装丁
菊地信義

印刷・製本
㈱厚徳社

ISBN978-4-905369-70-7 C0395

言視舎刊行の関連書

978-4-905369-34-9

飢餓陣営叢書１

増補　言視舎版

次の時代のための吉本隆明の読み方

吉本隆明が不死鳥のように読み継がれるのはなぜか？　思想の伝承とはどういうことか？　たんなる追悼や自分のことを語るための解説ではない。読めば新しい世界が開けてくる吉本論、大幅に増補して、待望の復刊！

四六判並製　定価1900円＋税

村瀬学著　聞き手・佐藤幹夫

978-4-905369-44-8

飢餓陣営叢書２

吉本隆明の言葉と「望みなきとき」のわたしたち

３・１１大震災と原発事故、９・１１同時多発テロと戦争、そしてオウム事件。困難が連続する読めない情況に対してどんな言葉が有効なのか。安易な解決策など決して述べることのなかった吉本思想の検証をとおして、生きるよりどころとなる言葉を発見する。

四六判並製 定価1800円＋税

瀬尾育生著　聞き手・佐藤幹夫

978-4-905369-55-4

飢餓陣営叢書３

生涯一編集者

あの思想書の舞台裏

吉本隆明、渡辺京二、田川建三、村瀬学、清水眞砂子、小浜逸郎、勢古浩爾……４０年間、著者と伴走してきた小川哲生は、どのようにして編集者となり、日々どのような仕事のやり方をしてきたのか。きれいごとの「志」などではない、現場の本音が語られる。

四六判並製　定価1800円＋税

小川哲生著

978-4-905369-05-9

編集者＝小川哲生の本

わたしはこんな本を作ってきた

伝説の人文書編集者が、自らが編集した、吉本隆明、渡辺京二、村瀬学、石牟礼道子、田川建三、清水眞砂子、小浜逸郎、勢古浩爾らの著書265冊の１冊１冊に添えた「解説」を集成。読者にとって未公開だった幻のブックガイドがここに出現する。

Ａ５判並製　定価2000円＋税

小川哲生著 村瀬学編

978-4-905369-62-2

飢餓陣営叢書４

石原吉郎

寂滅の人

壮絶な体験とは、人に何を強いるものなのか？ラーゲリ（ソ連強制収容所）で八年間、過酷な労働を強いられ、人間として、体験すべきことではないことを体験し、帰国後の生を、いまだ解放されざる囚人のように生きつづけた詩人・石原吉郎の苛烈な生と死。著者「幻の処女作」ついに刊行！

四六判並製　定価1900円＋税

勢古浩爾著